Meine tapfere Frau

Biographie-Roman
Autor, Martin Kari

ISBN : 978-0-6482445-6-1
2. Auflage : 2020

ÜBER DEN AUTOR

Der Autor Martin Kari wurde während dem II. Weltkrieg in Transylvanien / Siebenbürgen als zweiter Sohn des Weinbauers Michael Lutsch und seiner Frau Sara geboren. Viele Wege bestimmten sein Leben, beginnend mit der Flucht der Adoptiv-Eltern Reissenberger nach Deutschland . Grund-, Technische- und Höhere Ausbildung bereiteten den Autor für ein Leben vor mit einem unermüdlichen Wissens- und Vorschungs-Willen, besonders in der „Schule des Lebens". „Zeugnisse" aus vier Kontinenten mit seiner Facharbeit bescheinigten ihm, seiner Finnischen Frau Arja und ihren sechs Kindern, Erfolg, Glück und Zufriedenheit. Australien wurde für die Familie im Jahr 1981 sowohl eine Start-, als auch Endstation, wo ihre Erfahrungen aus anderen Ländern und ihren Menschen sich positiv für ihr Leben nieder geschlagen haben. Nach 65 Jahren fand der Autor erst wieder die Zeit zum Schreiben. An seine Mitmenschen und Leser appelliert der Autor, daß es nie zu spät imLeben ist, etwas Neues zu beginnen.

Über Arja

Das Buch ist die Geschichte von Arja Kari, der Frau des Autors. Arja wurde in Finnland in den letzten Tagen des II. Weltkrieges geboren. Trotz der Kriegs-Schwierigkeiten auch in Finnland, erlebte Sie eine wohl gehütete Kindheit im Kreis der engeren Familie. Diese Vorzüge, unterstützt auch von Außen mit guter finnischer Ausbildung, rüsteten Arja ins Leben hinaus zu treten.

Sehr früh pflegte Sie Briefkontakte mit Brief-Freunden in vielen Teilen der Welt, damit weckten auch andere Sprachen ihr Interesse. Im Rahmen der Möglichkeiten der 1960-Jahre besuchte sie während den Schulferien bereits England und Schweden, wo sie entweder in einem Krankenhaus, oder Hotel für ihren Lebensunterhalt arbeitete.

Im Jahr 1965 begegnete Sie kurz Martin in Stockholm/ Schweden. Aus einer Brief-Freundschaft entwickelte sich mit der Zeit eine Gemeinsamkeit fürs Leben. Zusammen haben Sie ein Leben mit Herausforderungen, mit Arbeit, mit Lernen, mit Standfestigkeit (finnisch „SISU")geführt, aber auch mit besonderen Erlebnissen in vielen Teilen der Welt und seiner bunten Menschen-Palette. Das Ziel auf Glück und Zufriedenheit hat Arja in Ihrer Familie entscheidend mitgestaltet.

WIDMUNG

In Erinnerung an Tysse und Petteri, die Eltern von Arja, deren Familien-Name ‚Kari' war, ihn haben Arja und Martin mit Überzeugung übernommen.

ANMERKUNG

Mit Rücksicht auf das Privatleben, erscheinen in dem Buch einige Namen verändert. Um den Roman für das Buch aufrecht zu erhalten, erlaubt sich der Autor auch persönliche Anmerkungen. Das Buch soll die positive Lebens-einstellung von Arja gegenüber den unvermeidbaren Anfechtungen im Leben jedes Einzelnen hervorheben. Diese positive, unerschütterliche Einstellung gegenüber Allem im Leben, ist nicht nur der Leitfaden für Arja geworden, sondern für Ihre ganze Familie. An Herausforderungen hat es nicht gefehlt. Einzelheiten sind nicht unbedingt auf „Haut & Nieren" geprüft, damit die überwiegend positiven Seiten dieses „Wirklichkeit-Romanes" auch den Leser positiv weiter ansprechen. Wir sind positiv, wenn wir das Lächeln nicht vergessen haben.

Inhalts –Verzeichnis

Birkenwald im Sommer , Finnland

Vorwort

Entschlossenheit, Mut spielen in jedem Leben ihre ausschlaggebende Rolle. Wer mit ihnen Gelegenheiten wahrnimmt, erfährt mehr im Leben. Dabei können wir alle unser Leben als eine Reise betrachten, auf der Vieles uns begegnet, vielleicht mehr, als wir selbst wissen können.

Mit Entschlossenheit und Mut ist auch Arja, die Frau des Autors, ins Leben früh hinaus getreten. Nur so war es möglich, daß der Zufall zwei Menschen für ein Leben lang zusammen gebracht hat. Das Buch schildert die Entwicklung Arja's von Ihrer Kindheit an bis dorthin. Obwohl Arja in Finnland zu Hause war und Ihr späterer Mann Martin in Rumänien geboren wurde, haben Gegensätze auch hier ein Interesse für einander gefördert, unter der Voraussetzung, daß ein Jeder Raum dem Anderen eingeräumt hat. Nur so lernt man von einander und letztlich für einander.

Erkennen wir uns im Leben auf einer Reise, bleibt das Ziel dieser Reise allerdings mehr offen. Die Französische Schriftstellerin Emilie Carles äußerte sich dazu bereits mit folgenden Worten :"Jedes Leben hat seine eigene Geschichte, wenn nur jeder darüber schreiben könnte."

13

Das Leben des Autors bis zu dem Zeitpunkt, wo er zum ersten Mal Arja begegnet war, ist in seinem bographischen Band 1 von „Durch Dick & Dünn"festgehalten ; Band 2 schildert den Weg, wie sie zusammen gefunden haben ; Band 3 ist das gemeinsame Leben in seinen vollen Zügen. Ganz schlicht gesagt, gereicht es mir zur Ehre, auch dieses Buch meinem treuen Lebens-Gefährten, Arja, zu widmen.

Arja erfuhr eine glückliche Kindheit in Finnland, weshalb Sie gestärkt positiv Ihr eigenes Leben finnisch tapfer „rohkea" angehen konnte. Ziemlich anders, als der Autor Martin, den die Kriegsjahre auf ein Überleben selbst als Kleinkind ausgiebig geprüft haben. Zufall, Zuneigung, Standfestigkeit führten zu der gemeinsamen „Reise durchs Leben" in der Folge von 4 Kontinenten. Gemeinsam haben Arja und Martin besonders in der „Schule des Lebens" gelernt und Prüfungen bestanden.

Heute im Jahr 2016 haben wir nach 48 gemeinsamen Jahren etwas mehr erfahren, nicht nur über uns, sondern auch über viele Menschen, denen wir in der Welt begegnet sind. Wer etwas erlebt, kann auch etwas mitteilen. Dies wurde die Grundlage dieser Roman-Biographie. In dem Buch ist nach bestem Vermögen festgehalten, was Arja zu sagen hat.

Meine tapfere Frau

Autor, Martin Kari

Skandinavien

Typische Landschaft in Mittel-Finnland

Kapitel 1

Die „Reise" beginnt

Das Jahr 1944 wurde auch für Finnland ein folgeschweres Jahr. Im Norden von Europa wurde das Land in den Krieg mit Russland (damals die Soviet Union) verwickelt, seinem lange Zeit geschichtlichen Gegenspieler. Nur die entschlossene, mutige Abwehr der Finnen bewahrte ihrem Land die Unabhängigkeit von dem Machtblock Russland. Den Nachbarstaaten wie Lettland, Littauen und Estland gelang es damals nicht, unabhängig von Russland zu bleiben. Die teilweise militärische Präsenz Deutscher Truppen in Finnland konnte sich nicht halten und verließ mit einem zweifelhaften Rückzug das Feld gegen Russland. Die Finnen hingegen hielten dem Russischen Militärdruck stand. So rettete Finnland seine Unabhängigkeit.

Im Laufe der Geschichte trug sich in weiteren 25 Jahren in Deutschland zu, daß ein Verwandter der Adoptiv-Eltern von Martin wiederholt von seiner Kriegs-Erfahrung in Finnland stolz erzählte. Inzwischen war Martin bereits mit Arja aus Finnland verheiratet, weshalb er sich aus seinen Aufenthalten mit der Familie von Arja gut erinnern konnte, wie Schwiegervater Petteri in einer der Schubladen seiner Werkstatt eine ganze Sammlung Kupfer-Medaillen zwischen vielen anderen Gegenständen aufbewahrte. Nur eine solche Kupfer-Medaille war in Deutschland der Gegenstand außerordentlich tapferer Kriegs-Leistungen im Finnland-

21

Feldzug der Deutschen Truppe des Verwandten . Alleine, daß Martin nur am Rande erwähnte, eine ganze Anzahl dieser Medallien beim Schwiegervater in Finnland gesehen zu haben, reichte aus, den „tapferen" Einsatz von Deutscher Seite plötzlich verstummen zu lassen. Wie sich herausstellte, war die Medallie lediglich eine Bestätigung der Teilnahme am Finnland-Feldzug. Wer waren hier die wirklichen Kriegs-Helden ?

Kein Wunder, daß Petteri, der Vater von Arja, sobald er von Martin erfuhr, sich mit folgenden Worten äußerte : „Lieber noch einen Russen, als einen Deutschen für meine Tochter als Ehemann." Diese Worte sprachen bei Petteri von schweren Kriegs-Erfahrungen : Ein Russe war für ihn bereits eine schlecht genügende Nachricht. Wie so oft im Leben, konnte der persönliche Kontakt die Einstellung Petteri's gegenüber Martin auch grundlegend positiv wieder verändern.

Während der schwierigen Kriegszeit, kamen auch die Frauen in Finnland zum Einsatz, den Männern in der Verteidigung mit Hilfe zur Seite zu stehen. So war die gesamte Bevölkerung vereint, dem mächtigen Eindringling Russland die Stirne zu bieten. Diese Einigkeit stärkte jeden Einzelnen, auch über die hohen Verluste hinweg zu kommen.

Hinzu kam auch noch der Winter so hoch im Norden

von Europa. Wenn die Temperatur um die 40 Grad minus mit obendrein Schnee fiel, kam der größte Teil der Kriegshandlungen zum Stillstand. Hier gewannen die Finnen die Oberhand gegen Russland im eigenen Land. Die „Lotta-Svard-Organisation" der tapferen finnischen Frauen unterstützte von überall im Land seine finnischen Soldaten im Kampffeld mit Nachschub von Essen, Kleidern, Erster Hilfe und Strategie. Die Mutter von Arja, Tysse (Thyra) Elina Järvi, nahm auch aktiv Teil als „Lotta" in der militärischen Front-Unterstützung. Tysse stammte aus einer gut bürgerlichen Familie in Tampere, in Mittel-Finnland.

„Lottas" in Finnland, ganz rechts Tysse.

Im Alter von 26 Jahren ging die Schönheit und der Charm vonTysse nicht ungesehen auch in den Militärkreisen vorbei. Petteri Kari war es, der die Aufmerksamkeit von Tysse gewann. Kein Wunder, wenn zwei gut aussehende Personen verschiedenen Geschlechtes sich gegenüber traten. Petteri kam allerdings von einem weniger überzeugenden Familien-Hintergrund. Dies hinderte ihn nicht daran, seine Rolle mit Witz und Humor wahrzunehmen, trotz der bedrohenden Kriegs-Situation. Einem „Ankerplatz" gleich, in ungewisser Zeit, fanden sich Petteri und Tysse. Petteri wußte, was er wollte und gewann mit Überzeugung die andere Seite, Tysse.

Mit größter Wahrscheinlichkeit wäre aus Petteri in mehr positiven Jugendjahren ein hervorragender Schauspieler geworden. Im Jahr 1944 fand er jedoch seine Rolle mit Tysse. Wenigstens für Tysse war Petteri die Liebe auf den ersten Blick. Petteri hingegen ließ sich den Blick noch weiter offen. Während dem Krieg herrschen Ausnahme-Zustände , Menschen suchen schneller Zuflucht bei einem auch vermeintlich Nächsten, als in Zeiten ohne Kriegs-Gefahren. Aussehen verbunden mit gekonntem Rollen-Austausch brachten auch Tysse und Petteri schneller im Leben näher zueinander. Aber jedes Leben bringt auch Höhepunkte hervor. Ein erster Höhepunkt war die Hochzeit im Familien-

Rahmen von Tysse. Es galt und gilt auch heute noch, daß gegenseitige Verpflichtungen die Voraussetzungen sind für ein Zusammenleben. Ist dies in Frage gestellt, so ist es auch kein Wunder, daß menschliche Beziehungen auf „Glatteis" geraten.

Die Familie von Arja's Mutter, v.l.n.r.: Army, Tysse, Aarne, Aune und Artturi (1939).

Die Eltern von Tysse wohnten in Pispala, nahe Tampere. Sie wollten überzeugt sein, daß Petteri der richtige Mann für ihre Tochter war. Denn Tysse, die Tochter, hatte soweit ihr ganzes Leben in der guten Obhut des Elternhauses gelebt.

Petteri hingegen war mehr der gewandte „gentleman", der es verstand, überzeugend aufzutreten. Sein vergangenes

„buntes" Leben ließ er mit einem Federstrich hinter sich, wenigstens zu dem Zeitpunkt . Er bat die Eltern von Tysse auf Knien um ihr Verständnis :"Wenn ich eine gute Frau habe, so werde auch ich ein guter Ehemann." Die Mutter Army und der Vater Artturi, stimmten dann hoffnungsvoll der Hochzeit von Tysse mit Petteri zu.

Damals war es Gang und Gebe, die Zustimmung von wenigstens einer Familie für die Hochzeit zu erwirken. Die Hilfsbereitschaft in der Familie erforderte dies. Die Abkehr des Einzelnen von der Familien-Bindung besonders in der sogenannten „Westlichen Welt" hat zu einschneidenden Veränderungen in den menschlichen Beziehungen geführt. Wie die Geschichte uns bereits zeigt, bedarf es nur wieder einmal schwieriger Zeiten, um eine Korrektur auf bessere menschliche Beziehungen hin zu führen. Hier liegt auch der Schlüssel für die zunehmenden Scheidungen im vermeintlichen Konsum-Wohlstands-Zeitalter, auch im Beginn des Zweiten Jahrtausend. Es muß mehr als lediglich eine Familien-Tradition einer Hochzeit beiwohnen, damit sie Beständigkeit in so einer neuen Gemeinschaft ausübt. Denn auch die Ehe von Tysse mit Petteri verließ mit den Jahren den beständigen Boden.

Ob wir wollen oder nicht, bekanntlich dauert im

Leben nichts für immer. Wenn dies den II. Weltkrieg betraf, so war in diesem Fall bestimmt niemand darüber traurig. Nach soviel Leid, war es an der Zeit, einem Neubeginn für ein besseres Leben die Chancen einzuräumen.

Tysse und Petteri als junges Paar

Noch vor Ende des Krieges brachte Tysse ihre erste Tochter mit dem Namen Arja in die Welt, am siebten April 1945. Arja hatte es eilig, sie war zwei Monate früher angekommen. Wenn so Vieles im Krieg ein Ende findet, Neues

Leben bringt Hoffnung für einen Neubeginn, selbst unter schwierigsten Umständen. Die „Kleine Arja" begann ihren Lebenslauf zwar mit etwas weniger Gewicht, dennoch entschlossen, ihr Leben nicht weniger erfolgreich anzutreten in der Süd-finnischen Stadt Turku.

Am Geburtstag seiner Tochter Arja geriet Petteri ganz außer sich vor Freude. Nicht zu Hause, sondern in der Gesellschaft einem seiner Freunde, Hessu, wurde das Erreignis kräftig mit Alkohol gefeiert, als wären sie der Schöpfer dieser Welt gewesen. Hier zeigten sich bereits die ersten Extravaganten von Petteri.

Tysse hingegen konnte mit der Hilfestellung ihrer Familie rechnen, wie dies sich für eine junge Mutter gebührt. Nur bei Petteri hinterließ Alkohol keine sichtbaren Spuren, wohingegen seine „Saufbrüder" regelmäßig eher unter dem Tisch ziemlich angeschlagen landeten. Deshalb fand Petteri auch mit Worten seinen Ausdruck für das Erreignis :"Der Siebte April war der Tag, an dem Hessu und Petteri sich kräftig einen hinter die Binde gegossen hatten"- (päivä huhtikuun oli seitsemas kun Hessu ja Petteri ryllas). Die Worte lebten noch viele Jahre in der Erinnerung in der Familie und außerhalb ihr fort.

Das Neue Familien-Mitglied Arja gab für jeden eine Aufgabe. Dies hielt die junge Familie zumindest im Anfang zusammen, bis Petteri in neuen „Gefilden" seinen überschwänglichen Männerstolz wieder ausweitete. Gleich nach dem Krieg war ein Jeder mehr oder weniger noch angehalten, innerhalb der Familie die gegenseitige Hilfe wahrzunehmen.

Mutter Tysse, Hochzeitsbild, 23.7.1944

Petteri hielt sich zunächst beschäftigt, am Haus in Honkaisteranta Hand anzulegen, um es mit der Zeit fertig zu stellen. Von der erhöhten Lage des Hauses konnte man auf einen Meeresarm der Baltischen See blicken, an dessen gegenüberliegendem Ufer der südliche Außenbezirk der Stadt Turku auslief. Zum Wasser lief das Land vom Haus in einem Garten-Korridor mit leichtem Gefälle stetig abwärts. Vor dem Haus, weiter Inland, führte die Straße vorbei, welche erst später noch in Sichtweite im Westen über eine Beton-Brücke in die Stadt Turku führte. Auf der östlichen Nachbarseite türmten sich gewichtige Granit-Felsen. Sie erlaubten nur einzelnen, genug entschlossen widerstandsfähigen Nadelbäumen, ihre Härte in einem langsamen Wachstum zu teilen.

Am unteren Ende des durch Hecken aufgeteilten Gartens, lag ein Boots-Steg über dem Wasser, an dem ein Ruderboot vor Anker lag. Die andere Seite des Meeres-Armes konnte ein zuversichtlicher Schwimmer erreichen, aber nur im Sommer, wenn die Wasser Temperatur dies zuließ.

Tysse und Petteri

An diesem gegenüber liegenden Ufer drängten sich Mehrstock-Wohnhäuser aus der Stadt heraus. Wieder weiter auf felsiger Anhöhe etwas freier gelegen, grüßte das alte, in Steinblöcken errichtete Schloss mit seinem quadratisch aufstrebenden Turm. Die Brücke zur Stadt wurde allerdings erst in späteren Jahren gebaut. Zu der Zeit stellte die Verbindung eine Boots-Fähre her. Der ganze Süd-Westen von Finnland teilt sich in unzähligen Meeresarmen in die Baltische See. Tausende Felsen-Inseln bilden die Schären, auf denen überall der finnische Wald hartnäckig Fuß fasst, obwohl nicht überall Erdboden sich ansiedeln konnte. Schmeichelnder Sommer, unbarmherzige Winter-Kälte mit ihren kurzen ausgeprägten Übergangs-Zeiten stellen ihre Forderungen an das Land und seine Menschen.

Zurück zum Anwesen in Honkaisteranta, wo , wie konnte es anders auch nur sein, eine Sauna im eigenen Gebäude , näher beim Wasser, eingerichtet war. Noch heute schmücken die Wände im Vorraum lustige Abbildungen von Personen, welche die Sauna besucht haben und mit Bier den Flüssigkeits-Haushalt wieder aufbessern.

Die Wege durch den Garten grenzen niedere, sauber geschnittene Hecken zu den vereinzelt angelegten Gemüse-flecken und schwierig auf dem Granitboden gewagt ge-wachsene, klein gebliebene Obstbäume. Der Hauseingang lag ebenerdig auf der Seite zur Straße. Das Gefälle des Anwesens erforderte, das erste Stockwerk mit einer Mauer aus Granit-Blöcken hoch zu stützen. Eine später hinzugefügte Veranda wurde zur Gartenseite mit einer gut isolierten Fensterfront ausgebaut, so daß ein schönes Blickfeld in den Garten bis hinunter zu dem Meeresarm entstanden war.

Tysse mit Arja, 1946

Im Sommer konnte man die Fenster gesichert offen lassen, um den langen Sommertagen den Eingang auch ins Haus nicht zu verwehren. Das Haus umfasste ein großes zentral gelegenes Wohnzimmer, mit Zugang zur Veranda und rundherum drei weitere Wohnräume, von welchen Einer extra für Arja bestimmt war ; drei Jahre später allerdings mit der Schwester Raija geteilt wurde. Nahe dem Eingang befand sich die Küche, von wo ein Gang in Hufeisenform Zugang zu den anderen Räumen erlaubte. Innen waren Wände und Decke des Hauses mit hellem finnischen Naturholz verkleidet. Das Holz sah nicht nur schön aus, sondern es half vorzüglich, die Kälte draußen zu halten. Unter den Wohnräumen fand eine wirtschaftliche Heizanlage für sowohl Holz als auch Kohle ihren Platz, welche selbst an kühleren Tagen im Sommer das Haus mit Wärme versah.

Die Schilderungen des ersten zu Hause von Arja in Honkaisteranta zeigen auch, daß alles, was gut sein soll, seine eigene Zeit braucht,denn nichts wird schnell fertig. An solche Entwicklung knüpft die Erinnerung am besten an. So lief es auch mit dem zu Hause in Honkaisteranta. Jahre mußten vergehen, daß man sagen konnte, das Heim war fertig. Dies störte das Familienleben keineswegs, im Gegenteil, jedes Stadium dieser Aufbau-Phase erlebten alle vereint.

In den Rahmen dieser Zeit passt die Anekdote, wie Arja zum ersten Mal eine Orange erlebte : Freunde der Familie brachten mit sich auch eine Orange, was kurz nach dem Krieg eine Besonderheit darstellte. Neugierig erhielt das fremde Obst Aufmerksamkeit von allen Seiten der Familie.

Was für eine Überraschung ! Wie man Arja zeigte, die Orangenschale zu schälen, entdeckte die aufmerksame Arja einen kleinenWurm in der Orange. Den „Eindringling" entfernen, reichte für eine ganze Weile nicht aus, Arja zu überzeugen, die Orange zu essen. Das Unbekannte ging das Kind vorsichtig an, bereits in seinen jungen Jahren. Weniger zu kennen und zu besitzen, war damals noch selbstverständlicher, weshalb alles auch seinen eigenen Reiz mehr erfuhr. So sah eine erste Erfahrung mit einer Orange noch in den 1940-iger Jahren aus.

Eine andere Begebenheit war allerdings weniger lustig : In den ersten Jahren in Honkaisteranta lebte die Familie gerne auf ihrem Besitz näher am Wasser in einem extra Wohraum neben der Sauna. Kamen Bekannte oder Familien-Angehörige auf Besuch, wohnten sie vorübergehend dort nahe dem Wasser. So störte keiner den anderen. Zwei Kinder, Anneli und Jukka, waren auch einmal auf Besuch. Was lag näher auf der Hand, als Schwimmen im Wasser des nahe gelegenen Meeres-Arm. Nur war es Arja, die mit ihren drei Jahren noch nicht ausreichend zuversichtlich schwimmen konnte. Vom Bootsteg fiel sie aus Versehen ins Wasser und verschwand von der Wasseroberfläche. Das andere Mädchen war zum Glück etwas älter. Geistesgegenwärtig fasste sie Arja vom Bootsteg an ihren langen

Haaren, bevor diese auch weiter untertauchen konnten. Die Haare waren fest genug, um mit entschlossenem Griff von Anneli den Kopf von Arja aus dem Wasser heraus zu halten. Jukka, der Bruder eilte zum Haus, Hilfe zu holen. So entging Arja um Haaresbreite dem Ertrinken. Im Leben von jedem ist Glück ein wichtiger Begleiter schon seit eh und jeh gewesen ! Ohne Glück ist noch niemand weit im Leben gekommen.

Im Jahr 1964 kam es dann dazu, daß das Familienhaus in Honkaisteranta verkauft wurde. Mit ihm gingen aber die vielen Erinnerungen einer glücklichen Kindheit bei Arja nicht verloren. Siebzehn Jahre später, auf einem Besuch zu Hause in Finnland, fand Arja das Haus bedauerlich vernachlässigt an. Auf einem späteren Besuch im Jahr 1992 war das Haus in die Hände eines bekannten Architekten und seiner Frau übergegangen. Sie waren fest dabei, das Haus zu seinem alten Glanz wieder zurück zu bringen. In ihren Händen erfuhr das Haus auch noch schöne, architektonische Verbesserungen. Ein wiederholter Besuch verstärkte nur die positiven Erinnerungen, welche mit dem Haus trotz Besitzer-Wechsel fortlebten. Unser Leben kann an vielen Erinnerungen sich festhalten. Nichts steht ihnen im Wege, daß die Zeit sie hilft, positiv zu beflügeln.

Kapitel 2
Frühe Kindheit

Haus in Honkaisteranta. Turku, Finnland, 1955

Honkaisteranta war das erste zu Hause der Familie, viele Erinnerungen verbanden den Platz mit seinen Personen. Nach dem Krieg forderte das Leben alles auf das Notwendige hin. Vater Petteri konnte nicht nur an Allem die Hand selbst anlegen, sondern verfügte darüber hinaus über ein Talent, das zur Stunde Notwendige mit seinen vielen Beziehungen zu anderen Menschen stets organisieren zu können. So kam zum Beispiel von Allem reichlich zum Essen auf den Tisch : Frischer Fisch aus dem Meer, Kartoffeln, dunkles Finnisches Roggenbrot und auch andere Brotsorten aus der Vielzahl Finnischer Brote, Butter, Milch, Fleisch, im Sommer eine Auswahl frischer Gemüse aus dem eigenen und dem Garten Anderer, zusätzlich dann auch noch Heidelbeeren und Preiselbeeren aus dem Wald. Erdbeeren kamen erst später vom Markt in der Stadt auf den Tisch, während besonders im Winter eingelegte Gurken, sowie Kohlköpfe das frische Gemüse aus dem Garten ersetzten.

Ein kräftiger Mann wie Petteri kam nie zu kurz mit seinem Bier, obwohl Alkohohl noch viele Jahre auch nach dem Krieg ausschließlich in dafür vorgesehenen Alkohohl Läden nur gegen staatlich eingeführte Alkohol-Karten (viinakortti) erhältlich war. Über das ganze Land waren diese Alkoholgeschäfte recht dünn gestreut, dabei dünner, je nördlicher. So befand sich in der nördlichen Stadt von Rovaniemi lediglich ein Alkohol Geschäft, welches ein Gebiet im Umkreis von mehreren hundert Kilometern versorgte. Kein Wunder, daß solche Restriktionen zu einem „Mekka" mit überzogener Nachfrage nach Alkohol führte.

Erst später wurde das Experiment eingeführt, den Alkohol frei zu verkaufen. Wie vorauszusehen war, fand ein Rennen nach Alkohol zuerst statt, bevor ein der Normalisierung näher stehender Alkohol-Konsum sich einspielte. Finnland machte so eine Entwicklung immerhin möglich.

Im Gegensatz zu der Kindheit von Arja, erlitt Finnland in schwierigen Zeiten schwere Not auch mit der Versorgung durch Lebensmittel. Sechshundert vorausgehende Jahre unter schwedischer Herrschaft und darauffolgende einhundert Jahre unter russischer „Knute" vermochten nicht die finnische Einheit zu zerstören. Die sprichwörtliche „sisu" (Widerstands-Fähigkeit) der Finnen als ein Bauern-Volk hat dazu beigetragen, das Land und ihre eigenste Sprache auch über lange Zeiträume aufrecht zu erhalten. Nach dem Ersten Weltkrieg gelang es den Finnen dann endlich ihre Unabhängigkeit durchzusetzen.

Der Finnische Nobel-Preisträger für Literatur, Franz Emil Sillanpää, beschreibt in seinem Roman „Silja, die Magd"(„Nuorena Nukkunut") die schwierigen Zeiten der Finnen, besonders auf dem Land. All zu oft zwangen die Verhältnisse die Finnen zu drastischen Maßnahmen, um dem Hunger beizukommen. Ein wenig Weizen, oder Roggen wurde zum Beispiel mit fein gemahlener Baumrinde verlängert, Brennesseln und Löwenzahn kamen für den Gemüse-Ersatz auf ; war besonders im strengen Winter kein Essen mehr vorhanden, mußte der knurrende Magen fürlieb nehmen einzig mit zubereiteter Baumrinde.

So etwas wie Windeln für die Kleinkinder, war nicht einmal daran zu denken vorhanden. Selbst noch nach dem II. Weltkrieg sind eine ganze Zeit lang die Lebens Verhältnisse auch in Finnland äußerst schwierig geblieben. Familien mit Kindern hatten besonders in dem lang anwährenden Winter einen Kampf zu überstehen. Berichte aus den entlegenen Gebieten im Osten von Finnland, Kareliens, lassen verlauten, daß Kinder oft mit Frostbeulen auch am Gesäß ihr Leben fristen mußten.

Schwierige Zeiten haben schon immer das Bessere in uns gefordert, selbst wenn es gegen die allgemeine Norm verstoßen sollte. Hier war Petteri oben auf, wie man an das leidlich, notwendige Geld herankam. Vieles mußte herhalten, vom Transport mit Lastwagen, Bootbau, Sandgrube bewirtschaften bis zu allen möglichen Geschäfte-Machereien. Dabei blieb nicht aus, daß Petteri Zeiten weg von zu Hause verbrachte. Die Arbeit mit der Familie und dem Haus blieb somit die Angelegenheit der Mutter Tysse. Diese Arbeit wurde nicht weniger, als die zweite Tochter Raija in die Familie kam.

Arja mit Schwester Raija, 1948

Die Großeltern von der Mutter-Seite Arjas kamen aus Tampere in Mittel-Finnland regelmäßig, die Familie in Turku besuchen. Entweder mitten im Sommer gegen Ende Juni, oder um die Weihnachtszeit. Bei einem Besuch bereits im Jahr 1945 ergab sich noch nicht lange nach der Geburt von Arja folgende Episode : Um der Mutter Tysse etwas Abwechslung in ihren Alltag zu bringen, luden die Großeltern sie ins Kino ein. Während der Zeit wurde Petteri im Beisein eines Bekannten angehalten, auf die kleine Arja gut aufzupassen. Petteri hatte alle Hände voll zu tun, seine kleine Arja ruhig zu halten, zumal die Mama ihr fehlte.

Trotz seinem Aufspiel-Talent wollte es Petteri nicht gelingen, mit seiner Aufmerksamkeit von Geschichten und lustigen Mimik-Faxen das jüngste Familien-Mitglied ruhig zu halten. Die Anstrengung auf der jungen Seite ging ungeachtet im wahrsten Sinne auch in die Hosen. Dort Erleichterung zu schaffen, kam dem Schöpfer-Herren Petteri nicht in den Sinn. Selbst als das „Geschäft" in den Kindeshosen seinen Weg bis an den Hals gefunden hatte, wußte die andere Seite gar nicht mehr weiter.

Zurück vom Kino-Besuch, ließen Tysse und ihre Mutter keinen Augenblick verstreichen, das „arme" Kind aus seiner Not zu befreien. Respekt für die Hilfe auf der männlichen Seite verflog im Nu : „Zum Glück bringen die Männer unsere Kinder nicht in die Welt !" - Was zurück blieb, war der Spitzname für Arja „Bierhose"(„kaljapöksy") und „Alles-Esser" („tutti frutti") , nachdem die Überraschung auch noch ausgekostet wurde. - Petteri verdünnisierte sich ohne weiteres Aufsehen zu erregen und überließ die Saubermach-Aktion den „Professionellen". Wie gut sind Männer, nach Kindern zu schauen, geschweige sie groß zu ziehen ? Die Frage brauchte nicht mehr beantwortet werden. Sagt man nicht bereits dazu : „Vater werden ist nicht schwer, Vater sein dagegen sehr !"

Vater Petteri hatte aber auch stärkere Seiten, welche nicht unbedingt in ein Familienleben passten. Sein Magen mußte einem Fass ohne Boden gleich gewesen sein. Stolz konnte er jeden wissen lassen, daß er niemals betrunken war, obgleich er mit seinen Saufbrüdern regelmäßig die Grenzen testete, was so ein Mann an Alkohol hinter die Binde gießen konnte und dabei nüchtern blieb. Solche Testfälle fanden gewöhnlich nach einem Arbeitstag statt. Dafür konnte der Tag nicht lang genug sein, weshalb die Nacht meistens auch herhalten mußte. In der Familie kam dies jedoch nicht gut an, es störte einen geregelten Tagesablauf.

Den darauffolgenden Tag benötigte der „Held" all zu oft, den fehlenden Schlaf nachzuholen. Die kluge Frau Tysse versuchte immer darüber hinweg zu schauen, damit die zwei kleinen Töchter, Arja und Raija, in ihrer Kindheit nicht falsche Vorbilder, sondern eine wohlbehütete Zeit erlebten.

Für „äiti", in Finnisch die Mutter, blieben allerdings schlaflose Nächte nicht aus, wenn Petteri nicht nach Hause kam. Je länger dies andauerte, desto mehr verlor Tysse ihren Schlaf, welches unausweichlich ihre Gesundheit in Anspruch nahm. Leider war es auch hier wieder so, daß unsere Gewohnheiten den Lauf unseres Lebens zu einem großen Teil mitbestimmen. Dennoch behielt Tysse ihren frohen Sinn, sie klagte niemals über etwas.

Es lag Tysse am Herz, ihren Kindern dieselbe unbeschwerte Kindheit mit auf den Weg ins Leben zu geben, wie ihre Eltern sie es erfahren hatten lassen. Ihr Frohsinn erhielt ihr auch gute Freundschaften. So lebten in der Nachbarschaft von Honkaisteranta das Ehepaar Signe und Into. Sie hatten keine Kinder und waren froh, mit den Kindern Tysse zur Seite zu stehen. So erfuhr die Mutter wenigstens ab und zu etwas Zeit, Ruhe für sich zu finden. Genau so umgekehrt half Tysse Anderen, wenn sie es nur konnte. So zum Beispiel wohnte auch noch in der Nachbarschaft eine Junge mit dem Namen Kullervo. Er war im selben Jahr wie Arja geboren. Den Kullervo konnte seine Mutter allerdings nicht stillen, was ein großes Problem damals bedeutete, denn künstliche Milchnahrung durch die

Flasche, gab es in der Zeit nicht. Tysse sprang ein und half aus, neben Tochter Arja auch Kullervo zu stillen. Damals konnte man sagen, Tysse rettete Kullervo das Leben.

Tysse und Petteri, 1956

War es dann in späteren Jahren dieselbe Mutter-Fürsorge, welche Kullervo an Arja interessierte ? Arja verhielt sich jedoch sehr ablehnend und zurückhaltend, nicht nur dem Kullervo gegenüber, sondern besonders Jungen, welche ihr näher kommen wollten. Der Grund für dieses, man könnte es auch ein vorsichtiges Verhalten bezeichnen, lag in dem Vorbild des nach Außen all zu freizügigen Vaters Petteri. Noch in ihrer Kindheit schwor Arja sich, niemals zu heiraten. Dennoch kam auch hier jemand in ihr Leben, dem es gelang, ihre Einstellung wieder positiv neu zu beleben.

Die Freundschaft mit Signe lebte dann auch weiter mit Arja, selbst nachdem Mutter Tysse mit 85 Jahren sich aus dieser Welt verabschiedete. Noch nach sechzig Jahren seit dem Beginn der nachbarlichen Freundschaft mit Signe, hielt Arja den Kontakt auch aus der Ferne aufrecht. An dem Einhundersten Geburtstag von Signe im Jahr 2008, rief Arja sie aus Australien an. Arja's Endstation eines bewegten Lebens wurde mit ihrer Familie Australien. Besonders im Nachherein, wurde Arja sich bewußt, was für eine schöne Kindheit sie in Finnland erlebt hatte, nachdem sie so viel überall in der Welt gesehen und erlebt hat. Aus der Obhut während ihrer Kindheit in Finnland wuchs in ihr das Verlangen, hinaus in die Welt zu gehen, weg aus der scheinbaren Enge des Vertrauten. Draußen war die Welt anders, dort waren die Herausforderungen für den allergrößten Teil der anderen Menschen. Dort galt es sich zu bewähren und zu lernen. Auf diesem Weg begegnete dann Arja auch Martin, dem späteren Ehemann, Lebensgefährten und Autor dieses Buches.

Indes vergingen die Tage von Arja noch während der Kindheit friedfertig und glücklich. Dies wurde auch die Grundlage für die nachfolgenden Jahrzehnte, um als Erwachsener gegen alle Herausforderungen bestehen zu können. Zu Hause in Finnland war so Vieles einfach da, was aber nicht heißen sollte, es war selbstverständlich. Die relativ geringe Bevölkerung von Finnland erlaubte seinen Menschen mehr Raum und persönliche Freizügigkeiten, als in vielen anderen Ländern, oder Teilen der Welt. Der höhere Lebensstandard auch in Finnland von heute, sollte die Finnen nicht vergessen lassen, verdanken sie der langen Vorarbeit von Generationen, Schwierigkeiten auf sich zu nehmen und zu überwinden. Die Selbstverständlichkeit von Freiheit und Konsum hatte ihren Preis. Während der Kindheit Arja's nach dem II.Weltkrieg war ein Jeder beschäftigt mit dem Wenigen, was für ihn zurückgeblieben war. Erst später mit den steigenden Ansprüchen einer neuen Generation, erfasste jeden mehr ein Konkurrenzdenken. Die kleinen Dinge waren es noch in der Vergangenheit, welche Freude bereiten konnten. Dazu gehörten zu Hause bei Arja auch der Sandkasten im Garten mit dem Kinder-Spielhäuschen daneben, welche Petteri extra für die zwei Mädchen gebaut hatte.

In der Obhut von Tysse, lernten die Mädchen in bereits jungen Jahren langsam sicher zu schwimmen, im niederen Meereswasser am unteren Ende des Familien-Anwesens. Mit den Nachbarkindern fanden Ballspiele damals noch auf der Straße statt, weil soviel wie kein Auto damals in der Gegend unterwegs war. Langeweile kam nicht auf. Streit zwischen den Kindern verstand Tysse stets mit Geduld und Frohsinn herunter zu spielen.

Tysse mit Arja, Honkaisteranta, 1956

Erst in späteren Jahren wurde es offenkundig, wie unterschiedlich die beiden Schwestern waren. Arja verhielt sich mehr zurückgezogen, während die Schwester Raija ein „Hans Dampf in allen Gassen" wurde. Deshalb ist es auch nicht zu verwundern, daß ihre Lebenswege sehr unterschiedlich ausfielen. Arja ging in die Welt hinaus, die

Schwester blieb in Finnland und erlebte die Wechsel des Lebens mehr zu Hause.

War Petteri auch einmal zu Hause bei der Familie, dann ließ er sich allerhand einfallen, wie er die versäumte Zeit mit der Familie nachholen konnte. Wenn er mit seinen selbst erfundenen Geschichten aufwartete, schenkte ein Jeder ihm seine ganze Aufmerksamkeit. Die Kinder aus der Nachbarschaft wußten sehr schnell, wenn der „Märchen-Onkel" aufgetaucht war und versäumten nicht, ihm auch ein Ohr zu schenken. Somit machte Petteri einigen Boden wieder wett, den er in der anderen Zeit all zu leicht zu Hause verlor. Dennoch war es auch hier wieder bedauerlich, daß niemand diese Petteri-Märchen fest halten konnte und schriftlich Anderen weiter gab. Ein guter Märchen-Onkel hat leider die Schreibfeder nur selten nahe genug bei sich.

Immerhin ist Arja eine Gute-Nacht-Geschichte von Petteri soweit im Gedächtnis geblieben : Die Geschichte drehte sich um junge Blinde-Passagiere, wie sie kostenlos die Welt zu sehen bekamen mit ihren so vielen schönen Ländern. Prompt machten sich von den nachbarlichen Zuhörern des Vorabends zwei von ihnen am nächsten Morgen auf, zu Fuß zum Hafen von Turku. Das plötzliche Verschwinden der Kinder alarmierte allerdings die Eltern. Sie benachrichtigten die Polizei, welche auf der Suche nach den Kindern gerade noch rechtzeitig sie aufgreifen konnten, wie diese dabei waren, heimlich auf ein geankertes Schiff im Hafen zu gehen. Vor dem großen Schiffsrumpf verließ der Unternehmer-Mut die Ausreiß-Kinder allerdings mit dem Unbekannten vor sich sehr schnell. Die Rückkehr mit der Poizei nach Hause verlief dann weniger abenteuerlich. – Wie doch gut hervorgebrachte Vorstellungen, Menschen oftmals beflügeln können, gleichgültig welchen Alters, Abenteuer zu suchen. In solchen Fällen fehlt gewöhnlich der Umgang mit ausreichender Wirklichkeit. Wenn am Ende dann doch noch alles gut läuft, ist auch mit der Phantasie nichts verloren gegangen. Wer weiß, in wie weit die Phantasie von Arja für die Welt von Petteri angeregt wurde? Bekanntlich haben kleine Ursachen oft einen Ausgang mit größeren Folgen. - Als die Polizei die jungen zwei „Welt-Reisenden" in der Nachbarschaft wieder gut abgeliefert hatte, waren alle Beteiligten nur froh darüber. Kein Argwohn schlich sich zwischen den Nachbarn ein. Petteri amusierte sich zwar darüber, versprach jedoch, von nun an weniger abenteuerliche Geschichten zu erzählen.

Auf Petteri gemünzt, trifft zu, daß, wo viel Licht herrscht, da entsteht auch viel Schatten. Das Leben läuft nicht immer wunschgerecht, insbesondere entsprechend den Wünschen Anderer. Solange das Gute die Oberhand behält, hat das Licht über unserem Leben sich behauptet. Eine starke Persönlichkeit sprach aus Petteri. Er übte damit eine Anziehungskraft auch auf Kinder. Für sie war er der gut aussehende, starke, liebenswürdige Mann, zu dem so Viele aufschauten. Das zu Hause war für Petteri mehr eine Fluchtburg, wo er sein konnte, wie der Augenblick es ihm erlaubte ; leider meistens weniger auf schauerregend. Andere Menschen sahen in Petteri den Unübertroffenen ; Tysse hingegen sah besser hinter diese Kulissen.

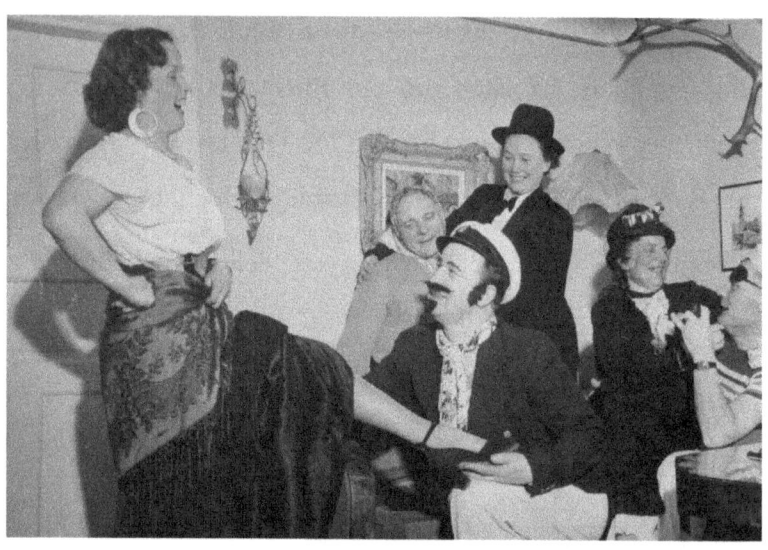

Tysse und Petteri haben Spaß zusammen mit Freunden

Solange Petteri zum Beispiel Geld frei verfügbar hatte, war er in seiner Schauspieler Rolle nicht zu übertreffen. Lief der Geld-Hahn zwischendurch jedoch auch einmal trocken, war Petteri auf einmal fast nicht mehr zu erkennen, wie er sich im Stillschweigen übte und sich zurückzog.

Nur wer Petteri näher kannte, hatte von ihm ein besseres Bild, wie er seine Rollen wechselte. So erreichte eines Tages auch sein zu Hause die Nachricht, wie Petteri Eindruck auf Andere schindete, indem er aus echten, guten Geldscheinen Papierflugzeuge faltete und seine umstehenden „Bewunderer" im Stadtzentrum von Turku mit unübertreffbarem Selbstbewußtsein und Freude durch die Luft sie verteilte. Kein Wunder, daß Petteri wieder einmal der Mittelpunkt war, zumal das Geschäft, vor dem Petteri auftrat, Kunden mit diesem „Flug-Geld" leichter und besser erhielt.- Auf der anderen Seite war Tysse keineswegs beeindruckt, denn das Geld hätte einen besseren Dienst zu Hause verrichten können. Nicht selten mußte sie die zu Hause zurück gebliebenen Hosentaschen von Petteri auf „vergessenes Fluggeld" untersuchen, um den Haushalt aufrecht erhalten zu können.

Auf jeden Fall, besondere Menschen wie Petteri, konnten nicht mit normal üblichen Maßstäben betrachtet werden. Erst später im Leben erfuhr Arja, wie diese gegensätzliche Persönlichkeit ihres Vaters zu erklären war : Die Mutter von Petteri verwöhnte Petteri gegenüber seinem älteren Bruder in einem Ausmaß, welches im schwierigen Umfeld nach dem Ersten Weltkrieg unausweichlich zu einem übersteigenden Selbstbewußtsein auch gegenüber

53

anderen Menschen führte, zu weit ab von der möglichen Wirklichkeit. Dies führte sogar soweit, daß der ältere Bruder den Ausweg suchte, sich aufzuhängen, wohingegen der verwöhnte Sohn Petteri ein Leben lang nach der fortgesetzten Bestätigung suchte, die ihm die Mutter fälschlich zukommen ließ.

Im Leben kommen wir alle nicht umhin zu begreifen, daß das Leben einem Gebäude gleich kommt. Dabei spielt jeder Baustein seine Rolle, wie ein fester Bau zustande kommen kann. Wird am Fundament bereits gefehlt, kann ein relativ fester Bau nicht zustande kommen. In solch einem Fall kann nur eine aus Lebens-Erfahrungen selbst-gefestigte Persönlichkeit ein Fehlen im Fundament im Nachherein wieder wettmachen. Petteri konnte Vieles wettmachen, nur nicht, was Selbst-Disziplin betraf.

In Petteri's Schauspiel-Kalender erschien eines Tages auch folgende Aufführung : Weiß Gott woher, einen Panzer hatte Petteri mitten durch die Stadt organisiert. Auf der Fahrt lud er soviel Kinder ein, wie ihm nur gefolgt waren. Die Fahrt wurde selbst für die Zuschauer ein Ereignis, weil kein anderes Fahrzeug es wagte, den Panzer zu überholen. Der Verkehr kam zum Stillstand, so Mancher glaubte, Krieg war ausgebrochen. Erst die Polizei brachte dem Schauspiel ein Ende. Petteri verstand es dennoch, dem „Jux" die positive

Seite aufrecht zu erhalten und nicht auf der anderen Seite den Spielverderber aufkommen zu lassen. Er war es, der den „Spaß" begann und er wußte auch, wie aus der Klemme wieder heraus zu kommen. Da Petteri eine bekannte Person in der Stadt und weiter war, kam ihm dies nur gelegen, denn „eine Krähe kratzt der anderen die Augen nicht aus". Stand Petteri Herausforderungen gegenüber, war er in seinen Antworten nie verlegen.

So trug sich dies auch an einem anderen Tag zu, als ein Lausbub aus der Nachbarschaft glaubte, den Langmut von Petteri prüfen zu müssen : „Den Schneid hast du nicht, mir Teer in das Gesicht zu schmieren." Ohne ein Wort zu verlieren, wußte Petteri, wo er Teer schnell zur Hand hatte. Und schon hatte der „Herausforderer" erhalten, wofür er gefragt hatte, Teer in sein Gesicht geschmiert zu bekommen. Aus der Nachbarschaft folgte daraufhin ein starker Vorwurf, dem Petteri allerdings unbeeindruckt aus dem Weg ging. Die Angelegenheit verlief sich dann auch im Sand ; wer in der Tat hätte Petteri die Stirne bieten können ?

In Allem gab sich Peteri nach außen ungeschlagen. Er hatte fast seinen Spaß daran, sich selbst darin zu bestätigen. Tysse allerdings wußte diese Spreu vom Weizen zu trennen, wenn Petteri zum Besten gab :" Ich bin meiner Zeit voraus !" In dem Fall waren es besonders die anderen weiblichen Darsteller, die ihm dabei eine hilfreiche Stellung gaben. Ganz einfach betrachtet, kein Wunder, bei so einem Mann mit soviel Profil.

Ein Geschäft mit Frauen kam heimlich auch auf das Programm. Nur war es das Gesetz in Finnland, welches Petteri den Strich durch die Rechnung zumindest offiziell nach außen hin besorgte. Erst im heranwachsenden Alter von Arja und der Schwester Raija, ließ die Mutter Tysse diesen Schleier über Petteri's Vielseitigkeit aufheben, wie sie zum Beispiel noch als junge Frau in das Zimmer von Petteri bei seiner Mutter zu Hause eintrat und die Wände „geschmückt" mit lebensgroßen Abbildungen von unbekleideten Frauen vorfand. Tysse hegte verständlich die Hoffnung, einen guten Mann aus Petteri machen zu können, wie Petteri auf Knien den Eltern von Tysse versprach. Die Erfahrung im Leben weist jedoch daraufhin : Wenn ein Mensch, so wie er sich zeigt, oder vielleicht auch ist, Zweifel offen läßt, bleibt der Versuch ihn langfristig zu ändern, vergeblich. Die Gewohnheiten sind meistens stärker und schwer abänderbar.

Solche Vorstellungen veranlassten Arja besonders in sich zu kehren und mit besseren Überlegungen in ihrem Leben gegenüber zu treten. Sie war verständlich als junge heranwachsende Frau mehr verwirrt als überzeugt, von dem, was sie aus ihrer direkten Umgebung erfuhr. Erst die Zeit und andere Menschen-Kontakte halfen solche Wunden zu heilen.

Auf der einen Seite hegte Tysse den Wunsch, Arja soll auch eine erwachsene Frau werden, jedoch ohne das Vorbild des Vaters, der verwirrende Eindrücke von Frauen verbreitete. Nichts ist nur schlecht, weshalb selbst aus solcher Umgebung durchaus gute Ansätze in einem jungen Leben sich niederschlugen, wie zum Beispiel : Die zwei Schwestern, Arja und Raija, waren bestimmt damals die Ersten im Land, welche aus Schweden einen „Donald Duck" wunderschön bemalt in Gummi-Plastik und eine große selbst gehende Puppe von Petteri erhielten. Damals konnte man nicht so leicht wie heute, über sechzig Jahre später, etwas für Kinder einfach kaufen. Solche Spielsachen waren wertvolle Spielgefährten für Kinder. Die Puppe zusammen mit dem Donald-Duck sind bis zu den Tagen, an denen dieses Buch geschrieben wird, treue Begleiter an der Seite von Arja durch ein wechselvolles Leben geblieben. Vergessen wir besser nicht, Spielen ist eine wichtige Vorbereitung für alle Anforderungen, die im Leben auf uns zukommen. Verlieren wir die Einfachheit und Leichtigkeit im Spiel, wachsen die Schwierigkeiten uns allzuleicht über den Kopf. Spielen und die damit verbundene Freude, auch Lachen, helfen nur, den

Alltag erleichtern.

Im voranschreitenden Alter der beiden Töchter, ließ Mutter Tysse ab und zu sie mehr wissen, welche andere Seite des Lebens Vater Petteri mit anderen Frauen verfolgte. Für Tysse war dies nicht leicht, einen positiven, glücklichen Weg für ein Leben zu zeigen. Zum Glück hatte sie ihre Eltern und wenige gute Freunde, die den negativen Ausfall eines so talentiert, widersprüchigen Mannes und Vaters ihrer Töchter, übersehen halfen. Tysse war stark genug, über die Probleme hinweg, ihren Willen aufrecht zu erhalten.

Sie mußte der Überzeugung gewesen sein, daß niemand im Leben bereit war, die schlechten Seiten mittragen zu helfen ; also Schwamm darüber und den positiven Ausblick beibehalten. So gelang es Tysse auch immer, andere Menschen für sich positiv zu gewinnen. Leider jedoch nicht ohne Spuren, besonders in ihrer Gesundheit zu hinterlassen.

Arja war zwar in sich etwas zurückgezogen, jedoch empfand nie Langeweile, sich zu beschäftigen. Tysse wollte Arja dabei nicht versäumen zu sehen, auch eine gute Freundin zu haben. Eines Tages dann brachte Tysse aus der etwas weiteren Nachbarschaft ein gleichaltriges Mädchen mit dem Namen Tuija und ihrer Mutter Sirkka mit nach Hause. Beide Mütter verband ein ähnliches Schicksal, nämlich, daß beide

Ehemänner ein extravagantes Leben außerhalb der Familie führten. So brachten die Schwierigkeiten sie näher zueinander. Während jedoch Petteri ein „ungebremstes" Leben führte, kaum verfehlte, das Gute als auch das Schlechte zu seinen Gunsten zu verbuchen, geriet der Vater der neuen Freundin von Arja fast regelmäßig in Konflikt mit allem Möglichen, was das Gesetz nicht billigte. Dadurch blieb es auf der neu gewonnenen Freundes-Seite nicht aus, daß Mutter Sirkka mit ihren zwei Töchtern unter anderem auch den „Kuckuck" im Haus hatte, oder dem „guten Mann" der Blick hinter Gitter verpasst wurde und sie mit den Folgen daraus leben mußte.- Was auch schwer zu fassen war, ist die Tatsache, daß beide Mütter aus gut bürgerlichen Familen her kamen. Beide hatten sie die Hände voll zu tun, ihre Kinder abseits der Welt ihrer Männer zu halten. Petteri gelang es hingegen immer, aus Engpässen seines Lebens persönlich unbehelligt heraus zu kommen.

Das andere Mädchen aus der Nachbarschaft freundete sich sofort mit Arja an. Ihre Freundschaft hielt ihr ganzes Leben an. Tuija blieb immer freundlich und freute sich zusammen mit Arja über alles. Kein schlechtes Wort fiel in dieser Freundschaft. Ihr Leben stellte allerdings Fragen, welche selbst mit bestem Willen schwer zu beantworten sind:"Wie war es möglich, daß eine so aufrechte, frohe Person vom Schicksal so getroffen wurde ? Sind „Gut" und „Schlecht" im Leben für den Einzelnen vorausbestimmt, oder, folgen sie Verhaltensweisen im Zusammenspiel mit der Umgebung ? Auch ihr Mann kam auf die „Schiefe Bahn" ; Krankheit holte ihn jedoch ein und forderte den Preis seines Lebens.

Daraufhin folgte ihr einziger Sohn in den vielversprechenden Fußspuren der Mutter mit einem gesunden, beständigen Leben. Und trotzdem blieb das Schicksal ihm tragisch auf den Fersen. Krankheit ließ ihn aus der Reihe der Lebenden viel zu früh im Alter von dreißig Jahren heraustreten. Wenn dies nicht genug war, folgte Tuija im Alter von sechzig Jahren. Diese verhängnisvolle Krebs-Erkrankung in der Familie konnte mit dem Atom-Reaktor Unfall von Chernobil, in Russland, im Zusammenhang stehen. Der radioaktive Niederschlag erreichte damals auch Finnland. Manchmal kann man nicht umhin sich Gedanken zu machen, wie es kommt, daß manche Menschen fast vom Unglück verfolgt werden, während andere Menschen das Glück überfordern und Schaden ihnen erspart bleibt. Leider lehrt uns die Erfahrung : Menschen sind unterschiedlich von Natur ausgrüstet, um Anfechtungen zu überdauern.

Jedenfalls, aus ihrer Kindheit hat Arja viele gute Erinnerungen in ihr Leben mitnehmen können. In der Freundschaft mit Tuija lernten beide Mädchen für ihr Leben, keinen Streit aufkommen zu lassen, noch Einer über den Anderen dominieren zu wollen. Noch während ihrer gemeinsamen Schulzeit, steckten sie ihre Köpfe zu Hause beim Einen oder Anderen zusammen und fuhren eifrig fort mit Lesen und selber Schreiben. Dabei kamen eigene, spannende Geschichten oft heraus, welche sie dann anderen Kindern im Schauspielen vortrugen. So übten sich auch hier früh, was ein „Häckchen" werden wollte.

Eine besonders angenehme, schöne Zeit weiß Finnland seinen Menschen im Sommer zu schenken, wenn die Stunden des Tages in die Nacht mit ihrem Licht noch scheinen und die Sonne am Horizont nur für kurze Zeit in einen märchenhaften Abendrot-Schleier sich versteckt. Dem Übergang in den Sommer, seinem Ausgang zum Winter hin ist wenig Zeit eingeräumt. Gerade deshalb sind sie stark ausgeprägt. Winter hält sein Regiment bis zu neun Monaten aufrecht ; kein Wunder, daß die Finnen ihren Sommer mit Leidenschaft begrüßen.

Im Monat Mai bricht das Frühjahr gewöhnlich über Nacht durch mit frischen grünen Blättern an den Birken, Ahorn, Eichen im Süden des Landes, welche noch am Tag zuvor blattlos tod ausgesehen haben. Nach langen, bitter-kalten Wintertagen mit wenig Tageslicht, erscheint solcher Durchbruch zu neuem Leben umso eindrucksvoller. In drei guten Sommer-Monaten von Juni bis August holt die Sonne mit ihren verlängerten Stunden bis in die Nacht nach, was im Winter zu kurz gekommen war : Licht und Wärme. Die Sonne hält, was sie verspricht und taucht vom Horizont mitten in der Nacht wieder auf, um den nächsten Tag noch lange vor dem Morgen, mit ihrem Sommer-Licht einzuleiten. Im Norden von Finnland, seinem Lapland, herrscht das Sonnenlicht ohne Unterbrechung den ganzen Tag über die Nacht. Am längsten Sonnentag, dem 21. Juni, feiern die Finnen im Freien die „Mitt-Sommer-Nacht" bei Lagerfeuer, altem Brauchtum, Essen und Trinken mit viel Ausgelassenheit und Frohsinn.

Typisches ländliches Finnland, 1950-1960

Gewitter kamen und gingen im Sommer, gleichgültig, ob der Hausherr Petteri zu Hause war oder nicht. Die Mutter und Schwester von Arja hatten panische Angst vor dem Donner und den Blitzen. Den Nachbar suchten sie dann regelmäßig auf, um gemeinsam mit anderen „Angsthasen" die Zeit besser zu verbringen. Sollte es einmal der Fall sein, die Nachbarn waren nicht zu Hause, schlossen sich die zwei Familien-Helden in einem Schlafzimmer ein, bei fest verschlossenen Fensterläden von außen und Vorhängen von innen. Im Raum selbst versteckten sie sich im Bett, die Bettdecke über Beide, je ein Kopfkissen über dem Kopf. Was sie ganz einfach glaubten, nicht sehen und hören zu müssen, darin konnten sie ihre Ängste mit sich verstecken.

Auf der anderen Seite lachte Arja sich ins Fäustchen, wenn sie nur die „Angsthasen" sehen mußte, wie sie sich vor dem Gewitter versteckten. Arja ließ Gewitter unbesorgt ; sie zögerte auch nicht der Mutter und der Schwester folgende Worte mit in das Versteck zu geben : „Dies ist kein Grund für Angst, der Blitz und der Donner sind nicht hinter uns her!" Arja war gefestigt in der Auffassung, das Gewitter kommt und geht auch wieder. Nur der Hund des Hauses schloss sich Arja an, um seine Ängste gemeinsam gestärkt vergessen zu können, entweder an der Seite von Arja neben dem Stuhl vor dem Schreibtisch, wo Arja gerne „Bücherwurm" spielte, oder unter dem Bett, wenn der Donner zu stark wurde.

Warum sollten wir Ängste hegen über etwas, dessen wir sowieso nicht Herr sind ? Am besten nehmen wir die täglichen Dinge des Lebens, wie sie auf uns zukommen mit Aufmerksamkeit und bemühen uns, stets das Beste daraus zu machen, selbst wenn das Unvorhergesehene uns ereilt. Das Richtige wird immer sein, die Ruhe zu bewahren. Und wenn wir der Spielregel folgen, schleichen sich weniger Fehler in unserem Leben ein. Dennoch war es oftmals Tysse, die nicht überzeugt werden konnte, ihre Ruhe beim Auftreten eines Gewitters zu bewahren, abzuwarten , wie das Gewitter kam und mit Sicherheit auch jedes Mal wieder ging. Hier unterschieden sich Mutter Tysse und Tochter Arja grundsätzlich. Am Ende lief es dennoch immer darauf hinaus, das Gewitter ging vorbei, der Ablauf des Tages gewann wieder die Oberhand, ein jeder blickte nach vorne , was war, blieb zurück. Denn wir alle besitzen sowohl stärkere, als auch schwächere Seiten in unserem Leben, die sich entsprechend zu Wort melden, je nachdem, wie wir auch dem Leben selbst gegenüber treten. Was am Ende für jeden von uns zählt, ist, das Leben geht weiter.

Seit eh und jeh bringt der Sommer in Finnland seinen Menschen nach einem langen Winter die Freude zurück, das

Leben im Freien zu suchen, ohne die langen, kalten Tage der Dämmerung im Schutz gut geheizter Wohnräume. Schwimmen im nahe gelegenen Meeresarm wurde fast täglich zu einer Regel erhoben. Sobald Arja groß und kräftig genug herangewachsen war, unternahm Sie in zunehmenden weiter reichenden Kreisen mit dem Ruderboot der Familie Ausflüge auf dem Meeresarm. Zu der Zeit diente auch solche Freizeit Beschäftigung einem sinnvollen Heranwachsen eines unternehmungs-lustigen Jugendlichen, gleichgültig ob Junge oder Mädchen.

Wenigstens ein Hund fand immer Platz in der Familie. Da Arja viel Aufmerksamkeit und Liebe Tieren im allgemeinen gegenüber hegte, verstand es sich von selbst, daß Sie den Familienhund Slipi, einen „lakeland terrier" mit sich in das Boot mitnahm. Vom höchsten Punkt des Boot-Heckes beobachtete Slippi jedes Mal aufmerksam, wie Arja das Paar Ruder gleichmäßig vorne an den Seiten des Bootes aus dem Wasser hob, um sie wiederholt weiter zurück im Wasser einzutauchen. Der Schub der Ruderflächen im Wasser nach vorne, ließ das Boot bei ruhigem Wasser gleichmäßig in eine gewünschte Richtung gleiten. Etwa in der Mitte des Bootes dienten am Bootsrand je eine hervorstehende Gabel, links und rechts das Ruder in und aus dem Wasser zu führen. Arja saß auf der Bank zwischen den

Rudergabeln, wo Sie mit den Füßen gegen eine Bootsrippe gesichert die Ruderbewegung mit ihren Armen vor und rückwärts ausführte. Wie bereits erwähnt, hielt Slipi sein gutes Auge auf Arja und das Boot, versäumte aber nicht, das Wasser in seinen leichten Wellen und seinen Luftblasen an der Oberfläche auch zu untersuchen auf eventuellen Fisch, der leichtfertig an der Oberfläche geblieben war.

Nicht viele Boote konnte man damals in einem der vielen Meeresarme sehen ; über eine weite Fläche teilte sich das Küstenvorland in untereinander verzweigte Scheren-Arme. Die meisten von ihnen sind so tief, daß selbst große Schiffe ihren Weg durch dieses Labyrinth finden. Bei schönem klaren Sonnenschein liegt das Wasser oftmals ruhig, ohne jede Kräuselung an seiner Oberfläche. Das Tageslicht bricht sich in wechselnden Schattierungen zwischen den bewaldeten Ufern der dunkel-grünen Pinien, den hell-grünen Lärchen Blatt-Gewändern, unterbrochen stellenweise von ranken Birken, deren grau-weiß gesprengkelte Stämme deutlich auf sich aufmerksam machen. Von den Anhöhen der Felsenerhebungen blicken vereinzelt rötliche Holzblock-Häuser zum Wasser aus sicherer Entfernung hin, wohingegen die kleineren Sauna-Holzhäuser direkt die Wasserlinie entlang der Küste aufsuchen. Sauna gehört seit eh und jeh zu Finnland, wohin auch immer die Völkerwanderung auch die Finnen auf ihrem Weg nach Finnland brachte. Sauna ist ein fester Bestandteil Finnischer Lebensgewohnheiten geworden. Nicht nur an Wochenenden, sondern auch unter der Woche pflegen die Finnen den Sauna-Besuch, je nach Zeit und körperlichem Sauberkeits-Bedürfnis. Früher wurde ausschließlich Holz zum Erhitzen des Sauna Raumes verwendet. Sobald genug Hitze den Sauna-Raum erfüllt, schließt sich oft im Wechsel eines Schwimmbesuches der Sauna-Besucher im kälteren Wasser eines Seearmes an. Dabei erfährt jeder Besucher, wie gründlich die Sauna-Hitze den gesamten Körper von innen nach außen durch Schweißbildung reinigt.

Selbst während der lange anhaltenden Winterzeit lassen die Finnen es sich nicht nehmen, die Sauna regelmäßig zu besuchen. Das fest gefrorene Eis über dem Wasser wird stellenweise gebrochen, so daß eine noch intensivere Abkühlung nach dem Sauna-Besuch stattfinden kann. Allerdings ist solche „Tortur" nur bei guter Gesundheit zu empfehlen. Sollte das Bad im Eisloch etwas zu viel erfordern, dann bleibt noch die Möglichkeit offen, im Schnee sich zu rollen, weil dies etwas weniger Mut erfordert.

Kein Wunder bleibt allerdings, daß nach einem Sauna-Besuch das Gefühl eines Neugeborenen nicht ausbleibt. Wer dies erfährt, weiß zumindest, daß er/sie recht gesund sind. Im Rahmen Essen und Trinken nach einem Sauna-Besuch, ist ein weiteres Erlebnis im Freundes oder Familienkreis.

Tysse als Winter-Schwimmer vor dem Eisloch

Nach einem gelungenen Bootsausflug ohne eine feste Zeit für eine Rückkehr, war es allerdings wichtig, die eigenen Hunde im abgegrenzten Bereich um das Haus zu halten. Denn der Vorgänger von Slipi, Roy, ein Deutscher langhaar Vorstehhund, verursachte viel Ärger in der Nachbarschaft, wenn er ihre Katzen verschwinden ließ. Um den Hausfrieden mit den Nachbarn aufrecht zu erhalten, besänftigte gewöhnlich ein ansehnlicher Geldbetrag die Nachbarn über den plötzlich so wertvoll erklärten Verlust eines Lieblings-Hautieres. Nicht jedes Mal kam es so zu einer friedfertigen Einigung mit einem Nachbarn. In einem Fall glaubte der Nachbar zu viel mit erster Linie Arja's Hund erfahren zu haben, so daß er die Polizei rief. Viele Worte wechselten zwischen den Parteien, ein jeder wollte Recht behalten. In der Mitte befand sich der Hund, um dessen Sorge besonders Arja bangte.

Ein weiterer Nachbar gesellte sich zu der verbalen Auseinandersetzung über das Schicksal des Hundes. Einer Sackgasse gleich wurde dann entschieden :"Den Hund übernimmt jetzt die Polizei !" Roy musste also mit der Polizei von zu Hause mitkommen. An dem Tag kam Vater Petteri zur Abwechslung auch einmal nach Hause. Der Handlung der Polizei antwortete er persönlich bei der Polizei Stelle. Jedenfalls nicht all zu viel später kam Petteri einem

Wunder gleich mit Hund Roy wohbehalten zurück nach Hause. Allerdings zu keinem Zeitpunkt erwähnte Petteri, wie er den Familienhund Roy rettete vom sicheren Tod in den Händen der Polizei.

Ein anderes Mal legte Hund Roy ein Huhn vor die Haustüre. Da der Hund unsicher war, ob er ein Lob oder eine Schimpfkanonade wegen dem Huhn erfahren werde, hielt er sicherheits-halber einen seiner vorderen Läufe fest über dem Huhn, so daß es nicht weglaufen konnte. Schließlich kam doch noch rechtzeitig jemand zur Rettung des Huhnes. Allerdings waren die Spuren von einem Federverlust nicht zu übersehen ; das arme Huhn zeigte mehr seine Hühnerhaut, als seine stolzen Federn. Am Ende schaffte es sogar noch ein schnelles Ei zu legen, welches Roy sorgfältig unter seiner anderen Vorderpfote schützend hielt. Auch Wunder sind da, damit sie über eine Bühne laufen können ; das Huhn jedenfalls überlebte die Gegenüberstellung mit dem Hund ! Nicht hingegen das in Eile gelegte Ei. Nach all dem bedurfte es gegenüber dem Nachbar einer Experten Diplomatie, um Frieden vorherrschen lassen zu können. Und wie sich ohne Umwege herausstellte, beherrschte auch diese Rolle Petteri vorzüglich : Zugeständnisse, Entschuldigung, Entschlossenheit in fester Argumentation halfen Petteri die andere Seite von ihrem verärgerten Podium herunter zu holen auf einen gemeinsamen friedlichen Boden :" Da haben wir es , wieder gibt es Ärger, aber das Glück blieb dennoch auf deiner Seite ; immerhin hast du noch dein Huhn lebendig. Was können wir jetzt machen ? Die Polizei rufen, bringt uns nur noch mehr Ärger ein. Ich stehe zu der Angelegenheit und werde nicht von der Stelle weichen, bevor wir als gute Nachbarn uns wieder von einander verabschieden können. Wir halten von nun an ein besseres Auge auf unseren Hund und ihr werdet das selbe mit euerem Huhn machen. Als Trost akzeptiere diese kleine Entschädigung und wir können alles vergessen. Was noch helfen sollte, wir trinken bei mir ein Bier, um unsere gute Nachbarschaft neu zu bekräftigen. Wie könnten wir sie wegen einem Huhn auch nur in Frage stellen, meinst du nicht auch ? Komm mit mir in mein Haus und alles wird wieder gut sein wie eh und jeh."

Immerhin, um des Nachbars Frieden Willen, war der Preis solcher Übereinkunft nicht zu hoch ausgefallen. Nach einem Sommer blieb bis jetzt auch nie aus, daß der Winter mit seiner Macht Jahr für Jahr aufwartete. Ein kurzer Herbst war stets sein Vorbote. Oft wechselten die Bäume ihre grünen Blattkronen über Nacht in ein buntes Blattkleid, in Farbunterschieden von gelblichen bis rötlichen Tönen. So offenbart sch die Natur selbst im Tod in Stärke und Schönheit, da sie weiß, daß alles sich wandelt, um nur später in neuem Leben mit Stärke und Schönheit aufzuwarten.

Wenn während der „rusca" (Herbst- Blatt-Färbung) die bunten Blätter auf den Boden gefallen sind, sehen die Bäume leer aus ; nur das Skelett ihrer Äste ist zurück geblieben.

Schnee wetteifert mit dem Weiss der Birken-Stämme

Der Wind und Regen zeigen sich zunehmend in ihrem kälteren Gewandt bis zum Ende des Monates November. Dann erhellt der Schnee das Land in seinen dunkeln Schatten. Die Felder über rollende Hügel zwischen den Wäldern und Siedlungen sind schon lange geerntet, ihre Erde ist neu aufgeworfen vom Pflug und wartet unter dem weissen Schnee seine Zeit ab. Stille hat das Land erfasst, alles wartet auf neues Leben, selbst die Wellen in der Ostsee sind vom Eis in ihrer Bewegung zu vorübergehend erstarrter Ruhe gekommen. Dies ist nun die Zeit, im geschützten Haus die Zeit zu verbringen mit guten doppelten Fenstern, sowie doppelten Türen nach außen hin, um den Winter daran zu hindern, auch in die Häuser zu dringen. Im Haus verbrennt oft ein zentraler Ofen das gleichmäßig zugeschnittene Holz, welches es galt auch in den Sommer-Monaten zu sammeln, oft am Waldboden mit gefallenen Ästen unterschiedlicher Größe. So kommt wohlige Wärme in finnische Heime, welche die langen kalten Winter-Monate hilft in einer heimeligen Atmosphäre zu überbrücken.

Kapitel 3

Schuljahre in
Turku & Nokia

Bereits vom Beginn in der Schule fand Arja Freude am Lesen. Besonders in den Winter-Monaten vertiefte Sie diese Leidenschaft und kam so auch mit Freude von dieser Seite über den langen Winter hinweg. Sie war so sehr mit Lesen verbunden, daß es Ihr nichts ausmachte, auch den Anderen in der Klasse beim Lesen hilfreich zur Seite zu stehen.

Eines Tages kam auch wieder der regelmäßige Besuch der Großeltern und Ihrer Tante aus Tampere in Mittel-Finnland zu Weihnachten nach Turku im Süden Finnlands. Was war wohl das schönste Weihnachts-Geschenk für Arja? Ein Buch mit der Geschichte des Hundes „Lassie kommt nach Hause", von Erich Knight. Arja fand sofort Gefallen an dem Buch und vergaß vor lauter Lesefreude alles Andere um sich herum. Während alle anderen Personen sich im Haus zurecht fanden, übersahen sie, daß Arja mit dem Buch in ihrem Zimmer zurück geblieben war und jeder glaubte, Sie wäre irgendwo verloren gegangen. In Wirklichkeit war Arja an einer Stelle in ihrem Zimmer geblieben, wohingegen jeder Andere von dort weggegangen war. Die Geschichte von Lassie faszinierte Arja auf der Stelle.

Bücher wurden für Arja zuverlässige Begleiter durch ihr ganzes Leben. In späteren Jahren, als die Aufgaben in ihrer eigenen Familie an sie herantraten, war weniger Zeit für Bücher vorhanden. Aufgeschoben hieß für sie jedoch nicht aufgehoben. Spätestens, als Ihr Ehemann Martin mit 65 Jahren in den „Ruhestand" mit Schreiben umstieg, nahm Arja ihren Lesefaden wieder erneut auf. Das Leben hatte viele Erfahrungen ihr auf den Weg mitgegeben. Eine nicht Unwesentliche war die, Arja hatte gelernt, fließend zu sprechen und zu lesen in zumindest drei Sprachen : Finnisch, Englisch und Deutsch. Ihr Sinn für Genauigkeit befähigte Sie dann auch, die Schriftsteller-Arbeit Ihres Mannes Martin auf Haut und Nieren einer ersten Prüfung zu unterziehen.

Zweite Volkschul-Klasse von Arja, Turku-Finnland, 1954
(Arja, klein, hinten links, fast verdeckt)

So kam es dazu, daß Martin und Arja ein neues gemeinsames Interesse fanden. Denn aufmerksames Lesen und Schreiben können den Weg zu eigenen Gedanken eröffnen, besonders mit der Unterstützung eigener Erfahrungen in Bild und Wort. Dem gegenüber präsentiert Fernsehen und Videos leidlich fertige Bilder und Meinungen, wohingegen im Buch der Spielraum mehr gegeben ist für eigene bidliche und gedankliche Anstöße. Für Arja wurde das Leben eine besondere Erfahrung, zuerst in Ihrem gehüteten zu Hause aus Büchern Erfahrungen zu sammeln und dann später mit ihrem Ehemann Martin gemeinsam hinaus in die Welt gehen und im wirklichen Leben gemeinsam gestützt wirkliche Lebens-Erfahrungen zu verarbeiten.

Gute gedankliche sowie praktische Vorbereitung für das Leben sind immer dienlich gewesen, schwierige Zeiten zu meistern. Oft erkennen wir erst im Nachherein, wie schwierig gewähnte Zeiten oftmals die besseren Zeiten waren. Deshalb kann es hilfreich sein, sich von Zeit zu Zeit zurück zu besinnen mit Hilfe von einem Buch, sowohl aus der Erinnerung, als der Gegenwart, welches durchaus neue Perpektiven uns aufzeichnen kann.

Arja's Mutter Tysse erkannte die Freude von Arja an Büchern und befürwortete nur diese Freizeitgestaltung, da besonders so die vielen Probleme sie nicht berührten, welche der all zu originelle Vater Petteri in die Familie brachte. Trotzdem war auch im Verhältnis zwischen den beiden Elternteilen nicht alles nur fragwürdig. Jedenfalls verstand die Mutter Tysse das Schädliche vom Guten für Ihre Familie getrennt zu halten. So erfuhr die Mutter den einer Mutter gebührlichen Respekt von allen Seiten. Die jüngere Schwester von Arja, die Raija, folgte ihrem Leben unterschiedlich zu dem ihrer größeren Schwester, besonders nachdem Beide erwachsen waren. So kam es bei Arja dazu, daß Sie näher den Großeltern von der Mutter stand, wohingegen die Schwester Raija mehr nahe den beiden Elternteilen blieb.

So blieb es nicht aus, die Schwester Raija suchte Kontakte außerhalb der Familie früher als Arja, da Arja in den wichtigen Jahren des Heranwachsens unter der wertvollen Obhut von guten Großeltern verbrachte. Ihre Beziehung zu Büchern und Spaziergängen mit dem Hund durch nahe gelegene Felder und Waldungen unter den Fittichen der Großeltern begünstigten nur ein eigenständiges gesundes Heranwachsen . Wenige ausgewählte Freundschaften wie die mit der Freundin Tuija nahmen bereits in jungen Jahren ihren Lauf, um durch eine lange Lebensspanne beide zu begleiten. Die Beiden waren nach außen hin eher zurückgezogen, teilten aber dennoch mit frohem Sinn ihre gemeinsamen Interessen im Lesen, Erzählen, Schauspielen

Arja und Schwester Raija, 1958

und kleinen Ausflügen. Die Freundin Tuija lebte allerdings nur eine begrenzte Zeit auch außerhalb von Turku. Als die Familie der Freundin in die Stadt umzog, wurde dieser Kontakt etwas gestört, aber nicht aufgehoben.

„Die anderen Kinder in der Nachbarschaft fanden sehr schnell einen Spitznamen für mich," erinnert sich Arja. „Sie riefen mich die ‚Wurst', weil nach ihrer Meinung ich zu viel mit Büchern mich beschäftigte ; in ihrer Vorstellung sitzt jemand, der liest nur herum und gleicht einmal einer Wurst. Was ihnen allerdings entging, war dies, daß auch ich die Arbeit zu Hause redlich innerhalb der Familie teilte, sowohl im, als auch außerhalb dem Haus. So gehörte ein kleines Gemüsebeet in unserem Garten auch mir, welches ich fleißig instand hielt mit Unkraut auslesen, regelmäßig bewässern. Kam ein Salat, eine Gelberübe, ein Zwiebel auf den Tisch aus dem eigenen Garten, dann schmeckte dies so viel besser, als das gekaufte Gemüse vom Markt. Hier erfuhr auch ich mit Stolz eine Belohnung für meinen Beitrag.

„Hinzu kam ohne viel zu fragen, Schwimmen im nahe gelegenen Meeresarm, mit dem Boot hinaus rudern und dabei auch versuchen mit einfachstem Angelgerät Fisch zu fangen. Ein gelegentlicher Ausflug in die Stadt teilweise mit dem Bus und zu Fuß, oder in die nähere Wald- und Wiesen-Umgebung, nicht zu vergessen die für Finnland obligatorischen Sauna-Besuche, sie alle füllten ohne Schwierigkeit alleine einen jeden Tag mit Beschäftigung. Wahrscheinlich übersahen eher die anderen Kinder, daß sie in Wirklichkeit sich auf einem Weg zu einer „Wurst" befanden. Denn die folgenden Jahre konnten dies nur bestätigen.

„Zu Beginn brachte mich die Mutter in Begleitung im Zug zunehmend für eine Woche zu den Großeltern nach Tampere, in Mittel-Finnland, wobei Sie wieder zurück nach Turku fuhr und mich lediglich dann wieder abholte. Solche Abwechslung bereitete mir große Freude. Denn die Großeltern hatten mehr Zeit, als die eigenen Eltern. Die aus Erfahrung gewonnene Distanz zum täglichen Leben befähigt den älteren Menschen, den Blick in eine Zukunft zu öffnen und nicht mit Schwierigkeiten sich unnötig aufzuhalten.

„Die Großmutter nannte ich „Mummi", den Großvater „ Taata". In ihrem Wohnhaus hielten Sie ein Lebensmittel-Geschäft am Laufen im Erdgeschoss. Die Lage des Geschäftes an einer Verkehrsader in und aus der Stadt Tampere brachte eine gute Zahl regelmäßiger Kunden dem Geschäft ein. Alleine daher kannten viele Leute die Großeltern. Ihre aufrichtige Bedienung der Kunden brachte Ihnen einen guten Ruf ein. Das persönliche zuverlässige

Gegenüber zu dem Kunden bescherte dem Geschäft einen stetigen Fluss der Kundschaft, weniger unterschiedlich in der Anzahl, wie dies der Fall in größeren Einkaufs-Zentren war. Jeder Kunde wurde persönlich empfangen, angesprochen und bedient. Nicht so unpersönlich, wie in zweckmäßig gross eingerichteten Supermärkten."

Der Tag begann hier allerdings sehr früh, schon alleine deshalb, weil die Milch und das Eis vom Eis-Lieferanten früh unterwegs waren. Bis dann Arja im zweiten Stockwerk zur Straßenseite aus ihren Bettfedern heraus kam, hatte der Alltag mit Arbeit im Laden und erste Kunden Bedienungen schon für ein paar Stunden seinen Lauf genommen.

Im Laden selbst wechselten sich die Großeltern regelmäßig in der Aufsicht ab, so daß immer jemand von ihnen für Arja da war. Die gelegentliche Zeit im Laden brachte auch Arja in den Kontakt mit vor allem den regelmäßigen Kunden. So lernte Sie die Leute dieser Gegend kennen, während Sie den Unterschied zu den Menschen weiter im Süden, woher Arja kam, nicht nur für sich erkannte, sondern auch den Menschen hier mitteilen konnte. Hier im Laden bei den Großeltern begegnete Arja mehr Menschen, als zu Hause außerhalb der Stadt Turku. Diese Verhältnisse trugen entscheidend dazu bei, daß Arja nach den ersten Grundschul-Jahren in Turku nach Tampere zu den Großeltern umzog. Bei den Großeltern wohnte in dem großen Haus auch noch die Tante Aune, die Schwester von Arja's Mutter. Sie hatte schon ihr ganzes Leben hier in der Pispalanvaltatie Nummer 59 gewohnt.

Im übrigen unterschied sich die Stadt Tampere nicht viel von dem weiter südlich gelegenen Turku. Die typische finnische Landschaft mit ihren überwiegend immer grünen Fichten- und Tannen-Wäldern, dazwischen eingebetteten Seen und Feldern kamen auch hier nahe, unweit von dem Haus der Großeltern. Herausragende Felsenflächen hat die Zeit geduldig mit glatten Flächen versehen. Bereits aus dem Haus konnte man sie in der direkten Umgebung nicht übersehen.

Die Stadt Tampere liegt auf einer Landzunge zwischen zwei Seen. Nach Norden hin ist es der Pyhä-Järvi und nach dem Süden der Nässy-Järvi. Von einer massiven Felsen-Erhöhung, gewissermaßen in der Mitte der Landzunge, sieht man weit über die beiden Seen , wie das grüne Band der Wälder sie umringen und in der Ferne in einem grünen Teppich sich fortsetzen.

Tampere hielt schon seit eh und jeh den Ruf eines Industrie-Zentrums von Finnland, insbesondere in der Textil und Papier-Herstellung. Auf der anderen Seite beanspruchte die Stadt Turku weiter im Süden den Anspruch der kulturellen Wiege Finnlands.

Schloss Turku im Süd-Westen von Finnland

Solche unterschiedliche Einschätzung der beiden Städte führte unumstritten zu einem Wetteifern, wem von Beiden mehr Bedeutung im Land beigemessen werden konnte, oder auch sollte. Dabei bleibt nicht aus, daß es nie an Worten fehlte, solche Meinungs-Verschiedenheiten auszutragen. Turku brüstet sich, daß „Tampere nur eine Straße ausmacht." Dem gegenüber bringt Tampere in solches Feld die Behauptung, daß „Turku hat nur ‚kakola' (ein Gefängnis) und ‚samppalinna' (ein gutes Restaurant). Und, wenn Turku die Wiege der Kultur sein soll, dann ist es dies nur, weil die Kultur dort noch nicht aus der Wiege gekommen ist."

Von solchen amusanten Vergleichen abgesehen, haben in Wirklichkeit beide Städte etwas ihnen Eigentümliches anzubieten. Wenn Turku Kultur für sich in Anspruch nimmt, dann kann Tampere zur gleichen Zeit auf seine erfolgreichen Söhne in der Literatur hinweisen : Den Tischler und Dichter Laura Viita, 1916 geboren, der im Vorort Pispala von Tampere wohnte, dem Vorort, wo auch die Großeltern von Arja lebten.

Auf der ‚Pyynikki' Erhöhung inmitten von Tampere, erinnert ein metallischer Kunstausdruck an seinen bekannten Sohn. Wiederum nicht weit von Tampere, in der kleinen Ortschaft Hämeenkyrö, inmitten einem bild-schönen Wald-

und See-Gebiet lebte der Literatur-Nobel-Preis-Träger, Frans Emil Sillanpää, dessen Roman „Silja die Magd" im Jahr 1938 preisgekrönt wurde.

Außer seinem kulturellen Hintergrund ist die Stadt Tampere auch noch obendrein wohlhabend. Aus diesem Grund konnte seine Stadtverwaltung ein Lichttheater mit einer drehenden Bühne in seinem Außenbezirk von Pyynikki einrichten, welche übrigens die erste ihrer Art in der Welt war. Dieser Platz übte eine starke Anziehungskraft auf Arja während ihrer Zeit in Tampere aus. Wenn es nur möglich war, besuchte sie meistens mit jemandem von der Familie diesen Schauspielplatz im Freien, umringt vom finnischen Wald.

In späteren Schuljahren besuchte Arja auch die Schule in Nokia, welche in den östlichen Außenbezirken von Tampere lag. Die damals kleine Ortschaft Nokia ist übrigens der Geburtsort des weltbekannten Elektronik Herstellers mit demselben Namen der Ortschaft, Nokia. Damals in den 1950-iger Jahren war Nokia noch ein kleiner idyllischer Ort am Land umringt von Seen, Tannen und Fichten-Wäldern. Buchen und Eichen fand man hingegen nur ganz im Süden entlang dem Baltischen Meeresarm. Denn je weiter nördlich man in Finnland geht, desto mehr regieren zunehmend die harten Winter-Bedingungen.

Interessant mag vielleicht auch sein, daß der Elektronik-Gigant Nokia seinen Namen dem kleinen Ort entlehnte während er anfänglich noch Gummi-Stiefel und Autoreifen herstellte. Erst Ende der 1960-iger Jahren wechselte das Unternehmen seine Fertigung auf elektronische Baubestandteile. Die Richtung dafür gab ihnen ihre Erfindung des Mobilen Telefons im Jahr 1982. Dieses erste Entwicklungsstadium des Mobilen Telefons konnte auf Grund seiner Maße und seinem Gewicht noch nicht richtig von einer Person leicht unterwegs mitgenommen werden. Sein Anfangsgewicht bewegte sich um die 15 Kilogramm und kostete sage schreibe damals noch 25000 Finn-Mark. Dennoch leitete dies die technische Revolution des Mobilen Telefones ein.

Nokia wurde gewissermaßen auch für Arja ein Start in ihrem Leben, hauptsächlich mit der Schule von Nokia. Das Leben für Arja bei den Großeltern in Tampere verlief ruhig und geordnet, so daß jeder Besuch von ihr in Turku, wenn er meistens auch nur kurzweilig war, jedes Mal eher einen besseren Lauf nahm, als sein Gegenteil. So blieb es nicht aus, Arja wußte am Ende nicht mehr genau Bescheid, wo sie lieber zu Hause war. Denn mit jedem Wechsel zwischen den beiden Städten wurde sie gewahr, daß alles jedes Mal auch für das Auge unterschiedlich ausfiel, als es im längeren Kontakt sich anschickte. Die Großeltern in Tampere jedoch vermochten durch ihr ruhiges, stetes Leben die Wahl für Arja stärker beeinflussen. Am Ende war ihr zu Hause auch noch in Turku, so daß es schließlich doch dazu kam, Arja kehrte zurück nach Turku.

Die neuen Verhältnisse forderten erst eine Anpassung von Arja. Besonders während der Anfangszeit in der Schule außerhalb dem Stadtkern von Turku, nicht weit von ihrem zu Hause, kam Arja in der Schule zwar mit, aber nicht mit Leib und Seele. Zu der Zeit bestand in Finnland noch die Trennung zwischen Grundschule und Gymnasium, welche in darauffolgenden Jahren in ein einheitliches Schulsystem überwechselte. So wurde der Fähigkeit eines jeden Schülers besser Rechnung getragen, wie weit er/sie der Schulausbildung lückenlos Folge leisten konnte oder wollte. Deshalb war es nicht zu verwundern, daß andere Länder aufmerksam wurden, wie Finnland seine Ausbildung fortschrittlich einrichtete. So war besser gewährleistet, daß jedem Schüler gleiche Startbedingungen in der Ausbildung angeboten wurden. Es dauerte so auch nicht lange, daß diese Bemühungen weit über die Grenzen hinaus von Finnland Beachtung fanden. Besonders die „Privatschule" wurde von Finnland mit der allgemeinen Schule in Frage gestellt.

Der Ehrgeiz blieb bei Arja auf der Sparflamme. Dies

hatte allerdings nichts mit dem Schulsystem zu tun. In ihr schlummerte der Wunsch, in ihrem Leben hinaus zu gehen und den Aufgaben draußen im Leben Rede und Antwort zu stehen. Wahrscheinlich unterschiedlich zu ihren meisten Klassenkollegen, welche genug beschäftigt waren, den Schulforderungen zu genügen. In den Jahren auch während der Schulzeit von Arja herrschte strenge Disziplin in allen Klassen, sehr unterschiedlich zu der sogenannten Freizügigkeit und Mitsprache-Auffassung in den neueren 2000-Jahren.

Wie gut die Schule und die Lehrer waren, läßt sich auch erst im Nachherein draußen im Leben beurteilen. Die Schule konnte auch weder immer korrekt noch immer falsch gehandelt haben; sie war nach menschlichem Ermessen die Vorbereitung fürs Leben. Im Leben fallen dann bekanntlich erst die entscheidenden Würfel, wo ein jeder gefordert wird mit seinen Fähigkeiten die Antworten zu liefern. So war es auch bei Arja in der Schule nicht außergewöhnlich, daß Lehrer unterschiedlich wußten, den Anforderungen zu genügen. Aus dem Grund gab es Lehrer, wo die Schüler diszipliniert dem Unterricht Folge leisteten, aber auch das Gegenteil, daß Schüler mit Streichen die Lehrkraft herausforderten. In jedem Falle hing es vom Lehrer ab, wie er/sie die Unterrichts-Disziplin aufrecht hielten. Dabei blieb es nicht aus, daß die eine oder andere Lehrkraft den Herausforderungen einer Klasse nicht gewachsen waren.

So kann sich Arja noch an eine Lehrerin erinnern, wie sie der Klasse ihre Antwort auf schlechtes Verhalten lieferte; dabei handelte es sich nicht einmal um einen Religions Lehrer : Die Klasse konnte sie nicht mehr zur Ruhe verpflichten, so daß sie nach Höherer Autorität sich flüchtete und die Klasse aufforderte : „Wer von euch nicht mehr an Gott glaubt, der soll auf der Stelle das Klassenzimmer verlassen !" Das Ergebnis war, die Klasse hatte einen Grund gefunden, laut heraus zu lachen, denn keiner in der Klasse war bereit, unnötig die Aufmerksamkeit auf sich zu lenken, indem er dem Aufruf der Lehrerin Folge leistete.

Lehrer sein, war bekanntlich noch zu keiner Zeit leicht. In diesem Fall hatte jede weitere Disziplin-Maßnahme von der Lehrerseite keinen Erfolg mehr; die Aufmerksamkeit und der Respekt waren in Frage gestellt. Dies war aber auch damals nicht die Regel und blieb die Ausnahme. Allgemein hielt die Disziplin damals den Unterricht aufrecht. Lehrer unterscheiden sich am Ende auch nicht viel mehr von anderen Berufen in Hinsicht auf Geeignetheit des Einzelnen für einen Beruf. Erst im Berufsfeld zeigen sich die Fähigkeiten des Einzelnen.

Allgemein betrachtet, waren damals wie heute Lehrer, die verstanden im Unterricht der Schule die jüngere

Generation zu führen. Genau so waren unter ihnen auch Lehrer, welche ihre eigenen Probleme im Gegenüber mit Jugendlichen schufen. Denn aufgeweckte junge Menschen nehmen auch von einem Lehrer nicht alles ungeprüft an, die Überzeugungskraft auf der Lehrerseite spielt hier seine Rolle. Sind wir aufrichtig, stellen wir fest, dies war schon immer so. Eine junge Generation wartet nur ungeduldig auf ihre Rolle im Leben, wozu auch die Schuljahre gehören. Im Großen Ganzen war Respekt in der Schule zu meiner Zeit auf jeden Fall gegeben."

„Disziplin war bereits in meiner Schulzeit nicht immer selbstverständlich", erinnert sich Arja. „Auch wir waren keine Engel. Gewöhnlich waren es lediglich einzelne Schüler, welche aus der Reihe tanzten. So trug sich zum Beispiel eines Tages auch zu, daß außerhalb dem Schulhof zwei Schüler eine Zigarette rauchten, so wie das Erwachsene selbst in Begleitung von Schülern sich herausnahmen. Zusammen mit meiner Freundin wurden wir gewahr, ein Lehrer hatte sich auf den Weg zu den zwei rauchenden Schülern begeben. Es war aber nicht mehr genug Zeit, unsere zwei Klassenkameraden rechtzeitig zu warnen, ihre Zigaretten zu verstecken. Deshalb stand der Lehrer überraschend den zwei Schülern gegenüber, inmitten einer Rauch-

Wolke von den Zigaretten. Streng nach der Schulvorschrift war den Schülern Rauchen untersagt, selbst außerhalb der Schule. Ein Kompromiss kam dennoch zustande, denn die Eltern der zwei Schüler kamen mit einer schriftlichen Erklärung, daß Sie keinen Einwandt hatten, wenn ihre beiden Kinder außerhalb der Schule eine Zigarette pafften. Im Normalfall wurde ein Schüler von der Schule verwiesen, wenn er/sie beim Rauchen ertappt wurden. Dieses Mal ging ein solches Vergehen glimpflich aus für die beiden Schüler, weil der Lehrer einsichtig einlenkte und nicht den Stab der Zukunft für die beiden jungen Menschen schon von der Schule her brechen wollte. Es wurde klar geäußert : Wenn wir jung sind, sollen Fehler uns anhalten, zu lernen um sie nicht zu wiederholen. Erst, wenn nicht daraus gelernt wird und Fehler wiederholt werden, muß eine angemessene Strafe folgen."

„Schwimmen als Unterrichtsfach war ein Fach, welches in der Klasse unterschiedlich willkommen geheißen wurde. Das Hallen-Schwimmbad der Stadt Turku hatte unter der Woche verschiedene Tage eingerichtet, an denen entweder männliche oder weibliche Besucher nach finnischer Ungezwungenheit nackt badeten. Junge Schüler, zu denen auch ich zählte waren etwas unsicher im nackten

Gegenübertreten mit Anderen, wenn sie auch alle weiblicher Natur waren. Um vom Schwimmen befreit zu sein, mußte man von den Eltern schriftlich etwas vorlegen. Solche Befreiung führte aber nicht daran vorbei, daß während der Schwimmstunde eine andere Beschäftigung eingeschaltet wurde, wie zum Beispiel, auf dem Friedhof alte Grabsteine aufzusuchen und ihre Inschriften auf dem Papier fest zu halten und dann eine Grabstätte vom Unkraut befreien."

„Solche Alternative zum Schwimmen war nicht gerade sehr beliebt, so daß Schüler sich selbst halfen, indem Einer die Grabstein Inschrift auf Papier festhielt, während ein anderer Schüler sich dem Unkraut der Grabstätte widmete. So wurde wenigstens geteiltes Leid unter den „Aussässigen" erzielt. Die gewonnene Zeit wurde manchmal sogar für einen Stadtbummel eingesetzt. Solange diese alternative Beschäftigung im Rahmen verlief, hielten die Lehrer nur ein Auge darauf und gewährten Schülern auch auf dieser Seite einen Lauf in eigener Verantwortung."

„Denn während diesem Schwimmunterricht nahmen sich so manche in der Klasse die Freiheit heraus, Andere auf ihr Aussehen hin auf die Schippe zu nehmen, nur um sich gegenüber Anderen herauszuputzen. Dabei wurde nicht all zu selten auch die Saite der persönlichen Empfindlichkeit, besonders bei heranwachsenden jungen Menschen anges-

schlagen. In den meisten Fällen gingen solche Ungereimtheiten genau so, wie sie gekommen waren. Weniger
bleibt ein persönlicher Schaden auf der Gefühlsebene dabei
zurück, als eine Stärkung der Persönlichkeit in der Folge. So
lernte auch ich so manches absichtlich zu übersehen und den
Blick weiter für Wichtigeres zu schärfen. Lernen ist ein
Prozess, der uns ein Leben lang auf den Fersen folgt. Je
früher und mehr wir uns ihm öffnen, desto besser verstehen
wir Lebens-Situationen und können uns entsprechend
einrichten. Schwierigkeiten gleich welcher Art sollten wir als
Prüfsteine sehen, die uns auch helfen, eine stärkere
Persönlichkeit zu entwickeln. Diesem ‚Rezept' schloss ich
mich an, nicht nur beim Schwimm-Unterricht, sondern
zunehmend im Lauf meines künftigen Lebens."

Erst vor kurzem wurde wiederholt bekannt, daß
Finnland das beste Schulsystem entwickelt hatte. Bis zum
Tag heute beruht solcher Erfolg auch auf dem einheitlichen
Ausbildungs System und nicht in unterschiedlichen
Kategorien wie privater und allgemeiner Ausbildung. Alle
Bemühungen in einem ‚Topf' erreichen mehr, als ungerecht-
fertig getrennte Bemühungen, basiert auf sozialen Unter-
schieden in der Gesellschaft. Jedem jungen Menschen die
gleichen Startmöglichkeiten bereits von der Ausbildung her

zu gewähren, ist das Erfolgsrezept von Finnland.

Der finnische ‚Mikael Agricola', ein Zeitgenosse des Deutschen Reformers Martin Luther, vereinigte bereits die Bevölkerung von Finnland, wenn sie auch damals gering in ihrer Zahl war. Solche erfolgreiche Bemühungen dauerten bis in die Neuzeit an und halfen neue Aufgaben, wie die Ausbildung, in einem fortschrittlichen Weg auch zu beflügeln. Als ein Ergebnis davon darf ohne Zweifel heute gesehen werden, daß alle Bemühungen in der Ausbildung in eine einheitliche Richtung zielten, welche konsequent mit der Zeit zu dem hohen Ausbildungsstand seiner Bevölkerung heute geführt hat. Dabei ist es nicht dem Zufall anheim gestellt, wenn private Ausbildungs-Initiativen hinter einem einheitlichen Bildungs-System ‚kleinere Brötchen backen dürfen'. Finnland hat darüber hinaus bereits seit dem Jahr 1865 die allgemeine Schulpflicht eingeführt gehabt.

Arja's Großvater erzählte stolz aus seiner Zeit, als das Schulsystem noch nicht alle kleineren Ortschaften mit einbeziehen konnte, daß er nur zwei Wochen Schule besuchte und dennoch gut als ein aufrichtiger Mensch durchs Leben kam. Jedenfalls den Schreib-Test gegenüber der Kirche vor seiner Hochzeit bestand er auch mit so wenig formellem Schulbesuch; was zählte, war die Entschlossenheit, die ‚Hürden' des Lebens mit Eigenleistung zu

97

nehmen. Schon seit sehr früh in der Geschichte der Reformation auch in Finnland bestand die Vorschrift, dem Pfarrrer mit Lesen und Schreiben Genugtuung zu leisten, bevor eine Heirat kirchlich befürwortet wurde. Der Sinn für Einigung auf einer Linie entspringt alleine bereits in der Vergangenheit besonders aus den harten, lange andauernden Winter-Verhältnissen und den daraus früher oft resultierenden Hungersnöten. Also war auch hier wieder die Not der Auslöser für bessere Zeiten.

Viele Fakten haben dazu beigetragen, aus Finnland eine starke Nation zu schaffen. Heute im Wohlstands-Zeitalter der beginnenden 2000-Jahre vergessen auch in Finnland viele seiner Menschen, welchen schwierigen Weg die Nation gehen mußte, um dort anzukommen, wo heute all zu leicht Wohlstand als selbstverständlich genommen wird.

Der finnische Schriftsteller Aleksi Kivi wird noch heute als Vater der Finnischen Sprache anerkannt, er lebte im Neunzehnten Jahrhundert, eigentlich relativ spät in geschichtlichen Maßstäben.Dennoch hatte Michael Agricola bereits fast 300 Jahre früher das „ABC-Buch" für die finnische Sprache und die Übersetzung des ‚Neuen Testamentes' der Bibel in die finnische Sprache geschaffen.

In seiner literarischen Abfassung „Die Sieben Brüder" handelt es sich um Eintausend Jahre Geschichte des finnischen Stammes. In ihr ist die Rede von ‚Kalevala' und einer ‚Nomaden' Zeit, den vorausgegangenen harten Bedingungen im Kampf in der Natur mit Wölfen, Bären und dem Standhalten gegen die kontrastreichen Klima-Einflüsse. Dies führte besonders in der Vergangenheit zu straken Schwankungen in Ernte-Erträgen. Erst in Neuester Zeit hat ‚an einem Strang ziehen' für alle Finnen bessere Zeiten ermöglicht. Die Anstrengungen müssen allerdings immer wieder neu aufgegriffen werden, wenn sie wünschenswerte Ergebnisse liefern sollen.

Obwohl die schwedische Sprache Jahrhunderte in Finnland parallel zur finnischen Sprache lief, überlebte die finnische Sprache in erster Linie dank seiner Landbevölkerung, die unbeugsam mehr im Hintergrund die finnische Sprachkultur aufrecht erhielt, obwohl in früherer Geschichte die finnischen Bauern weder lesen noch schreiben konnten. Diese Umstände zeigen auch, daß die Sprache ihre Stütze besonders in der Vergangenheit nicht von der sogenannten ‚Höheren Gesellschaft' erfuhr. Eine Ausnahme dieser Regel mag in Frankreich die „Academie Francaise" sein, welche die französische Sprache durch Jahrhunderte hindurch in ihrer Anwendung und Entwicklung formell weitgehend bestimmte.

Noch in früher Geschichte galt die finnische Sprache

als eine Sprache der ‚Unteren Gesellschafts-Schichten'
gegenüber der schwedischen Sprache. Im Jahr 1883 wurde
die finnische Sprache allerdings der schwedischen Sprache
offiziell gleichgestellt. Nach der Unabhängigkeits-Erklärung
Finnlands im Jahr 1917 ereilte das Land noch einmal eine
Uneinigkeit im Bürgerkrieg von 1917 bis 1919. Eine Seite
wollte den ‚Bolschwiken' in Russland sich anschließen. Sie
nannten sich die ‚Roten'. Auf der anderen Seite standen die
‚Weißen', welche ein unabhängiges Finnland verfolgten.
Jedoch war es die finnische Sprache auf beiden Seiten,
welche am Ende selbst bei schweren Verlusten in der
Bevölkerung auf beiden Seiten den Ausschlag zur Einigung
auf ein Finnland herbeiführte.

Wiederum waren es die finnischen Bauern, welche
mit ihrer Standfestigkeit, im Finnischen nennt man das
„sisu", die Einheit von Finnland unter der finnischen
Sprache retteten. Die Bauern besaßen damals kein Land.
Land wurde von der ‚Höheren Gesellschaftsschicht' zum
Bearbeiten gestellt, damit sie die Erträge ablieferten. Für die
Bauern bedeutete dies ein hartes Leben. Selbst bis in das
Zwanzigste Jahrhundert hielt sich diese untertänige Gesell-
schafts-Struktur. Die finnische Sprache verblieb jedoch be-
harrlich auf der Seite der Bauern-Mehrheit, von wo sie ihren
‚Siegeszug' gegen die ‚Höheren Gesellschaftsschichten'

allen Widerständen zum Trotz langsam, aber gründlich durchsetzte.

Während ihrer Schulzeit besuchte Arja noch die damalige Volkschule in Turku. Die Klassen des Gymnasiums jedoch in Nokia, in den Außenbezirken von Tampere. Der Schultag nahm damals um acht Uhr am Morgen seinen Lauf. Bis zur Mittagspause wechselten die Unterrichtsstunden sich ab, um dann am Nachmittag sich fortzusetzen. Ein Mittagessen aus der Schulkantine war für alle Schulkinder kostenlos erhältlich.

Die Schule besuchten die Kinder von sieben Jahren an. Die ganztägige Aufsicht mit dem Mittagsessen eingeschlossen gewährleistete eine Aufsicht der Kinder am Tag, so daß Eltern Zeit für andere notwendige alltägliche Dinge zur Verfügung hatten. Damals bestand die Schulwoche noch nicht aus fünf , sondern sechs Tagen, wobei häufig auch der Samstag ein voller Schultag wurde. Damals wurden alle Fächer in der Schule gelehrt, so daß jeder Schüler eine breite Wissens-Basis mit ins Leben nehmen konnte.

Zur Schulzeit von Arja hörte man nicht Schüler sich über zu viel Schularbeit beklagen. Wer war es dann, der die Stimme erhob für weniger Schulstunden mit weniger Fächern ? War die Grundlage die, Stress im Schulunterricht zu vermeiden, welches höchstens Raum gab für andere Probleme, wie notwendige Disziplin aufrecht zu erhalten.

Die Sommerferien fielen regelmäßig in die Monate Juni, Juli und August. Dies war eine herrliche Zeit, weg von der Schule. Der lange Winter sorgt schon alleine dafür, daß sowohl Schüler als auch Eltern sich nach einem Leben im Freien sehnen. Während den länger werdenden Tagen bereits im Frühjahr , besonders im Monat Mai erwacht mit einem Mal die Natur aus ihrem Winterschlaf. Nicht jeder Sommer bringt jedes Jahr so weit im Norden sonniges und warmes Wetter. Wenn dies aber eintritt, entschädigt Mutter Natur mit ihren langen, warmen, sonnigen Tagen während der Sommer Monate auch die Finnen.

Die meisten Familien leben in Finnland in der Stadt. Viele von ihnen weichen dem Leben in der Stadt aus in die umliegenden weiten Seen- und Wald-Gebiete, oder im Süden auch entlang den zahlreichen Meeresarmen der Baltischen See.

Mehr als 60 000 Seen liegen hauptsächlich vom Süden bis nach Mittel-Finnland von Tannen und Fichten-Wäldern umringt. Wenn nur möglich, wird jede Arbeit hinaus ins Freie verlegt, um so viel Sommer wie nur möglich einzufangen, denn der lange, bitter kalte Winter wartet immer wieder mit Schnee und Eis auf. Die Holzhäuser, oftmals rötlich aus der grünen Wald-Landschaft herausragend, nahe dem Wasser, sind beliebte Erholungsplätze für viele Familien. In den meisten Fällen nannten Familien solche Plätze ihr Eigentum.

Dort lädt das Wasser zum Schwimmen, Boot fahren, Ruder- sowie Motor-Boot und nicht zu vergessen in Finnland auch die Sauna Holzhütte, welche so nah wie möglich am Wasser sich befindet. Von der Sauna führt oft ein Laufsteg weiter hinaus in das Wasser, so daß man von dort außerhalb dem niederen Uferwasser direkt im tieferen Wasser nach einem Sauna-Besuch schwimmen kann.

Entlang den mehr felsigen Ufern der Seen oder Meeresarme wächst in der kurzen, aber intensiven Sommerszeit, überraschend hohes Schilfgras, wo bunte Blumen wetteifern, aus dem Grün auch herauzuragen. Das Leben draußen in der Natur, insbesondere während den wenigen Sommer-Monaten, ist ein inniger Wunsch eines jeden Finnen.

In den 1950-iger Jahren war es noch nicht leicht erschwinglich, außerhalb von Finnland sich aufzuhalten. Die Nachbarschaft von Schweden bot jedoch schon damals mit einer Schiffspassage vom Süden Finnlands nach Schweden eine Möglichkeit an. Solch eine Schiffsreise führte durch viele, hauptsächlich vor Finnland gelagerte Inseln unterschiedlichster Größe , welche durchweg Nordischer Wald bedeckte.eine Schiffsreise durch dieses Archipel im Sommer kommt immer noch heute einem Traum gleich, in dem die Sonne ihre Licht- und Schattenspiele selbst durch die Nacht auf der spiegelnden Wasseroberfläche spielen läßt.

Arja's zu Hause lag außerhalb von Turku in ‚Honkaisteranta‘,an einem Meeresarm. Zwischendurch erwarb Vater Petteri noch ein Haus mit Anwesen auch außerhalb von der Stadt Turku in ‚Auvaisberri‘, auf seiner westlichen Gegenseite, ebenfalls an einem Meeresarm gelegen. In beiden Fällen war Wasser in Reichweite vom Haus.

Die Zeit während der hauptsächlichen drei Sommermonaten war besonders für heranwachsende Jugendliche eine Zeit, die sie nicht abwarten konnten, nach den langen, kalten, Licht-armen Winter Monaten. Viele gute Erinnerungen aus der Zeit begleiteten auch Arja ein Leben lang. Selbst in den späten Abendstunden hielten nur Fensterläden oder Vorhänge das nicht ganz untergehende Lichtspiel der Sonne aus Schlafräumen, damit wenigstens etwas Schlaf gefunden werden konnte. Denn schon wenige Zeit nach Mitternacht stieg die Sonne wieder schnell vom Horizont auf, um einen neuen, langen, sonnigen Tag wieder zu erleuchten.

Arja erinnert sich, wie sie am Morgen im Sommer gewöhnlich um 6 Uhr aufstand :"Draußen war schon seit 4 Stunden wieder volle Sonne. Mein Hund 'Slippy' wartete vor der Türe in mein Zimmer. Kaum öffnete ich die Türe und schon sprang ‚Slippy' in mein Bett, auf mich wartend, bis ich die Vorhänge vor den Fenstern zurück gezogen hatte. Die Sonne schien jetzt hell auch in mein Zimmer."

„Mutter Tysse hatte Ihren Tag bereits in der Küche begonnen. Sie erwartete, daß auch ich bei der Vorbereitung für das Frühstück ihr zur Seite stand. War ein schulfreier Tag, versuchte ich länger im Bett zu bleiben. Ein Buch nahm ich dann zu mir ins Bett während ‚Slippy' mir Gesellschaft leistete. Lange dauerte es allerdings nicht, daß Mama sich meldete" : „Die Arbeit im Haus und außerhalb ihm läuft auch heute nicht weg, sie wartet auch auf dich. Auf geht's, heraus mit den faulen Knochen !"

„Meine Schwester wartete indes auf eine extra Einladung für Sie. Spätestens, wenn ich im Badezimmer fertig war und fertig für den Tag gekleidet in der Küche erschien, machte sich die Mutter auf, die Schwester unter der Bettdecke in ihrem Zimmer heraus zu holen. Die Mutter selbst litt schon damals unter Schlaflosigkeit, da Vater Petteri gerne die Nacht sich in sein Tagesgeschehen einverleibte.

„Zu meiner Zeit kam auf den Frühstückstisch bei mir zu Hause, dunkles Ring-Roggenbrot, Knäckebrot, Butter, gekochter Haferbrei und ein Glas frische Milch, welche unter der Woche vom Milchmann sehr früh an die Haustüre geliefert wurde. Auf den Tisch kam außerdem noch Heidelbeer oder Moosbeer-Marmelade, eingelegter Hering mit Zwiebel oder Gurke, Block-Käse und gegen Ende des Sommers auch Äpfel. Eine Orange oder Banane war damals kaum auf den Tisch gekommen ; Viele Menschen hatten damals solche Früchte nicht einmal zu Gesicht bekommen.

Vater Petteri gelang es manchmal irgendwie eine Orange oder Banane von weiß Gott woher bei uns zu Hause auf den Tisch zu zaubern ; Er verstand sich nicht nur damit seiner Zeit voraus zu sein. Während dem Frühstück dann ließ Mutter Tysse verlauten, was heute das Programm für den Tag war, insbesondere während den schulfreien Tagen in den Ferien. Nachdem die ersten notwendigen Arbeiten zu Hause über die Bühne gelaufen waren, behielt sich die Mutter vor, manchmal mit dem Bus uns in die Stadt mitzunehmen. Während sie Einkäufe erledigte, ergaben sich für mich und die Schwester Möglichkeiten, beim Einkaufen dabei zu sein, den anderen Platz in ‚Auvaisberri‘ aufzusuchen, oder auch bei einer Freundin in der Stadt Guten Tag zu sagen.“

Für Arja bedeutete dies ein besonderer Tag :"Ich konnte meine beste Freundin Tuija besuchen, welche in einer Mietwohnung in der Stadt wohnte. Wenn die Mutter nur einen Stadtbesuch erwähnte, war ich ganz Feuer und Flamme, meine Arbeit zu Hause so gut und so schnell wie möglich zu erledigen. Dies hieß in erster Linie, mein Zimmer aufräumen und putzen, in der Küche abwaschen und aufräumen helfen, den Hund füttern, auch etwas Zeit im Garten unterhalb dem Haus verwenden. Insbesondere das mir anvertraute Gemüsebeet zu pflegen mit Unkraut jähten, Erde mit der Hacke leicht lockern wo notwendig, Wasser mit der Gießkanne geben und einen Salat, Zwiebel oder Gelberübe ernten, wenn es so weit war.

Gewöhnlich konnten die Nachbarkinder nicht mehr warten, daß wir uns ihnen anschlossen. Meine Schwester vertrat mich meistens allzu gerne bei solchen Gelegenheiten.

Gegen ein Ballspiel auf der Straße vor dem Haus oder Schwimmen im Seearm unterhalb des Hauses hatte ich natürlich auch keine Einwände. Wenn die Mutter dann an die Zeit erinnerte, ließ ich es mir nicht nehmen , dann wieder im Haus nach meinen Büchern zu greifen und mich mit Lesen zu beschäftigen."

Die Zeit am Morgen verlief im Nu. Meistens war es lediglich der Hunger, der die Kinder erinnerte, daß die Zeit nicht mehr weit von der Mitte des Tages entfernt angekommen war. Mutter Tysse war indes mit der Hausarbeit auch soweit gekommen, um für den Ausflug in die Stadt fertig zu sein. Nur noch die Wäsche musste auf die Wäscheleine im Garten gehängt werden. Da der Bus nur zwei Mal am Tag in die Stadt fuhr, war es wichtig, den Zeitplan gut im Auge zu behalten. Im Bus traf man gewöhnlich auch Leute aus der Nachbarschaft. Einer Begrüßung und einem anschließenden ‚Schwatz' im Bus stand gewöhnlich nichts im Wege. Die Leute im Bus kannten sich ohnehin, weil die meisten von ihnen bereits viele Jahre die Gegend ihr zu Hause nannten.

Noch rechtzeitig, bevor die Mutter mit uns die kleine Strecke bis zur Bus-.Haltestelle zu Fuß ging, hatte Sie zu Hause in einem Korb Essen gerichtet, welches wir dann nach dem Stadtbesuch zu dem anderen Haus in ‚Auvaisberri' mitnahmen. Am Marktplatz in der Stadt verließen gewöhnlich die meisten Passagiere den Bus. War dies an einem Mittwoch, so hatten sich auf dem Platz geordnet viele farbenfrohe Stände eingefunden, wo man von Blumen bis zu Fisch, Fleisch und Obst fast alles frisch einkaufen konnte. Leicht Verderbliches wurde in Eiskisten tief gekühlt gehalten. Denn damals waren elektrische Kühlschränke noch nicht allgemein verbreitet anzutreffen. Leicht Verderbliches mußte deshalb ziemlich schnell auch gegessen werden.

Das in der Nachbarschaft gelegene Einkaufszentrum bot dann noch eine größere Auswahl an, hauptsächlich an Kleidung und Haushalts Gegenständen. Die Mutter und die jüngere Schwester Raija liebten den Einkaufsbummel. Ich selbst zog vor, diese Zeit für einen Besuch bei meiner Freundin Tuija auszunützen. Bei Tuija dann war die Zeit für eine Unterhaltung knapp bemessen, da ich die Abfahrzeit für den Bus gut im Auge behalten mußte. Bevor ich gewöhnlich zur Bushaltestelle zurück ging, ließ es sich die Mutter von Tuija nicht nehmen, uns einen leckeren kleinen Imbiss zu reichen. Solche Stärkung war alleine schon deshalb willkommen, da seit dem Frühstück inzwischen reichlich Zeit vergangen war und der Hunger sich bereits ungeduldig meldete.

Dieses Mal brachte uns der Bus nicht nach Hause, sondern nach ‚Auvaisberri‘, wo das schöne Holzhaus mit seiner Verandah lag, dem Blick von einer Anhöhe auf einen Meeresarm, umgeben von Fichten und Tannen. Der Tag war dann schon am Nachmittag angekommen und trotzdem herrschte noch für viele Stunden das Tageslicht mit der

Sonne, weil es ja Sommer war.

Von der Veranda-Seite gewannen wir gewöhnlich Zugang in das Haus. Das ganze Haus war sauber aus Holz errichtet worden auf soliden Holzbalken, welche auf einem Granit-Felsen befestigt ruhten. Zum Wasser des Meerearmes war es nur eine Ball-Wurf-Distanz weit. Alles im Haus war am Platz, dort wohin es gehörte, vom ersten Stock in den Zweiten , selbst bis unter den Giebel. In Wirklichkeit hätte das Haus auch unabgeschlossen bleiben können, denn noch zu der Zeit wäre es niemandem eingefallen, Anderen etwas wegzunehmen.

Nachbarn außerhalb der Stadt kannten sich im allgemeinen, keine Verständigungs Schwierigkeiten bestanden. Dennoch muß gesagt werden, die Finnen sind nicht gerade die besten Gesprächs Partner. Finnen sind eher ein wenig vorsichtig im Gesprächs Umgang mit anderen Menschen, man könnte beinahe sagen, etwas scheu. Dies liefert jedoch keinen Abbruch in ihrer Freundlichkeit. In der eigenen Familie lieferte Vater Petteri das beste Beispiel, wie Alkohol auch die Zunge von so manchem Finnen löste, bis zum heutigen Tag. Leider erfährt dies eine weniger positive Aufwertung, da Alkohol in solchen hohen nördlichen Breitengraden eher als eine Plage angesehen werden konnte und auch noch angesehen werden kann. Zu meiner Jugendzeit war der Verkauf von Alkohol noch strikt kontrolliert. Im Jahr 1969 kam man dann zu der glorreichen Idee, anstatt den Alkohol versuchen einzuschränken, erhöhte man den Preis entsprechend. Die erste Reaktion aus der Bevölkerung war verständlich ein Hamsterkauf von Alkohol, bis dann der Geldbeutel zum Maßhalten zwang. Mit Freiheit gelang es also den Alkohol-Verbrauch in vernünftigere Schranken zu verweisen.

Mutter Tysse hielt ein gutes Auge darauf, daß kein Alkohol ins Haus kam. Dies hinderte ihren Mann Petteri nicht daran, seinen Alkohol-Bedarf uneingeschränkt sich zu Gemüte führen zu können. Allerdings darf auch nicht unerwähnt bleiben, daß Petteri einen besonderen Magen besitzen mußte, der unbegrenzte Mengen Alkohol vetrag, ohne jede Anzeichen von Betrunkenheit. Dennoch führte Mutter Tysse eine strenge Hausordnung ohne Alkohol in der Nähe ihrer Kinder. Sie war es, die auf das Geld schaute und sicher stellte, das Wichtigste im Leben war stets vorhanden. Bei der Großzügigkeit von Petteri blieb es nicht aus, daß Sie gelegentlich die Hosentaschen ihres Mannes auf Geld Reserven fündig untersuchte.

Eine der ersten Handlungen nach der Ankunft in ‚Auvaisberri' war, wie konnte es anders sein in Finnland, ein richtiger Besuch in der Sauna, in einem Holzhäuschen direkt oberhalb dem Wasser des Meerarmes. Noch während die Mutter im Haus nach dem Rechten schaute, spaltete Arja das Holz für den Sauna Ofen vorsichtig mit der Axt auf einem Holzklotz , außerhalb neben der Sauna.

Auch beim Haus lag ein Haufen auf einheitliche Länge von einem Holzbock gesägten Baumstücken , die ebenfalls nur darauf warteten, in kleinere Stücke mit der Axt gespalten zu werden. Dieses Mal war ich an der Reihe. Jedes Holzstück legte ich vorsichtig mit seiner besseren Schnittseite auf den erhöht zurück gebliebenen Stumpen eines ehemaligen großen Baumes, so daß ich einen möglichst senkrecht ruhenden Holzblock gezielt mit der Schneide wiederholt treffen und spalten konnte. Sollte ein kleineres Holzstück nicht unverzüglich vom Holzblock nach der Seite fallen, war ich angehalten, ihn nicht noch einmal versuchen zu spalten, weil dies die Unterstützung der anderen Hand und einiges Geschick erfordert, um nicht selbst sich mit der Axt zu verletzen. In dem Fall war es Praxis, das Holzstück auf die Axtklinge zu bringen und mit beiden Händen die Axt umgekehrt mit ihrem Nacken auf den Holzbock nieder zu bringen. Für mich war die umgekehrte Axt mit dem Holz auch zu schwer zum sicheren Anheben und Niederbringen.

Indes hatte meine ‚kleine Schwester' oft nichts besseres zu tun, als mich zu beobachten und freche Kommentare von sich zu geben wie :"Ein bisschen schneller, der Holzhaufen wird sonst nicht kleiner," oder „schwitze nicht zu viel vor der Sauna, sonst brauchst du nicht mehr in die Sauna gehen." Ich versuchte mein Bestes, der Schwester keine Aufmerksamkeit zu schenken und sagte lediglich zu mir :"Du bist ja die Kleinere, du darfst ruhig zuschauen." Die auf richtige Größe gespaltenen Holzstücke kamen in einen geflochtenen Korb, der im Sauna Vorraum seinen Platz für den Ofen im Sauna-Raum einnahm."

Die Türe zur Sauna war ebenfalls aus Holz mit einem kleinen Fenster in ihrem oberen Teil. Innen im Sauna-Raum waren alle vier Wände in Espen-Holz ausgelegt. Die Türe war zur Ecke hin verlegt, damit gegenüber dem Ofen die Holzsitzbänke die ganze Länge und Breite des Innenraumes einnehmen konnten. Der damals meist noch gusseiserne Ofen stand etwas erhöht vom Boden auf vier ebenfalls gusseisernen leicht geschwungenen Füßen, wobei seine Schwing-türe zu jedem Sauna Start in der Folge von Zeitungspapier, kleinen trockenen Zweigen und schließlich gespaltenem Holz seinen Lauf dann bei gut geschlossener Sauna-Türe nahm. Gespaltenes Holz fertig zum Nachschüren, lag ordenttlich gestapelt entlang der äußeren Sauna-Wand, geschützt unter dem weiter vorgezogenen Dach. Ofen und Sauna Türe blieben so lange geschlossen, bis eine gute Glut mehr Holz sicher weiter verbrennen konnte, um je nach Wunsch mehr Hitze zu gewinnen. Oben auf dem Sauna Ofen waren bis Faustgröße Basalt Steine eingefasst, um auch Hitze vom Ofen aufzunehmen. Außerdem strahlte auch das glänzende Kaminrohr Hitze in den Raum, bevor es durch die Holzdecke in den über dem Dach hochstehenden in Stein gesetzten Kamin ins Freie gelangte.

Ein glänzender Schöpflöffel mit einem Holzgriff als Isolierung für die Hand war neben einer ebenfalls Holzschale mit Wasser bereit gestellt, Wasser auf die heißen Basalt Steine zu sprenkeln, um mt der verdampfenden Feuchtigkeit je nach Belieben und Bedarf die Temperatur in der Sauna zu erhöhen. Die beste Temperatur lag bei 80 Grad Celsius, welches ein Thermometer im Sauna Raum anzeigte. Das Ansteigen der Temperatur mit Hilfe vom Wasser Spränkeln erfährt man deutlich durch den Wasserdampf, wie er im Raum sich auf den Körper von oben niederschlägt mit einem prickelnden Gefühl auf der Haut. Am ersten erfährt dies der Kopf, da er von oben den fallenden Hitzedampf zuerst zu spüren bekommt. Ist die Hitze dann unter der Decke zu hoch, geht man einfach auf den Stufen der Sauna-Bänke weiter nach unten, bis eine mehr erträgliche Temperatur erreicht wird. Selbst sich auf eine Stufenbank mit einem Handtuch legen, hilft, das eigene günstige Temperatur-Empfinden in der Sauna zu finden.

Nur Holz in der Sauna läßt nicht die Hitze im Kontakt fühlen, so wie dies Metall zum Beispiel verursacht. Aus diesem Grund sind zum Beispiel der Türgriff, der Griff des Wasserschöpfers aus Holz, denn ein Griff aus Metall würde mit einer Verbrennung nachhaltig auf den Unterschied aufmerksam machen. Genau so schützt ein Holz Rahmen in geeigneter Höhe vor dem Ofen, daß Verbrennungen stattfinden können. Solange man in der Sauna sich aufhält, sieht man zu, auch die Türe bleibt ohne jeden Spalt zu, damit die uneingschränkte Sauna Wärme den Körper erreicht in möglichst vertretbarer Zeit für den Einzelnen.

In der Sauna soll der Schweiß den Körper besonders an seiner Oberfläche reinigen, weshalb es üblich ist, ein Handtuch auf dem Sitz- oder Liegeplatz in der Sauna auszulegen, so daß die sauberen Holzflächen in der Sauna auch hygienisch bleiben können. Die Temperatur, sowie die Zeit eines Aufenthaltes in einer Sauna hängt stark vom Einzelnen ab, was die Gewohnheit gemeinsam mit einem Gesundheits Zustand erlauben. Viele Abwechslungen in der

Sauna gewährleisten Freude an einem Besuch, so wie, niedersitzen oder sich hinlegen auf der tiefer gelegenen Bank, dasselbe auch in einer höheren Lage im Raum und wie oft Wasser über die heißen Steine gesprinkelt wird. Hinzu kann noch kommen, das leichte Klopfen mit einem Bündel frischer Birkenäste nicht nur über den Rücken, sondern auch über den ganzen Körper aus eigener Hand , oder der Hand eines anderen Saunabesuchers. Besonders dann erlebt man, wie in Armen und Beinen die Blut-Zirkulation sichtbar rötlich angeregt wird. Gleichzeitig hinterlassen die jungen, frischen Birkenblätter einen wunderbaren Duft sowohl auf der Haut, als auch im Sauna-Raum.

Gewöhnlich hängt an geeigneter Stelle in der Sauna eine Sanduhr, welche, wenn zum Laufen gebracht, die Aufgabe hat, die Zeit in der Sauna nicht zu vergessen. Denn zu lange in der Sauna sich aufhalten kann leicht zu Kopfschmerzen führen, welches ein Hinweis auf zu lange Aussetzung der Hitze ist. Allgemein ist es ratsamer, mehrere kürzere Sauna Besuche sich vorzunehmen, als ein all zu langer Aufenthalt. So mancher Sauna Besucher macht Gebrauch von der Gewohnheit, vor und nach der Sauna mit Wasser aus einem Holzzuber sich zu waschen. Wenn jedoch das Meereswasser vor der Saunatüre einlädt, ist Schwimmen direkt aus der Sauna ein unvergleichliches frisches gesundes Erlebnis.

Nach der Sauna muß der gesunde Körper sich wie neugeboren fühlen, viel Ballast hat der Schweiß herausgetrieben, so daß ein höchstes Grad an Sauberkeit erzielt wurde. Für die Finnen stellt die Sauna eine uralte Tradition dar ; sie vermittelt Wärme, Sauberkeit, Hygiene, Erholung, Gesellschaft in einem unbeschwerten Rahmen, den alleine schon die Gleichheit durch bloßen Körper unterstreicht. Solche einfache kulturelle Elemente haben über eine lange Zeit den unkomplizierten, offenen Charakter der Finnen mitbestimmt. Auch die Finnen können auf eine eigene Völkerwanderung zurückblicken, während die Sauna untrennbar mit ihnen geblieben ist. Zu jeder Tages oder Nachtzeit kann ein Sauna Besuch eingeschoben werden, je nach Belieben. Nicht einmal der kalte Winter mit seinem Schnee und Eis kann die Finnen davon abhalten, die Sauna zu besuchen. Im Sommer bringt die besondere Belebung das kühlere Wasser entweder aus einem Behälter, oder beim Schwimmen in einem der unzähligen Möglichkeiten durch die Seen, den Meeresarmen besonders im Süden von Finnland. Im Winter stellt der Besuch im Schnee, oder dem Eisloch nur noch eine größere Herausforderung an die Gesundheit dar.

Um nach der Sauna im Schnee, in einem extra dafür

geschaffenen Eisloch eines zugefrorenen Sees sich aufzumuntern, bedarf es allerdings einer guten, widerstandsfähigen Gesundheit. Der Hitze- und „Kälteschock" während einem abwechselnden Sauna Besuch, hat wohl verständlich einen stabilisierenden Effekt auf die Körper Temperatur und somit kann der Wechsel zwischen heiss und kalt auch den Körper weitgehend frei von Infektionen halten. Sauna säubert nicht nur von Außen, sonder hat darüber hinaus auch eine innere Reinigung des Körpers zur Folge, so lange dies im individuell verträglichen Rahmen stattfindet. Bekanntlich folgt im Leben alles dieser Regel : Alles, was wir tun, ist nur gut, wenn ein Gleichgewicht zu Anderem aufrecht erhalten wird.

Eisloch-Besuche im Winter können nicht nur nach der Sauna die Lebensgeister anspornen, sondern auch gefährlich werden, wie dies Arja einmal an einem Wintertag erfuhr. Mit ihrer Schwester Raija liefen sie auf der dem Anschein nach ganz zugefrorenen Meeresarm Fläche Schlittschuh. Schneeflocken bedeckten leicht die Eisfläche, so daß schwer zu erkennen war, wo Land die Eisfläche ablöste. Schon seit Wochen lag die Temperatur weit unter dem Gefrierpunkt. Wieviel das war, weist alleine darauf hin, daß sogar das Meereswasser zugefroren war. Laut Erfahrung mußte selbst am Tag die Temperatur gut unter 20 Grad minus ständig Tag und Nacht geblieben sein.

„An dem besagten Tag waren meine Schwester und ich nicht alleine auf der Eisfläche unterhalb anschließend an unser Grundstück in Honkaisteranta, außerhalb der Stadt Turku. Auch von der gegenüber liegenden Seite kamen Menschen auf die Eisfläche. Ob jung oder alt, war nicht zu erkennen, denn ein jeder war von Kopf bis Fuß in dicke, warme Winterkleidung eingepackt. Aus vorausgegangener Erfahrung hatten wir gelernt, nicht mit Anderen zu nahe auf dem Eis zusammen zu kommen, um sich nicht gegenseitig zu behindern. Fiel man, verspürte man spätestens dann, wie hart das Eis war. Gewöhnlich laufen einem die Beine gerne nach vorne davon und der Allerwerteste schwere Teil darf das harte Eis zuerst begrüßen. Au weh , jedes Mal spürte man dies deutlich !

Dieses Mal ereilte uns allerdings ein verstecktes Problem. Und zwar mehr in der Mitte der Eisfläche, als näher beim Land, wo man schwächere Eisstellen eher vermuten konnte. Eine Schneedecke ließ ein Eisloch nicht erkennen. Meine Schwester fiel prompt in das eiskalte Wasser hinein. Besinnt und schnell richtig handeln war das Gebot der Minute. Für mich war die sofortige richtige Handlung, mich flach auf das Eis neben dem Eisloch hinzulegen, meinen in der Eile ausgezogenen Mantel in seiner Länge in das Eisloch vorsichtig meiner verzweifelten Schwester zu reichen. Laut schreiend mit großer Anstrengung blieb die Schwester wenigstens die notwendigen Augenblicke in ihrer vollen Winterkleidung so weit über Wasser, bis sie einen Ärmel meines Mantels fest fassen konnte. Am Rand des Eises fest halten zu wollen, wäre völlig falsch gewesen. Statt dessen zog ich flach liegend, mit den Fußspitzen rückwärts im Schnee und Eis sichernd gegen ein vorwärts zum Eisloch Rutschen, meinen Mantel zu mir, bis ich mit meinen beiden Händen wenigsten eine Hand meiner Schwester zu fassen bekam. Langsam hieß es jetzt, diesen Erfolg zu sichern. Der Kopf der Schwester war nun aus dem Wasser und es bestand Hoffnung, sie ganz auf das feste Eis ziehen zu können. Ich selbst war darauf bedacht, keine unnötigen Erschütterungen auf dem Eis unter mir zu verursachen. Uns beide im Eisloch wäre undenkbar gewesen.

Mit Glück auf unserer Seite gelang es uns beiden, der Gefahr aus dem Weg zu gehen. Erste Worte konnte ich mir nicht auf meiner Zunge verbeißen : Du bist aber keine leichte Schwester ! – Übliche Empfehlungen wie ein Brett oder einen Ski über das Eisloch zu legen, kam hier nicht in Frage, alleine deshalb, weil keines davon zur Verfügung stand. Die Zeit hätte auch nicht erlaubt, danach sich umzusehen.

Genau so wichtig war, daß ich nicht in das Eisloch geriet. Jeden Winter gefährden sich eine Anzahl Menschen, wenn sie in Eis gebrochenen anderen Menschen zur Hilfe eilen, ohne ausreichende Vorsicht. Dabei geschieht es oft, daß der zu Hilfe Geeilte selbst im Eisloch mit dem zu Rettenden landet. Dann hindert Einer den Anderen nur nahe der Wasseroberfläche verbleiben zu können.

Meine Eltern hatten mir mehr als einmal eingebläut, niemals nahe einem Eisloch aufrecht versuchen zu gehen, um einer eingebrochenen Person Hilfe zu leisten. Wenn, dann nur, wie ich mich flach auf die Eisfläche legte und trotzdem darauf achtete, nicht zu nahe der Kante des Eisloches zu geraten.

Nachdem meine Schwester mit vereinten Kräften aus dem Eisloch auch auf der Eisfläche flach zum Liegen gekommen war, zögerten wir keinen Augenblick, zusammen auf der Eisfläche weg von der Einbruchstelle uns zu robben. Noch bevor auch nur Einer von uns versuchte auf seine Beine zu kommen, war es wichtig, die schwere nass getränkte Winterkleidung meiner Schwester von ihr zu entfernen, um das Gewicht zu verringern, wenn erst nach mir auch Sie wieder auf ihre Beine sich bemühte. Ein paar Meter entfernt von dem Eisloch erwies es sich als sicher, daß wir beide wieder auf unsere Beine gekommen waren.

Nun galt es ohne jede Verzögerung schnellstens nach Hause zu eilen, um die Nässe und Kälte los zu werden. Dies aber auch wiederum nicht Kopf über Hals, um nicht ein anderes unbekanntes Eisloch in der Eile zu übersehen. Zu dem Zeitpunkt war niemand zu Hause. Bevor meine Schwester dem guten Rat folgte, das wärmende Bett aufzusuchen, übernahm die Sauna die erste Aufgabe einer Aufwärmung. Sauna konnte also in mehr als nur einer erholsamen Angelegenheit einen guten Dienst erweisen. Denn als die Mutter nach Hause kam, waren die Spuren unseres „Abenteuers" schon verwischt. Im Nachherein fiel es viel leichter mit Worten zu erklären, was vorgefallen war."

Wie verhält sich dies dann mit einem Winter-Schwimmer im Eisloch ? Bestimmte Voraussetzungen müssen hier vorliegen, um eine Gefährdung der Person möglichst weitgehend auszuschließen. Dem Besuch im Eisloch sollte eine gut heiße Sauna vorangehen. Der Zugang zum Eisloch sollte nach Möglichkeit von einem Bootssteg über eine Leiter führen. Denn in dem Eisloch ist es ausgeschlossen, anders als an einem festen Punkt wie einer Leiter sich an der Kante des Eisloches fest zu halten, geschweige aus dem eisigen Wasser heraus zu kommen. Hinzu kommt, daß die Leiter aus Holz sein muß, weil Metall würde nur dazu führen, daß der damit in Berührung kommende Körperteil all zu leicht gewissermaßen daran fest kleben würde, in extrem kalten Temperaturen. Ein Versuch, dies zu bestätigen, davon kann nur dringend abgeraten werden. Zumindest die eigene Haut macht da nicht mit, wenn sie an einem Metall schmerzhaft zurückbleibt. Genau so dringend muß bei Kälte darauf aufmerksam gemacht werden, mehr an die Adresse von Kindern, niemals auch nur versuchen mit der Zunge in die Nähe von Eisen zu kommen beim Versuch, Schnee oder Eis mit dem Mund aufzunehmen. Eine Zunge würde am Eisen wie festkleben und nur sehr schwer unter Schmerzen und erheblich persönlichem Schaden wieder frei kommen.

Arja auf Winterspaziergang in Finnland

Die langen kalten Wintermonate im Norden von Europa zwingen jeden, sich an bestimmte Regeln zu halten. So zum Beispiel, besonders unter windigen Bedingungen, sich gegenseitig im Freien im Gesicht auf Frostbeulen-Zeichen zu beobachten. Erste Anzeichen treten im Gesicht auf, wenn die normal von der Kälte gefärbte rosa Haut sich stellenweise, besonders an den Backen, bläulich verfärbt. An Händen und Füßen ist dies gewöhnlich erst später der Fall. Tritt dies ein, ist die Gegenmaßnahme nicht, was landläufig erscheint, nämlich Wärme von außen zuführen. Ja nicht ! Denn die Wärme von außen isoliert die unterkühlte Stelle nur noch mehr. Vom Körper innen kann dem nur Abhilfe geschaffen werden ! Das heißt soviel, den Körper anregen, den Blutkreislauf zu verbessern und wenn von außen unterstützen, dann nur mit kaltem Schnee die Froststelle ein-reiben, weil nur so von innen heraus die Wärme des Körpers die gefrorene Stelle abbauen kann. Schmerzen können dabei nicht immer ausgeschlossen werden. Dem Ziel, die Froststelle lebensfähig zu erhalten, muß alles untergeordnet werden. Wechseln Froststellen allerdings in eine weiße Farbe, dann besteht bereits die Gefahr, daß die Stelle von der Kälte abgetötet wurde. Ein Wiederbelebungsversuch mit kalter Schnee-Massage ist dann leider mit starken Schmerzen verbunden.

Der Versuch mit Alkohol der Kälte zu begegnen, ist auf keinen Fall dienlich. Der Alkohol kann allzu leicht den Körper vor Kälte täuschen, weil das Empfinden des Körpers herunter gesetzt wird. Betrunkene erfrieren deshalb in der Regel schneller und häufiger als Menschen, welche nicht dem Alkohol anheim gefallen sind. Solche Feststellungen magen für den Einen oder Anderen unwesentlich zu erscheinen. Jedoch im Hinblick auf das Problem mit Alkohol Verbrauch in Finnland, stehen leider viele menschlichen Tragödien. Im Fall von Vater Petteri glaubte jeder , einschließlich seine Familie, Alkohol hatte ihn niemals betrunken gemacht, gleichgültig, wieviel er zu sich nahm. Erst später in seinem Leben erfuhr Petteri, was der Alkohol mit seinem Magen angestellt hatte. Magenkrebs begrenzte sein Leben bis nur wenige Tage vor seinem 65. Geburtstag. Die ganze Zeit zuvor konnte Petteri jeden Anderen förmlich unter den Tisch trinken, ohne jede Spur von Alkohol Konsum bei sich selbst. Wenn man jedoch das Ende sieht, stellt sich unerlässlich die Frage : Wozu sollte all das gut sein. Es gibt doch noch andere Wege, seine Mannes-Stärke unter Beweis zu stellen, ohne vor allem die eigene Umgebung der Familie in Mitleidenschaft zu ziehen. Auch hier blieb nicht aus, daß der „Herr des Hauses" das Haus, die Familie in unregelmäßigen Abständen nur zu sehen bekam.

Die Nächte mußten vor allem für Saufgelage und Geschäfte herhalten, welches den Tagesablauf vor allem der Mutter Tysse störte. Sie war zu viel auf Kohlen, abzuwarten, ob der „Herr des Hauses" nach Hause kam oder nicht.

Sobald der Winter spätestens im Monat Mai gewichen war, sich auf die längeren, wärmeren Tage der Sommerszeit umzustellen, war für niemanden schwer. Das Wasser im Meeresarm lud jetzt ein zum Schwimmen, besonders wenn ein Sauna-Besuch voraus ging. In Auvaisberri erinnert sich Arja, wie ihre Mutter von der Veranda, hoch von einem Felsen rief :"Wollt ihr etwas zum Essen, dann macht euch besser mit dem Boot auf, im Wasser frischen Fisch für uns zu fangen."

Der Tag war dann oft bereits im Nachmittag vorangerückt. Die Sonne stand aber noch immer hoch am Himmel, so daß noch keine Eile bestand, mit dem Boot Fischen hinaus zu gehen. Nahe der Sauna-Hütte, direkt am Wasser ankerte unser kleines Ruderboot, zwischen aus- und eingehenden Felsen der Küstenlinie. Nur gelegentlich zeigte sich ein kleiner sandiger Fleck zwischen der Felsen-Küste. Von einem sandigen Strand konnte nicht die Rede sein, weil der Sandfleck nicht weit in das steil abfallende Ufer hinein reichte. Fast ohne Übergang fiel an den meisten Uferstellen das Wasser in die Tiefe, dunkel ruhend. Die Freundin von Arja, Tuija, kam gelegentlich auch aus der Stadt zu uns auf das Land in den Außenbezirk der Stadt Turku. Ein Ruder-Paar, eine äußerst einfache Angel ohne viel „technischem Klimbim" und einen Eimer für den Fisch war alles, was wir benötigten, um den Fisch zu überzeugen, bei uns anzubeißen. Ein Messer war auch noch notwendig, um den Fisch gleich von der Angel innen zu säubern, bevor er in den Eimer mit Wasser wenigstens zur Hälfte gefüllt, seinen weiteren Weg fand.

Mit in das Boot kam auch noch eine Flasche eigener Ginger-Limonade. Dies war mehr oder weniger wichtig, besonders nach einem Sauna-Besuch, wenn der Durst nicht mehr lange auf sich warten ließ. Nachdem beide, Arja und Tuija, das Wasser im Boot noch am Strand ausgeschöpft hatten, nahm eine von ihnen Platz auf dem Quersitzbrett in der Mitte des Bootes, führte ein Ruder nach dem anderen in die Gabeln am Bootsrand ein und begann mit dem Ruder nahe dem Ufer das Boot hinaus in das Wasser zu drehen, bevor das zweite Ruder im Gleichtakt auch eingesetzt wurde. Noch bevor das Boot allerdings vom Ufer sich außer Reichweite entfernte, sprang der andere vom Ufer auch noch in das Boot hinein.

Während das Boot auf Fischfang ausging, half die

Schwester Raija der Mutter in der Küche, die neuen Kartoffeln und das Gemüse für ein Essen vorzubereiten.

Diese Fischfang-Ausflüge an langen Sommertagen blieben Arja fest in der Erinnerung :"Weiter draußen im Meeresarm sahen wir Mücken über dem Wasser und Fisch nach ihnen springen. Dies sagte uns, wir waren am richtigen Platz zum Fischen angekommen. Was für ein Fisch an unserer Angel anbeißen sollte, war unserem Glück überlassen. Für den Fall, etwas Größeres hatte bei uns angebissen, dafür führten wir auch noch im Boot ein Netz an einem Stiel, um gegebenenfalls im Wasser unseren Fang mit dem Netz von unten zu unterstützen. Als Köder an der Angel verwendeten wir alles Mögliche, woran ein Fisch hoffentlich genug interessiert war, anzubeißen : Von Brot zu Käse Stücken, bis zu lebenden Würmern, welche wir in den wenigen möglichen Stellen entlang der Küste unterhalb unserem Haus „überreden konnten" mit uns zu kommen. Gewöhnlich waren es zuerst die kleinen neugierigen Sardinen, welche wir an unsere Angel bekamen. Mit mehr Zeit und Geduld entschloßen sich auch ein Fluß-Barsch oder Schellfisch mit unserer Angel Vorliebe zu nehmen."

„Die Luft lag noch ruhig und warm über dem Wasser nach einem langen, sonnigen Tag. Die Insekten schwärmten, um den Durst mit Wasser zu löschen, während die Fische nur darauf warteten, sie für eine gelungene Mahlzeit einzufangen. Aber auch in der Luft, nur wenig über dem Wasser, zogen im eiligen Zick-Zack-Flug Schwalben ihren Weg, um ihren Anteil von den Insekten sicher zu stellen. Dabei verrieten sie dem Kundigen, daß Regen nicht mehr weit entfernt war. Solche Bedingungen unterstützten zu unserer Freude nur unseren Fischfang-Ausflug im Boot. Daher mußten wir nicht lange warten, bis an unserer Angel Leine auch etwas kräftiger zog, um in der allgemeinen Futtersuche im und über dem Wasser seinen Anteil zu sichern. Am, Ende waren zwei bis drei gut ausgewachsene Fluß-Barsche neben einer Anzahl kleiner Sardinen ein gut genügendes Ergebnis für eine ordentliche Mahlzeit auf unserem Tisch. Sofort, sobald der Fisch von der Angel abgenommen war, öffnete die andere Person im Boot den Fisch am Bauch entlang mit dem Messer, damit die Innereien sauber heraus kamen. Daraufhin landete der Fisch im mitgeführten Eimer, welcher mit Wasser außerhalb vom Boot ausreichend gefüllt war."

„Wir waren nicht in Eile, wir nahmen uns auch die Zeit, die Vögel über uns zu beobachten, wie sie ihr Territorium zum Wald hin abflogen. Unter ihnen mischten sich, Amseln, Spatzen und eine Schar schöner blau-grün gefiederten Enten. Gelegentlich zeigte sich auch die weiße Gans, wie sie mit ihrem schweren Flügelschlag langsam aus dem Wasser Höhe in der Luft gewinnen konnte. Zu anderen Gelegenheiten, vor allen Dingen mit mehr Zeit, ließen wir unser Boot an einem Platz im Wasser ruhen und beobachteten sogar einmal einen Bussard in einer Waldlichtung, nahe dem Wasser. Der prächtige Raubvogel war gerade dabei, im Sturzflug aus der Luft eine uns aus der Entfernung nicht sichtbare Beute mit seinen Fängen in die Luft mit angestrengtem Flügelschlag hoch in einen Baum zu bringen, um dort ungestört seiner Mahlzeit nachzugehen. Erst unterwegs in der Luft konnte man mit dem bloßen Auge erkennen, daß es sich nach der Größe der Beute sehr wahrscheinlich um einen Hasen handelte."

Mit etwas mehr Glück auf der Seite der beiden Mädchen, Arja und Tuija, sahen sie eventuell auch einmal einen Biber, wie er Äste zu seinem Bau nahe dem Land, halb im Wasser, schleppte, welches eine sehr seltene Begebenheit in Finnland darstellte. Über die kurze, intensive Sommerzeit bringt die Natur Vieles zurück, was im strengen, langen Winter verloren gegangen schien. Wie man selbst über den Winter kommt, ist eine wichtige Antwort in solcher Herausforderung. Am besten lehrt uns dies die Natur selbst, nur muß jeder zumindest ein Auge dafür haben, wie zum Beispiel der Elch ungestört in der Gesellschaft einer Elster nach Gras unter der Schneedecke sucht; eine Krähe oder ein Rabe selbst einen Schwan ungestört im noch so kalten Wasser seine Bahn ziehen lassen. Die Antwort der Natur ist hier, zusammen friedlich sich respektieren und leben lassen. Denn in der Natur herrschen Schönheit und Sinn nur so lange, als Frieden seinen Platz einnehmen kann.

Mit dem Absinken der Sonne nahe zum Horizont sehr spät in der Nacht, melden sich gewöhnlich die Moskitos in unglaublichen Zahlen. Deshalb war es ratsam, daß die beiden Mädchen im Boot vor den Moskitos zurück gekommen waren. Immerhin führen die Moskitos nicht jedes Jahr gleichermaßen ihr Regiment, in manchen Jahren bleiben sie völlig aus. Hoch im Norden von Lappland erreichen die Moskitos während dem Sommer Größen-Ausmaße, welche man nirgend wo anders in der Welt antreffen kann. Dann wird Leben in Nord-Finnland mit seinen Moskitos eine Herausforderung für sich. Zum Glück ist dies nicht so sehr der Fall im Süden von Finnland, dort, wo Arja aufwuchs. Die Moskitos gedeihen dort nicht auch nur nahe zu der Größe vergleichbar mit der in Lapland, dem Norden von Finnland. Vater Petteri wußte aus dem Zweiten Weltkrieg zu berichten, wie sehr die Moskitos besonders in Lappland eine

Plage für die Soldaten ausmachten, „sie waren unser größter Feind."

Indes erinnerte im Sommerhaus von Auvaisberri der Hunger jeden, daß es an der Zeit war zum Essen. Der lange, große Tisch in der Veranda bot mehr Platz als für nur eine Familie von Vier. Den übrigen verfügbaren Raum auf dem Tisch nahm ein Monopoly-Spiel, oder vor Weihnachten gelegentlich eine Modell-Eisenbahn ein. Letztere Modell-Eisenbahn schlängelte sich ungestört zwischen Büchern und Schüsseln mit rötlichen Apfel-Gesichtern durch einen großen Teil des Tisches. Zum Essen blieb aber immer genug Platz übrig. Solch abwechslungsreicher Tisch vermochte nur auch noch unterschiedliche Interessen zusammen zu bringen.

Vater Petteri hatte oft über seine Beziehungen etwas Neues besonders aus Schweden damals organsieren können. Bevor die Kinder Arja und Raija Hand daran anlegen durften, beanspruchte Petteri seine Errungenschaft als sein „Spielzeug". Sobald sein Interesse Genugtuung gefunden hatte, durften die Mädchen auch sich dafür interessieren und damit spielen. Neben der Modell-Eisenbahn gesellte Petteri bald auch eine Modell-Rennstrecke mit Modell-Rennwagen auf dem großen Tisch hinzu. Je länger er von zu Hause weg war, desto größer wurden seine Mitbringsel, gewissermaßen als eine Entschuldigung.Nichts änderte sich allerdings daran, hauptsächlich er hatte Spaß an seinen Mitbringsel : Holte das Kind im Mann nach, was es vielleicht versäumt hatte ?

In dem bunten Bild seiner Person fehlte zwischendurch auch nicht, daß Petteri „Schwindsucht" in seinem Geldbeutel feststellen mußte. Dann blieb es nicht aus, daß Petteri sehr wortkarg in sich gekehrt war und jeder in seiner Umgebung, in erster Linie seine Familie, genau wußten, wo der Schuh drückte. Die Rechnungen, das tägliche Leben verlangten aber unvermindert Aufmerksamkeit. In so einem Fall ließ sich die Mutter Tysse schon etwas einfallen, wie das leidlich notwendige Geld auf den Familientisch kam. Regelmäßig drehte sie alle Hosentaschen von Petteri um und sieh einer an, jedes Mal kam so viel loses Geld zusammen, um wenigstens das notwendigste Loch zu stopfen. Petteri war in Geldsachen sehr großzügig. Überall konnte man etwas davon finden, denn in solcher „Ordnung" wußte Petteri am Ende selbst nicht mehr, wo sein Geld hingegangen war. Regelmäßig auch bevor Petteri's Wäsche zum Waschen in den Zuber ging, fand die Mutter versteckt Geld. Hatte Petteri Geld, seine Umgebung wußte darüber sehr schnell Bescheid.

Bei so einer Gelegenheit kam zu uns in das Haus auch eine lebens-große Puppe in prachtvollen Kleidern aus England stammend. Arja nahm sich gerne der Puppe an. Am

Tisch war ein Stuhl extra bereit gestellt, neben der Arja, wo die Puppe ihren Platz einnahm. Diese Puppe mit dem Namen „Prinzessin Elisabeth" bezog sich auf den Thronfolger Elisabeth in England, welche im Jahr 1952 die Königin von England wurde. Die Puppe blieb treu an der Seite von Arja durch ihr ganzes Leben. Später, nicht mehr unbedingt mit am gemeinsamen Tisch, aber überall, wo Arja später auch mit ihrer Familie lebte.

Zu der Puppe damals am gemeinsamen Tisch, gesellte sich immer auch ein frischer Blumenstrauß, entweder aus dem eigenen Garten, oder vom Einkauf am Markt in der Stadt, manchmal auch ein Geschenk von Nachbarn und Bekannten. Mutter Tysse pflegte gerne zwei Kerzenständer auf dem Tisch zu haben, deren Kerzen sie anzündete, wenn das Essen auf dem Tisch bereit stand. Jeder wußte dann Bescheid, an den Tisch zu kommen und außerdem verlieh der schön gedeckte Tisch jedem Tag eine festliche Atmoshäre. Denn Essen sollte mehr als nur für den Magen sein, ein Treffen in einer freundichen Umgebung.

Fernsehen war im Anfang der 1950-iger Jahren noch nicht in Haushalten zu finden. Dafür trat aber das Radio noch ein, Nachrichten, Unterhaltung und Musik zu liefern. Von der Längsseite des Tisches gegenüber der Fensterfront der Veranda gewann man einen ungehinderten Blick auf das tiefer liegende Wasser des Meerarmes. Ausläufer des Waldes säumten die Küstenlinie, die Schatten um das Haus hatten noch nicht das Wasser erreicht, mit Hilfe der Bäume züngelten sie langsam dorthin.

Nach dem Essen blieb gewöhnlich noch Zeit, draußen Spielen nachzugehen. Aber zuerst rief die Küche, im Wechsel zwischen den beiden Schwestern helfen aufzuräumen. Im Sommer wurde das Geschirr oft draußen in einer Schüssel auf einem kleinen eigens dafür vorgesehenen Tisch abgewaschen. Ein X-förmiges Holzgestell nahm dann das Geschirr auf, wo es Zeit bekam, abzutropfen vom Spülwasser. Im Sommerhaus von Auvaisberri mußte das Wasser etwas weiter weg vom Strand aus einem tiefen Schacht an die Oberfläche mit einem Eimer gebracht werden. Dieses Brunnenwasser diente zum Kochen und Trinken, wohingegen zum Abwaschen das Wasser aus dem Meeresarm kam. Damals hatten wir noch kein fließendes Wasser so weit außerhalb der Stadt.

Nach dem Geschirr Abwaschen trat zur Unterhaltung draußen gerne das Federballspiel oder Tischtennis ein. Direkt unter der Verandah bot ein flaches Stück Land genug Platz , um eine Tischtennis Platte aufzustellen. Für den Fall, das Wetter ließ Spielen draußen nicht zu, dann sorgte im Haus unter dem Giebel genug Raum für einen Billiard-Tisch und eine Dartscheibe mit ihren Ringen und Nummern.

Unabhängig von Wochenenden, teilte die Familie ihre Freizeit in den Schulferien sowohl zwischen dem näher bei der Stadt liegenden Haus in Honkaisteranta, als auch dem weiter draußen, auf der anderen Seite der Stadt liegenden Haus und Anwesen in Auvaisberri. Solche Ferientage verbrachten wir gerne mit Schwimmen, Sauna, mit dem Boot die Gegend erkunden, bei Nachbarn Guten Tag sagen, sowohl draußen als auch im Haus Beschäftigungen nachgehen, so daß es nie langweilig wurde. Sollte Petteri auch einmal anwesend sein, war sicher gestellt, daß er dafür gesorgt hatte, etwas Neues, Unterhaltsames anzubieten. Denn so wußte er, daß keine für ihn unnötigen Fragen auftauchten, wo er die letzte Zeit sich aufgehalten hatte. Den Zauberer oder Clown unterhaltsam bestens in einem selbst ausgedachten Spiel darzustellen, gelang ihm so gut, alles Andere geriet dann in Vergessenheit.

„Dies sind meine Erinnerungen aus der Zeit", wie Arja sich heute noch zurückerinnern kann :"Meine Schwester, meine Freundin Tuija, die Kinder aus der Nachbarschaft, einschließlich mir, nannten Petteri „villi-pappa" (Wilder Pappa). Lediglich seine Frau Tysse sah hinter dieses Spektakel. Sie wußte zu gut, daß hinter all dem viel Ablenkung von den wirklichen Lebens Situationen stand. Petteri brachte es fertig, Andere gerne in den Glauben zu versetzen, daß er seiner Zeit so viel voraus war. Er war es ja auch, der es verstand, das „Neueste" in der Stadt einzuführen, auch wenn es ein illegales Geschäft mit anderen Frauen darstellte. Obgleich Petteri verstand, meistens andere Personen für seine Interessen vorzuspannnen, kam diese „Unternehmer-Initiative" nicht zum Tragen. Das „Geschäft mit Drogen" wollte auch nicht Fuß fassen, denn jeder Andere ging der Poizei ins Netz, selbst Leute, die wir eigentlich Freunde nannten, nur nicht Petteri."

Während ihrer Kindheit sorgte die Mutter Tysse, daß all dieser „Zauber" von Petteri vor Arja im Verborgenen blieb. Die Familie und ihre Freunde erfreuten sich an den phantasievollen Ausdrucksformen von Petteri, der positiven Seite, so daß Petteri auch positiv im Gedächtnis der Kinder blieb. Die anderen Seiten seines ungezügelten Lebens waren ohne Zweifel die Schattenseiten ; aber, wo viel Licht ist, da bleibt bekanntlich auch der Schatten nicht aus. Die in erster Linie starke Persönlcihkeit von Petteri gewann ihm den Respekt von vielen Mitmenschen. Nur Menschen, die ihm näher standen, wie seine Frau, sahen hinter dieser glänzenden Fassade, daß mehr dort sich brüstete, als das Auge so häufig hätte erkennen können. Man sagt ja nicht umsonst : Was das Auge nicht sieht, kommt beim Herz auch nicht an.

Solche Wirklichkeit kam weniger in die Waagschale von meiner Schwester und mir, als bei der Mutter. Die Zeit verwandelte das Bild über den eigenen Mann, sie konnte nicht mehr die positiven Seiten unabhängig sehen. Jedenfalls gelang es der Mutter, die Schatten-Seiten von Petteri aus der Familie fern zu halten. Der Preis dafür waren ihre schlaflosen Nächte, in denen sie das Licht suchte, welches die Familie erhalten konnte. So ganz unbehelligt ging der „Zirkus" zumindest an mir, der Arja, nicht vorbei. Ich entwickelte früh eine ablehnende Vorsicht gegenüber dem anderen Geschlecht. Zum Teil kam ich sogar so weit, daß ich glaubte fest überzeugt zu sein, niemals heiraten zu wollen. An dieser Überzeugung arbeitete jedoch erfolgreich mein zukünftiger Mann Martin, ihr auch eine positive Wende zukommen zu lassen. Mehr darüber, später im Buch.

Mit der Zeit erwarb Petteri von einem schwedisch – sprechenden Besitzer unter anderem auch ein Geschäft, Sand von außerhalb der Stadt Turku zu fördern und zu liefern. Diese Sandgrube lag direkt neben einem Inlandsee. Besonders während der Sommer-Monate war Petteri voll beschäftigt, möglichst viel Geld mit diesem Geschäft zu machen. Aus dem Grund sah man ihn sehr wenig nach Hause kommen. Eine einfache Holzhütte mit einem Fenster und nur einer Türe diente ihm als Unterkunft. Daß der vorausgegangene schwedisch sprechende Besitzer ein ehemaliger Kapitän eines großen Schiffes auf Hoher See war, sprach sich schon deshalb herum, weil dieser Herr gelegentlich Petteri seinen Besuch abstattete und mit sich einen wirklich großen, grünen Macao-Papagei aus Brasilien brachte.

So kam es dazu, nachdem das Wort vor allem über den Papagei bekannt wurde, daß Arja den Kapitän mit dem Papagei auch sehen wollte, wenn er Petteri in der Sandgrube besuchte. Zunächst war es die Schwester Raija, welche mit Arja einen Tag nach dem anderen sich zeitweilig in der Holzhütte aufhielten, um den Papagei-Mann zu treffen. Bis es dazu kam, gefiel ihnen die kleine Hütte schon deshalb, weil sie so ganz anders als das zu Hause war. Wenn Petteri mit dem Lastwagen unterwegs war, Sand zu liefern, nutzten manchmal auch im Beisein von anderen Kindern sie die Hütten-Verhältnisse, um ihre Phantasie mit eigenen Geschichten in Anlehnung an „Schneewitchen und die Sieben Zwerge" zu untermalen.

Aus solchem und ähnlichem Hintergrund konnte Arja

für sich in Anspruch nehmen, daß sie eine schöne, sorgenfreie Jugend erleben konnte, da das wachsame Auge der Mutter Tysse stets verstand, die „Spreu vom Weizen zu trennen". Geld stellte für die Mutter eine Notwendigkeit dar, aber keine Abhängigkeit. Sie legte mehr Wert darauf, daß die Kinder lernten, sich einfach beschäftigt zu halten, weil nur so die Verbindung zu nachhaltiger Freude entstehen kann. Dies erfahren wir leider oft erst aus der Distanz von vielen Jahren mit Erfahrung.

Der alte Seekapitän erschien dann eines Tages in einem Personenwagen, dessen Farbe fast nicht mehr zu sehen war. Neben ihm im Auto saß als Beifahrer im Vordersitz wie das Selbstverständlichste in der Welt der grüne Papagei aus dem Amazon von Brasilien. Und das in Finnland, wo bestimmt noch niemand zuvor so etwas erlebt hatte. Dem älteren Herrn betonten seine Gesichtszüge die scharfe, spitze Nase, ein dunkler Vollbart rund um sein Gesicht, einschließlich unter der Nase. Alleine der Herr gab schon den Eindruck, er war ein Vielgereister.

Petteri ging aus der Holzhütte auf ihn zu und hieß in mit einigen Worten willkommen, während er ihm aus dem Auto half auszusteigen. Obwohl der charaktervolle Herr in Finnland lebte, sprach er zu Petteri in der schwedischen

Sprache. In Finnland war dies schon damals Gang und Gebe, daß jemand von schwedischer Abstammung auch in seiner schwedischen Sprache redete. Die Finnen verstanden sich schon immer an andere Verhältnisse anzupassen mit 700 Jahren gemeinsamer Geschichte unter Schweden und selbst 100 Jahren unter russischer Herrschaft. Dennoch bewahrten sie, besonders als ein Bauernvolk, in der Vergangenheit ihre Identität in Brauchtum und Sprache. Die ältere Generation war mehr gewohnt mit der schwedischen Sprache auch umzugehen.

Die jüngere Generation machte sich nicht mehr viel aus den zwei Sprachen hauptsächlich im Süd-Westen von Finnland, wo der Nachbar Schweden nur einen Sprung über dem Bottnischen Meeres Busen sein zu Hause hatte. Ob finnisch oder schwedisch jetzt im Gegenüber mit dem Papagei auf eigenem Autositz. Alle anwesenden Kinder platzten vor Neugierde beinahe aus ihrer Haut. Dennoch wagte keiner von ihnen näher an das Auto zu kommen, bevor der See-Kapitän auf seinen krummen Beinen festen Stand außerhalb dem Auto gefunden hatte. Der Papagei blieb ruhig auf seinem Sitz im Auto.

Nachdem ein paar Worte mit Petteri gewechselt waren, ging Kapitän Johansson zu der gegenüber liegenden Autotüre, öffnete sie und sprach den Papagei mit seinem

Namen „Laura" an. Kurz zuvor holte er gebückt zwischen den beiden Vordesitzen einen langen, ledernen Handschuh hervor, den er unverzüglich über seinen linken Arm zog. Nun wandte er sich zu Papagei Laura und sang mit verkratzter Stimme ein Kinderlied in Reimform. Sobald er aufhörte, wiederholte der Papagei überraschend besser die Melodie. Erst bei dieser Gelegenheit kroch Laura auf den Handschuh, ihm entlang hoch. Mit seiner rechten Hand streichelte Johansson den Papagei unter seinem kräftigen, nach unten leicht gebogenen Schnabel, was soviel hieß : Gut gemacht, komm jetzt mit mir heraus aus dem Auto. Außerhalb dem Auto richtete sich Johannsson aufrecht, so daß Flora auf Augenhöhe mit ihm kam. Was für ein herrliches Geschöpf war das ! Ruhig wanderte der scharfe Papagei-Blick nach beiden Seiten. Offenkundig nahm Laura den Blick der anderen Umstehenden mit Zufriedenheit auf.

Arja konnte ihre Neugierde nicht zurückhalten. Sie mußte dem Papagei Laura näher treten, wobei ihr allerdings ein ordentlicher Schreck eingejagt wurde." Die deutliche plötzliche Antwort aus dem Schnabel des Papagei,"Geh weg!" überraschte mich so sehr, ich war sprachlos. Nur die Wiederholung des Kinderlied-Reimes durch seinen Herren Johansson bewegte Laura wieder ruhig auf dem Lederhandschuh zu verweilen. Musik war offenkundig die bevorzugte Unterhaltung zwischen uns Menschen und einem stolzen Papagei aus dem Amazon Brasiliens. Schließlich versuchte ich ein paar mir bekannte Melodie-Teile des Kinderliedes dem Papagei vorzusingen. Sofort drehte Laura sich zu mir. Ob er oder sie, halten Papageien streng geheim, jedenfalls versäumte Laura keinen Augenblick, auch meine Stimme nachzusingen und machte gleichzeitig Anstalten, zu mir zu kommen.

Meine erste Reaktion war die, ein paar Schritte lieber zurück zu treten, da ich nicht sicher war, ob ich den Papagei auf meinen Arm ohne den Lederschutz hätte nehmen können. Alleine die drei kräftigen Krallen an seinen beiden Fußzehen sprachen gehörigen Respekt an, Sie wollte ich nicht auf meinem bloßen Arm sich festkrallen. Johansson bekräftigte mich jedoch, meine Hand gegenüber seiner Hand in Linie bringen, so daß er den Papageien mit dem Leder-handschuh auf meinen Arm schieben konnte. Was vorgeschlagen wurde, geschah. Jetzt blickte Laura mit einem stechenden Blick aus der Nähe meines angewinkelten Armes direkt vor mir in meine Augen. Ich war so begeistert, daß ich jede Angst gänzlich verloren hatte. Meine finnischen Worte stießen jedoch auf Papageien-Ablehnung, da Laura sich von mir abwenden wollte. Nur meine Kinderlied-Melodie brachte das Papageien-Vertrauen auch zu mir wieder zurück. Mein zweiter Melodie-Versuch wollte Laura dieses Mal nicht so richtig zusagen. Von einem Bein zum anderen bewegte der Papagei sich entlang dem Lederhandschuh über meinem Arm. Hieß das soviel, ich möchte wieder zurück zu meinem Herren ? Bevor aber seine Krallen noch mehr meinen Arm umfassten, bemühte ich mich schnell, unser Kinderlied besser wiederzugeben. Und sieh einer an, Laura war damit besser einverstanden, so daß ohne lange zu zögern der Papagei meine „Partitur", wenn ein Urteil möglich war, seinen Beitrag eher besser lieferte, als ich das konnte.

Je länger Laura auf meinem Arm verweilte, desto schwerer bekam er/sie für mich. Mit der anderen Hand versuchte ich die Lederhandschuh-Hand von unten zusätzlich zu unterstützen. Jedoch vergeblich, denn Laura war damit nicht mehr einverstanden. Er/sie hörte sofort auf zu singen und stattdessen mußte ich mir ein tiefes Krächzen tief aus seinem großen, gekrümmten Schnabel mir anhören.

Der Augenblick war dann gekommen, daß Laura zurück auf den Arm von seinem Herren fand, auf dem umgekehrten Weg, wie er/sie zu mir gekommen war. Frieden mit Stillschweigen trat ein, kein Reden, kein Singen mehr. Der Papagei mußte nach seinem Dafürhalten genug uns mitgeteilt haben. Auch machte Laura keinerlei Anstalten, von seinen Flügeln Gebrauch zu machen. Sie blieben die ganze Zeit dicht am Körper angelegt, so, als hätte er/sie das Fliegen verlernt, soweit weg von seiner natürlichen Welt im Amazon. Hat die Umstellung auf die ganz anderen Verhältnisse Laura veranlasst, sich seinem Herren anzuschließen, um ein Gegenüber sich zu schaffen, welches ihn/sie nicht in Kummer versinken ließ ?

Arja auf jeden Fall erlebte eine große Freude mit dieser Begegnung, denn sie wußte allzu genau, es wird sehr unwahrscheinlich bleiben, daß sie in ihrem Leben noch einmal so nah mit einem so schönen, großen, offenkundig intelligenten Vogel zusammen kommen wird. Die ganze Erscheinung des Vogels besaß etwas Besonderes , wie Eleganz in Ruhe zum Ausdruck kam. Auf der anderen Seite mußte jeder als neugierig diesem ‚Paradies-Vogel' gegenüber erschienen sein, denn er/ sie ließ sich nicht aus seiner Ruhe bringen, begonnen auf dem Autositz, geschweige außerhalb dem Auto auf einem Lederhandschuh geschütztem Arm. Nach den Worten des Seemannes Johansson war Laura schon sehr alt, selbst gemessen an der Lebenserwartung von uns Menschen. So viele Jahre, wie kaum ein Mensch erreichen kann, weit über einhundert Jahre.

Die Türe am Auto auf der Seite von Laura, wurde erst geschlossen, nachdem der Papagei wieder stolz in seinem Vordersitz Platz genommen hatte. Arja blieb so lange beim Auto zurück, bis sein Fahrer Johansson auch Platz genommen hatte, so daß sie behilflich sein konnte, die Fahrertüre dann auch zu schließen. Mit einem Handgruß verabschiedeten sich die beiden Personen. Was Laura empfand und sich dachte, ließ er/sie nicht erkennen. Jedenfalls erfuhren Papagei und Fahrer mit dem Ausflug zu der Sandgrube von Petteri eine willkommene Abwechslung zu ihrem Alltag in der Stadt.

Selbst viele Jahre später, als Arja mit ihrer Familie auch in Brasilien, dem ursprünglich angestammten zu Hause von Laura lebte, gelang es ihr nicht mehr, so nahe zu einem Papagei zu kommen. Nur den Laura am nächsten kommenden Papagei, den farbenprächtigen, ebenfalls großen Macao-Papagei bekam Arja mit ihrem Mann Martin bei einer anderen Gelegenheit auf Hawai mit einem Paar näher zu Gesicht, zwar in einem riesig großen Käfig, nicht aber in Brasilien mehr.

Papagei Laura lebte sehr nahe mit dem ehemaligen Schiffs-Kapitän Johansson in Finnland. Im Winter blieb der Papagei im Schutz der gut geheizten Wohnung. Jedes Mal, wenn es zum Somer hin ging, erwachten nach der langen Winter-Ruhepause neue Lebensgeister sichtbar und hörbar in dem Vogel. Wenn Laura den Melodien von Johansson antwortete, war es an der Zeit, die wärmere Sonne draußen wieder aufzusuchen.

Leider muß festgestellt werden, daß mehr dieser großen prachtvollen Papageien heute in Gefangenschaft gehalten werden, als noch im Urwald angetroffen werden. Wann werden wir die letzte Laura in ihrem natürlichen Paradies verloren haben ? Die natürlichen noch reichen Oasen in der Natur schwinden durch unser Fortschritts-Denken und Handeln zunehmend. Kaum ein anderes Tier hatte so einen bleibenden Eindruck auf Arja hinterlassen, selbst im artenreichen Afrika, wie wir es noch erlebt hatten. Nur jemand, der ein so anpassungsfähiges Tier wie Laura selbst erlebt hat, kann verstehen, wie sehr diese natürliche Bindung mit der Natur auf Arja eingewirkt hatte. Vielleicht auch deshalb ist Arja mit ihrer eigenen Familie ein Leben lang auf der Suche nach ursprünglicher Natur geblieben, welches sie am Ende im eigenen Familien-Dorado im tropischen Queensland von Australien mit vereinten Kräften sich noch selber schaffen konnten, um etwas natürliche Umgebung weiter leben zu lassen, selbst wenn wir einmal nicht mehr dies erkennen können.

Der Tag in der Sandgrube von Petteri brachte eine willkommene Abwechslung dem sonst üblichen Ferientag mit Schwimmen, Boot fahren, Sauna, Spielen nachgehen und im Spätsommer Beeren im Wald pflücken. Mitten im Sommer, den Monaten Juni und Juli fand man als erstes im Wald die reifen dunkel-blauen Heidelbeeren, die roten Preiselbeeren ließen auf sich bis in den August/September warten. Diese Waldbeeren sammeln war schon immer ein vor allen Dingen ruhiges Geschäft, weg von dem Treiben und Lärm der Stadt.

Allerdings sind es nicht nur wir, die Menschen, welche in Ruhe Beeren pflücken wollen. „Herr Braunbär" gesellt sich im Sommer auch gerne zu den Beerenpflückern. Ein Gegenüber mit einem Bären kann so in Finnland durchaus zustande kommen. Dann entscheidet über das Beeren-Pflücken wahrscheinlich der mit den besseren Nerven. Im dichter besiedelten Süden von Finnland finden solche Begegnungen allerdings kaum statt, dies gilt für den mehr menschenleeren Norden von Lapland und den Grenzgebieten im Osten nach Russland, Karelien. Noch vor dem Zweiten Weltkrieg gehörte dieses Gebiet von Karelien zu Finnland. Russland hatte das Gebiet im Osten von Finnland unter dem Vorwandt einer ‚Pufferzone' anektiert. Wenigstens gelang es Finnland, den größten Teil des Landes mit verbittertem Widerstand vor der russischen Militärmacht für ein unabhängiges Heimatland Finnland zu retten.

Im Wald beim Beeren-Pflücken wurden wir Kinder angehalten, zu einender zu reden, oder ein Lied zu singen. Dies half nicht nur die Zeit neben dem Beeren-Plücken mit etwas Anderem auszufüllen, sondern „Herrn Braunbär" rechtzeitig aufmerksam zu machen, jemand anderer war auch im Wald Beeren pflücken. Denn ein unerwartetes Gegenüber mit einem Bär kann zu leicht dazu führen, daß der Bär seinen territorialen Anspruch besser anzumelden weiß als Unsereiner.

Obwohl die Möglichkeit der Begegnung mit einem Bär für uns Kinder sehr unwahrscheinlich war, hielten wir fest daran, uns zu unterhalten und gelegentlich, um die Zeit besser vergehen zu lassen, auch ein und das andere Lied uns einfallen zu lassen. Die Beerenernte im Wald war nicht jedes Jahr dieselbe. In manchen Jahren waren reichlich Beeren, so daß unsere Körbe schnell sich füllten. Wiederum andere Jahre lieferten nur wenig Beeren, so ganz entsprechend dem Lauf der Natur, mit ihrem Auf und Ab.

Das Beeren-Pflücken im Sommer artete allerdings für uns Kinder nicht aus in einen Wettbewerb, wer am meisten Beeren nach Hause brachte. Es blieb ein Zeitvertreib, in dem hauptsächlch die Freude am Sammeln und auch am Beeren-Essen zählte. Zu Hause ging der Inhalt von jedem Korb sowieso in einen einzigen Behälter. Wichtig war, daß dort etwas zusammen kam. Vom Beeren-Naschen war der Mund sowieso meistens schon blau genug geworden. Zu Hause half dann nur noch eine gründliche Sauna, um die Beeren-Spuren an uns wieder sauber zu bekommen.

Die Belohnung zu Hause fand nicht nur mit den Beeren statt. Teig war schon auf dem Weg mit Beeren gefüllt eine Kuchen-Delikatesse zu werden, zu der gelegentlich selbst gemachtes Eis hinzu kam. Erdbeeren waren damals noch nicht viele. Für sie mußte der Sommer besonders gut sein. Erst in kommenden Jahren wurden Erdbeeren mehr und mehr in Garten Beeten hoch gezogen, oft auch geschützt von den Wetter-Einflüssen. Im Gegesatz zu den ‚gezüchteten‘ Erdbeeren waren die Wald-Erdbeeren viel kleiner, aber viel aromatischer, wenn der Sommer ihnen hilfreich entgegen kommen konnte.

Himbeeren fand man nur vereinzelt in Büschen. Die Preiselbeeren lieferten einen besonderen Geschmack, einschließlich süß, sauer bis bitter. Deshalb wurden sie gerne nicht nur für Saft, sondern auch für Marmelade verwendet, wo sie vorzüglich mit ihrem Geschmack bei Fleischgerichten willkommen waren.

Im Garten beim Haus gediehten je nach dem Sommer auch noch Stachelbeeren und Johannisbeeren in ihren gut gehegt und gepflegten Büschen. Äpfel hatten im kurzen finnischen Sommer nicht genug Zeit, groß zu wachsen. Nur in geschützter Lage konnte sich ein Apfelbaum halten. Die kleinen Äpfel schmeckten aber nicht weniger gur, als seine ,Artgenossen' aus günstigeren Klimazonen mit besseren Bodenverhältnissen, wie man dies weiter südlich in Mittel-Europa antrifft.

In der Jugendzeit von Arja war dies das Angebot an Früchten. Gemessen an heute, in den 2000-Jahren, war dies nicht viel Obst. Orangen und Bananen waren noch nicht leicht erhältlich. Was man aber auch damals nicht kannte, bereitete keine Sorge mit fehl angebrachten Wünschen. Wir sind auch mit finnischem Obst gesund und groß geworden.

Eine weitere Ferien-Abwechslung im Sommer wurde für Arja ein regelmäßiger Besuch bei den Großeltern und der Tante in Tampere, Mittel-Finnland. Gewöhnlich begleitete Mutter Tysse die Arja auf der Zugfahrt dorthin. Bei der Ankunft in Tampere konnte sie die Arja getrost in die Obhut der Großeltern übergeben, da ein ausgezeichnetes persönliches Verhältnis hier vorlag. Somit gewann Arja auch Abstand von den Problemen, welche Vater Petteri, mehr ungewollt als gewollt mit nach Hause brachte. Hinzu kam auch noch, die Mutter Tysse brauchte auch von Zeit zu Zeit eine Erholung, zu jemandem in vollem Vertrauen sprechen zu können. Und dies waren uneingeschränkt ihre Eltern in Tampere. Diesen wertvollen Einfluß wollte die Mutter, daß Arja auch erfahren konnte, um sie besser für ihr Leben zu rüsten.

Im Gegensatz zu Arja, war ihre Schwester Raija nicht so sehr interessiert, die Großeltern zu besuchen. Raija begann ihren eigenen Weg im Leben viel früher einzuschlagen, als Arja. Noch als Kinder kristallisierte sich heraus, Arja war der Mutter näher, wohingegen die Schwester Raija gerne mit Vater Petteri ,liebäugelte'. Jedenfalls der Aufenthalt von Arja bei den Großeltern verlief ruhig und sehr mit gegenseitigem Entgegenkommen. Obwohl die Großeltern ein Lebensmittel Geschäft im untern Hausstock führten, hatten sie immer Zeit für Arja. Waren beide Großeltern-Teile im Laden beschäftigt, sprang gerne die Tante Aune ein, sich um Arja zu kümmern. Wenn Kinder beginnen Fragen zu stellen, war es schon immer wichtig, daß jemand die Fragen anhören konnte und darauf geeignete Antworten aus Erfahrung geben konnte. Findet dies nicht statt, suchen Kinder oft zu früh einen eigenen Weg, der Schwierigkeiten nicht ausschließt. Diese gegenseitige Hilfestellung innerhalb auch der weiteren Familie, veranlasste Arja nach Tampere zu den Großeltern zu ziehen und die späteren Schuljahre in Nokia zu absolvieren.

Die Olympischen Spiele im Jahr 1952 brachten Finnland auf die Weltkarte. Als Ort wurde die Hauptstadt Helsinki gewählt. Der Sport Held Paavo Nurmi zeigte seinen finnischen Landsleuten, was ein Finne auf internationaler Sportbühne erreichen konnte : Er gewann für Finnland neun Gold-Medallien und erreichte siebzehn Weltrekorde in den Laufdiziplinen von 1500 bis 20 000 Metern.

Sehr wahrscheinlich hatten die meisten Finnen, Arja mit eingeschlossen, ein Interesse an Sport in ihrem Leben, jedoch nicht unbedingt , um damit an die Spitze zu gelangen. Auch etwas weniger sportlicher Einsatz mit Schwimmen, im Freien sich bewegen, Ski Laufen, trugen auch zu einem gesunden Leben bei. Eine kleine Randbemerkung aus dem Olympischen Jahr 1952 mag auch interessant sein, wahrscheinlich eine weniger gesunde : ‚Coca Cola' erfuhr damals aus Amerika seinen Eintritt in unsere Zeit. Die Spiele von Helsinki verstanden die Amerikaner zum ersten Mal nach dem Zweiten Weltkrieg als Reklame-Hintergrund für sich zu benutzen. Damals nahm ‚Coca Cola' seinen ‚Siegeszug' in Vertretung von Amerikanischem Unternehmergeist, wo „Gut" und „Schlecht" auch in einem Wettkampf eingesetzt werden.

„Ein Höhepunkt während meinem Aufenthalt in Tampere bei den Großeltern war ein Besuch in dem Freilicht Theater von ‚Pynikke'. Aune-Tante war es gewöhnlich, die mir Gesellschaft leistete. Inmitten der Vorführung geschah es manchmal, daß ein Film aus technischen Gründen stoppte. Bei solchen Gelegenheiten wurde die ganze Bühne in Dunkelheit versetzt, solange bis es wieder weiter gehen konnte. Wenn dann nach so einem Zwischenfall die Synchronisation von Bild und Stimmen nicht mehr so war, wie sie sein sollte, störte dies damals niemanden besonders. Im Gegeteil, der Spaß bei der Vorführung erhielt höchstens eine Aufwertung. Die Besucher schwebten höchstens zwischen Neugierde und eventuell auch Ungewissheit gegenüber der technischen Seite solcher Aufführungen.

Gegen Ende der 1950-iger Jahre nahm das Fernsehen seinen Siegeslauf in die Wohnungen der Bürger. Damit erfuhr das Kino eine Rückgang in Beliebtheit. Zeit für Fernsehen war damals noch kein Problem, denn lediglich ein paar Stunden am Tag wurden in den Anfangsjahren angeboten; nicht wie heute, den ganzen Tag ohne Unterbrechung Programme anbietet. In seinen Anfängen war das Fernsehbild nur in schwarz und weiß. Farbiges Fernsehprogramm kam hauptsächlich im Jahr 1961 zum Zug.

Bevor Fernsehen seinen Einzug hielt, war jeder mehr mit sich selbst beschäftigt, seine Zeit vernünftig zu verbringen. Auch Arja erfuhr nie Langeweile. Anstelle von Fernsehen traten zuverlässig Bücher für sie ein. Im Haus der Großeltern gab es davon mehr als genug. Ein Unterschied zwischen zu Hause in Turku und bei den Großeltern in Tampere zeigte sich auch im Umgang mit Büchern : Wollte ich ein Buch, mußte ich zuerst darum bitten. So war die Spielregel im Haus der Großeltern. Einfach ein Buch sich zu nehmen, war nicht drin. Ein Buch zurück an seinen Platz bringen, oblag auch nur den Großeltern. So trugen Ordnung und Sauberkeit sehr zu der friedlichen Atmosphäre im Haus der Großeltern bei. Niemals erhöhte jemand seine Stimme, es blieb ruhig im Haus, weil jeder wußte, was die Großeltern liebten und somit erfuhr jeder von den Großeltern auch nur Freundlichkeit.

Eine Sache duldete die Großmutter besonders nicht im Haus, Alkohol. Auf der anderen Seite war es Großvater, der nicht so ganz richtig auf seinen Alkohol verzichten wollte. Deshalb hatte er ein Versteck für seine Schnapsflasche im Keller zwischen dem gestapelten Brennholz sich ausgedacht. Schon bald nach meiner Ankunft bei den Großeltern, entging mir dieses Geheimnis meines Großvaters nicht. Ich hielt aber dieses Geheimnis für mich. Jedoch nur bis zu dem Zeitpunkt, als meine Cousine mich besuchte und Großpapa uns untersagte, am späten Nachmittag noch das Haus zu verlassen. Bei der Gelegenheit erinnerte ich ihn dann an seine versteckte Schnapsflasche, von der Großmama bestimmt nicht wußte. Der ‚Trick‘ arbeitet für uns, wir konnten noch ausgehen, Großpapa hielt sein Geheimnis für sich. Was allerdings keiner von uns allen wußte, daß Großmama sehr wohl von der Existenz der Schnapsflasche wußte, nur übersah sie dies solange, wie der Schnaps im Rahmen von Großpapa konsumiert wurde. Erst viele Jahre später eröffnete Großmama mir, sie wußte Bescheid über das Schnapsflaschen Versteck und hielt nur ein gutes Auge darauf, daß der Schnaps nicht das Haus verließ.

Indes las auch meine Aune-Tante gerne und viele Bücher. Zu Hause in Turku war jeder immer so beschäftigt, daß kaum Zeit für Bücher Lesen übrig blieb. Ferien bei den Großeltern hingegen verliefen immer viel zu schnell. Wenn dann die Zeit nach den drei Monaten Sommerferien vorüber war, erschien die Zeit in der Schule wie eine ferne Vergangenheit.

Die Lehrer sorgten dann allerdings dafür, daß die Schüler schnell wieder in den Schultag zurück fanden. Bald nach den Sommerferien wechselte die Natur zum Herbst hin. Die Tage wurden wieder kürzer und die Natur bereitete sich auf den Winter vor. Die Erinnerungen an den Sommer traten langsam in den Hintergrund, sie öffneten den Weg zurück zur Schule.

Selbst spät im Oktober vermochte ein restlicher ,Indianer-Sommer' einem kurzen Herbst nicht mehr den Weg abschneiden. Die Blätter der Birken, der Ahorn Bäume, der Espen, Eichen und Weidenbäume wechselten fast über Nacht ihre Blätter in eine farbige Pracht, bevor Winter das Regiment übernahm. Besonders im Norden von Finnland, Lapland, erfährt der Herbst eine starke Farbenpracht, der man den Namen ,ruska' (Herbst Blatt-Fall) gegeben hat. Für nur eine kurze Zeit zeigt diese ,ruska', wie vergänglich alles ist und doch mit Schönheit versteht, Abschied zu nehmen. Genau so schnell überwindet das Frühjahr den langen kalten Winter in einem plötzlichen Wieder-Erwachen der Bäume mit hell-grünen frischen Blättern .

Jetzt aber vor dem Winter verbannt das Leben jeden zunehmend mehr in die geschützten, warmen Häuser. Nur Sauna, Ski-und Schlittschuh-Laufen, oder Schlitten Fahren bleiben für Draußen die Möglichkeiten, Abwechslung zu finden.

Die älteren Häuser in Finnland wurden ausschließlich aus Holz gebaut. Noch heute liefern sie guten Schutz gegen den strengen Winter in diesem Teil der Welt. Von außen zeigen sie sich oft in einem rötlichen Farbton, wohingegen die Tür- und Fensterrahmen mit einem anderen Farbton hervorgehoben werden, gerne in weiß. Die Bauweise von heute hat sich auch in Finnland grundlegend verändert. Beton-Element Bauweise zusammen mit Kunststoff-Isolier-Materialien finden zunehmend mehr Anwendung. Lediglich kleinere Bauvorhaben wie Einfamilienhäuser werden gelegentlich noch in doppelten Klinker-Backsteinwänden gebaut. Viel bestimmt hier auch der Geldbeutel des einzelnen Bauherren.

Die nächst-gelegene Schule zu unserem Haus in Turku wurde bereits im Jahr 1882 ganz aus Holz erbaut. In seiner gelben Außenfarbe unterschied sie sich sehr von der Farbe der umliegenden Wohnhäuser. Mit Eintritt des Winters mußten die Räume der Schule gut geheizt werden, damit Unterricht in ihnen stattfinden konnte. Zur Schulzeit von Arja verwies ein Plan innerhalb der Schule auf die Heizung der Schule, wann und wer von den Schülern die Heizung einer jeden Klasse übernahm, noch lange bevor der reguläre

Unterricht begann. Zu Beginn wurde in jedem gusseisernen Ofen einer Klasse mit fertig getrocknetem und gespaltenem Holz ein Feuer gestartet, welches, wenn gut in Flammen, mit Kohlenbricketten nachgefüttert wurden und so die anhaltende Wärme für den Klassenraum liefern konnte. Um acht Uhr war es morgens dann so weit, daß der offizielle Unterricht in der Schule beginnen konnte, wenn die Klassenräume warm genug geheizt waren.

Nur wenn die Temperatur im Winter am Tag mehr als 25 Grad minus Celsius sich bewegte, blieb die Schule für den Unterricht geschlossen. An anderen Tagen war es durchaus Gang und Gebe, daß Schüler auf Skien in die Schule kamen. Erst später sorgten Öffentlicher Transport und Zentral-Heizung für einen lückenlosen Unterricht, der nicht mehr von der Kälte abhängig war. Dennoch konnte nicht immer gänzlich ausgeschalten werden, daß Kinder wegen schweren Schneestürmen den Weg in die Schule nicht antreten konnten. Solchen beißenden Wind vermochten kaum Kleidungen zurückhalten. Auch die Pausen in der Schule hingen viel vom Wetter ab, ob die Schüler im Gebäude blieben, oder hinaus gingen. Auch hier gab die Temperatur von minus 25 Grad den Ausschlag für eine Entscheidung durch das Lehrer-Kollegium. Im Gegensatz zu der bitteren Winterkälte draußen, boten die wohlig geheizten

Klassenzimmer einen angenehmen Schulaufenthalt.

Wenn Arja heute zurück auf ihre Schulzeit blickt, kann sie mit ruhigem Gewissen sich selbst eingestehen, sie war weder ein Glanzschüler, noch einer, der sich am Ende der Leistungs Skala aufhielt. "Gewöhnlich erreichte ich mittelmäßige Leistungen; mein Verhalten war hingegen stets tadellos. Naturwissenschaften waren nicht gerade meine Stärke. Wenn es aber um Fremdsprachen ging, außer den Pflichtfächern in Schwedisch und Englisch, wählte ich gerne noch zwischen Französisch und Deutsch."

„Zu der Zeit hatte unsere Schule keinen Französisch Lehrer und was die Deutsche Sprache anging, ich hörte nur von Anderen, ‚Deutsch ist viel zu schwer'. Was macht etwas schwierig ? Dachte ich mir. Ist nicht alles am Anfang schwierig, worüber wir keine oder nur wenig Kenntnisse besitzen ? Schließlich entschied ich mich noch für Latein und Deutsch. Wie konnte ich auch nur ahnen, daß die Deutsche Sprache in meinem Leben einmal eine wichtigere Rolle spielen sollte, als meine Mutter-Sprache Finnisch ? Ich lebte nämlich von 1967 an in anderen Teilen der Welt. Dies wurde mein Schicksal. Mein zukünftiger Mann lebte zu der Zeit in Deutschland und unsere Verständigungs Sprache in unserem gemeinsamen zu Hause sollte das Englisch ablösen

160

mit der Deutschen Sprache."

Besuche in späteren Jahren nach Finnland waren in ihrer Natur jedes Mal mehr eine Familien Angelegenheit. Arja blickte weiter, sie wollte mit ihrem späteren Mann Martin zusammen auch die Welt kennen lernen. Deshalb kam der Heimathafen Finnland etwas zu kurz, wenn es um die Frage ging, in Finnland Fuß zu fassen. Im Weg standen vielleicht auch die Klima-Verhältnisse. Es war durchaus bemerkenswert, daß sie als Finnin ohne Umstellung sofort sich zurecht fand in den wesentlich wärmeren Teilen unserer Erde. Darüber hinaus sogar, das wärmere Klima bevorzugte. Das Leben mit ihrem Mann nahm zuerst seinen Lauf in Deutschland. Von dort ging es in Etappen von mehreren Jahren jedes Mal weiter nach Afrika, Südamerika und Australien. Die finnische Sprache verlor mit der Zeit an Boden in der Familie; es waren besonders die Kinder, die neben einer neuen Landessprache im Wechsel von Kontinenten die finnische Sprache verloren. Selbst wenn Arja zu den Kindern versuchte weiter finnisch zu sprechen, antworteten die Kinder zunehmend mehr in der Sprache, die vor Ort üblich war, alleine in der Gewohnheit aus der Schule.

Finnland rückte für Arja unweigerlich in den Hintergrund, seit sie mit der Verlobung im Jahr 1967 nach Deutschland gekommen war. Ein Leben in einem anderen Land, einer neuen Sprache, anderen Menschen, sollte nicht als ein Verlust im Hinblick auf die eigene Herkunft betrachtet werden. Im Gegenteil, als eine persönliche Bereicherung. Will man etwas gewinnen, muß man auch bereit sein, etwas Raum im eigenen Leben dafür zu schaffen. Was aber wiederum nicht heißen muß, die eigene Sprache und Wertvorstellungen aufzugeben. Eine Bereicherung kann nur sein, wenn die Vergangenheit in der Gegenwart und Zukunft mit an Bord bleibt.

Wenn es sich um Sprachen handelte, erfuhr auch Arja, daß die Schulmethode, eine Sprache zu lernen, nicht sehr erfolgreich war im Vergleich zu einer Sprache im Land mit seinen Menschen zu lernen. Erinnern wir uns besser dabei, daß auch Kinder die Muttersprache von der Mutter und den anderen Menschen lernt und nicht aus einem Buch. Das Buch ist dem Lesen und Schreiben zugeordnet, welches fortsetzende Entwicklungsstufen einer Sprache sein sollen.

Während meiner Schulzeit war es allerdings sehr schwer, in ein anderes Land zu kommen, um die Sprache besser zu lernen. Arja's Lösung um besser eine Sprache auch außerhalb der Schule zu lernen, wurde ein reger Briefaustausch mit Brieffreunden in zunehmend mehr Ländern. So begann Arja sich für die Welt und ihre unterschiedlichen Menschen auch außerhalb von Finnland zu interessieren.

Mehr zu Hause fehlte es auch nicht an lustigen Begebenheiten, insbesondere aus der Schule. An einem Tag kam Arja ganz froh aus der Schule nach Hause und erzählte der Mutter Tysse sofort, was der Lehrer in Musik zu ihr gesagt hatte :" Heute sagte mir der Musiklehrer, ich wäre beim Singen mit den Noten etwas daneben geraten, heiß das, ich bin besser in Musik geworden ?" – Die Mutter wollte der Freude von Arja keinen Abbruch erteilen, weshalb sie beruhigend Arja mitteilte :" Wir beide wissen, wie sehr du Musik gerne hast. Bemühe dich weiterhin so und du wirst erleben, wie Musik unser Leben beflügeln kann. Musik ist die universelle Sprache , welche nicht nur wir Menschen, ich möchte beinahe sagen, alle Lebewesen verstehen. Und außerdem, vergiß nicht, alles braucht seine Zeit, denn noch kein Meister ist je vom Himmel gefallen."

Von den Anderen in der Klasse mußte ich mir allerdings anhören, „Katzen-Jammer und Hunde-Bellen unterscheiden sich nicht viel von deinem Singen." – Meine Antwort war einfach die, "man kann ja nicht überall gut sein." Meine Einstellung zur Musik blieb so und ich sah zu, daß ich immer mit den anderen sang, damit meine Stimme nicht getrennt gehört werden konnte.

Vielleicht ist es gerade heute interessant, zu erfahren, in meiner Schulzeit mußten wir alle viel auswendig lernen. Dies nahm seinen Lauf bereits schon, bevor wir überhaupt Lesen und Schreiben konnten. Die gute Seite solcher Maßnahmen erschien zum Teil erst später im Leben, wenn gutes Gedächtnis gefragt war. Durch auswendig Lernen wird gedankliche Disziplin angewandt, welche in gute Konzentration mündet. Heute im Zweiten Jahrtausend sind Disziplin und Konzentration beim Lernen mehr als wünschenswert verblieben.

Fortschritt blieb auch in Finnland nicht aus. Von 1957 an wurde das Telefon zu Hause mehr üblich. Daß Kinder versuchten, ihre Neugierde auch am Telefon anzubringen, sollte selbst damals nicht als etwas Ungewöhnliches angesehen werden. Indes war es meine Schwester, die sich dem Telefon sehr interessiert annahm. Es machte ihr nichts aus, daß ihr „Murmeln" am Telefon nur schwer zu verstehen war. Besonders wenn die Mutter nicht in der Nähe vom Telefon sich aufhielt, sorgte Schwester Raija dafür, das klingende Telfon antwortete jemand. Solche Telefon-Verbindungen waren nicht erfolgreich. Erfolgreich waren interessanterweise Folgende : Schwester Raija hob den Hörer ab aus der Telefon-Gabel und wartete jedes Mal, bis auf der anderen Seite die Telefonistin nach der gewünschten Nummer fragte, welche sie dann in Verbindung brachte. Raija schaltete gleich beim ersten Versuch. Statt eine lange Nummer durch das Telefon zu geben, verlangte sie ganz einfach „naabulliin", was soviel hieß wie „Nachbar". Der größte Witz dabei war der, daß die Telefonistin über so gute Ortskenntnisse verfügt haben mußte, daß sie tatsächlich die richtige Verbindung herstellte zu den Nachbarkindern. So fand Schwester Raija heraus, wie sie , ohne sich auf den Weg zum Nachbar machen zu müssen, über das Telefon einen Schwatz haben konnte. Die Telefonistin mußte allerdings eine gutes Herz für Kinder haben. Denn jedes Mal, wenn „naabullin" bei ihr durch das Telefon ertönte, fehlte sie nicht, die richtige Nummer zu den Nachbarkindern zu verbinden. Als die Mutter von den Nachbarn davon erfuhr, konnte sie nur darüber gut lachen.

Schulpflicht galt zu meiner Zeit bis 18 Jahre. Finnland hatte schon früh erkannt den Vorteil einer allgemeinen gleichen Ausbildung für Alle. Mit den Jahren entwickelte sich das einheitliche Schulsystem in Finnland zu einer Spitzenposition in der Welt. Alle Anstrengungen richteten sich nur auf ein Schulsystem und nicht auf unterschiedlich sozial-orientierte Schulstufen, weshalb schon alleine deshalb ein besseres System in der Ausbildung entstehen konnte. Ein Ziel ist für alle leichter anzugehen. Unterwegs findet so ein Jeder eher seine Ausbildungs-Nische, wo er/sie hinein passen und nicht abgestempelt werden mit unterschiedlichen Beurteilungs-Maßstäben. Selbst beim „Versagen" ist in einem Freien Spiel besser die Möglichkeit gegeben einer Korrektur. Zu früh Kinder dem Gesellschafts-Zwang gegenüberstellen, führt zu leicht zu ungerechtfertigter Interessenlosigkeit. Im Rahmen der Entwicklung des Schulsystemes erfuhr dies noch Arja. In einer der Sommerferien brachte Mutter Tysse Arja wieder nach Tampere zu den Großeltern in Mittel-Finnland. Dieses Mal blieb sie aber nach den Ferien dort und besuchte die Schule in Nokia.

Dieser Wechsel fiel positiv für Arja aus. Mit einem Mal entpuppte sich die Problem-Schülerin aus Turku in eine fast Klassenbeste unter den veränderten Verhältnissen. Die Klassen in Finnland waren übrigens schon immer gemischt besucht gleichermaßen von Mädchen,wie von Jungen. Gegen niemanden wurden Vorurteile erhoben. Eine bessere Ausbildung strebte man an im allgemeinen Zug und nicht in gesonderten Ausbildungsstätten. Daher zielten alle Bemühungen in eine Richtung, weshalb auch der Erfolg ungeteilt erreicht wurde. Hauptsächlich die Lehrer an den Schulen bestimmten in geschickter gegenseitiger Absprache den Fortschritt in der Ausbildung.

Bereits viel früher setzte ein Beispiel für eine Erneuerung im Glauben der Zeitgenosse von Martin Luther , der Finne Michael Agricola als Reformer mit dem Protestantismus. Dieser breite Reform-Wille schlug sich in Finnland in einer starken einheitlichen Religions-Zugehörigkeit nieder. So entstand die starke Bindung zwischen Religion, Ausbildung und Aufrechterhaltung der eigenen finnischen Sprache als Bollwerk gegen die Jahrhunderte anhaltende fremde Herrschaft zuerst von Schweden, gefolgt von Russland. Schon früh erhielten Mann und Frau die Zustimmung zu einer Hochzeit, wenn beide ausreichend gut wenigstens Teile des Katechismus öffentlich in der Kirche vorlesen konnten.

Arja's Großvater war sogar stolz darauf, daß er für sein Leben nur zwei Wochen Schule brauchte, um dann auch noch die Zustimmung für seine Heirat zu bekommen. Er gehörte zu den Menschen, die in der Schule des Lebens und nicht nur auf eine Schulzeit begrenzt lernten. Als ein unabhängiger Beobachter muß dazu noch gesagt werden : Dies gilt für den, der bereit und fähig ist, ein Leben lang zu lernen. Die Schule ist hier nur ein Zeitabschnitt, im Leben zu lernen. Die wirklichen gültigen Zeugnisse erhalten wir alle im Leben.

Mit dem Bus in die Schule in Nokia dauerte die Fahrt vom Haus der Großeltern etwa zwanzig Minuten. Nicht weit vom Haus befand sich auch die Bus-Haltestelle, von wo der Bus Arja am Morgen mitnahm und wieder am Nachmittag zurück brachte, jeden Tag unter einer Schulwoche. Das Leben bei den Großeltern verlief in erster Linie ruhig, ohne Überraschungen, gleich welcher Art. So konnte Arja sich bestens für das Abitur an der Schule in Nokia vorbereiten. Dazu war erforderlich, nach der Schule auch zu Hause fleißig weiter planmäßig die Schulfächer zu studieren. Wer damals das Abitur schaffen wollte, mußte sich anstrengen. Das Abitur wurde niemandem nur so geschenkt.

Neben der Schule blieb wenigstens so viel Zeit für Arja übrig, daß sie über eine Internationale Jugend Korrespondenz Organisation Adressen erhielt, aus England, Deutschland, Italien, Türkei, dem ehemaligen Rhodesien, selbst aus solcher Entfernung wie Neuseeland. Diese Briefkontakte wurden entsprechend der Landessprache in Schwedisch, Englisch, Deutsch geschrieben. Solches Briefe Schreiben unterstützte den Fremdsprachen Unterricht, wie er in der Schule vorbereitend mit Lesen und Schreiben gelehrt wurde. An gewissen Tagen unter der Woche lieferte der

Postmann mehr Auslandsbriefe an die Adresse meiner Großeltern, als sie selbst mit ihrem Geschäft gewöhnlich geliefert bekamen. Selbst wenn eine Adresse eines Ausland-
briefes nicht vollständig war, wußte der Postbote bereits, wer
solche Briefe empfing.

Sehr oft enthielt ein erster Brief auch unerwartete
Fragen, wie zum Beispiel von einem Italienischen Brieffreund. Er stellte mir die Frage, ob ich blond wäre. Ich
schrieb ihm zurüch, daß ich dunkles, langes Haar hatte.
Danach erhielt ich keinen Brief mehr von ihm. Daraus mußte
ich schließen, Italiener würden gerne blonde Mädchen sehen.

Bei einer anderen Gelegenheit schrieb ein Brieffreund aus
Wien in seinem zweiten Brief , daß er mir böse war, weil ich
nicht sofort seine Einladung, seine Freundin zu sein, nicht so
beantwortete, wie er dies gerne gesehen hätte. Jedenfalls
waren ausreichend andere Brieffreunde, die fortsetzten Arja
zu schreiben, auch ohne Vorbedingungen. Arja freute sich,
von Brieffreunden zu erfahren, wie diese in einem näher
gelegenen, oder auch fern gelegenen Land lebten. Ihre
eigene Vorstellung malte sich Arja viel auch bildlich aus,
über andere Menschen und ihr Land, selbst so weit wie
Rhodesien, dem heutigen Zimbabwe, und Neuseeland, ganz
auf der anderen Seite unseres Erdballes.

Eine Brieffreundin, Lynne, lebte zum Beispiel auf

einer Farm in Zimbabwe mit ihren Eltern. Auf ihrem Land bauten sie Taback und Mais hauptsächlich an. Die Farm lag etwa eine Autostunde weg von der Ortschaft ‚Bullawayo'. Der Name dieser Ortschaft erschien für Arja sehr ‚exotisch', so richtig anders, als Namen, welche Arja zuvor gelesen hatte. Lynne schrieb auch, der Schulbus fuhr jeden Morgen früh auch bei ihnen vorbei, sie zur Schule in Bullawayo mitzunehmen und dann spät am Nachmittag sie wieder bei ihrer Farm abzuladen. Nur die besser gestellten Farmer sandten ihre Kinder in eine Schule mit Unterkunft. Lynne gehörte nicht zu diesen Farmern. Denn diese Schulen mit Unterkunft kosteten eine ganze Stange Geld.

Aus Zimbabwe erfuhr Arja auch, daß es dort das ganze Jahr schön warm und sonnig ist. Die einzige Abwechslung erfuhren die Jahreszeiten mit einer Regenzeit im Sommer und einer trockenen Zeit in den sogenannten Winter-Monaten. Allerdings waren die Jahreszeiten südlich vom Äquator genau umgekehrt wie in Finnland. Im finnischen Sommer herrschte in Zimbabwe der Winter, jedoch ohne jede beißende Kälte.

In ihren Briefen schickte Lynne oft auch Bilder aus der Natur in ihrem Land. Die Tiere in der Wildnis beeindruckten Arja, genau so wie Bilder vom Urwald und der Savanne. Die Bilder zeigten eindrucksvoll : Zebras, Löwen,

Elefanten, Giraffen, die gewaltig herabstürzenden Victoria-Wasserfälle, dichte Regenwälder und fruchtbares Farmland in Größen-Verhältnissen, wie dies in Finnland nicht angetroffen werden kann. Auch Lynne lebte mit der Familie, so daß sie wie Arja früh lernte Aufgaben außerhalb dem Schulrahmen, gemeinsam anzupacken. Bei Lynne war es die Arbeit auf der Farm, bei Arja mithelfen im Geschäft der Großeltern, wenn dies erforderlich war.

Nicht lange dauerte es und Arja hatte Brieffreunde in vielen Ländern der Welt. Bilder besonders aus Afrika und Neuseeland dekorierten die Wände in ihrem Zimmer bei den Großeltern. Vielleicht hatten diese Bilder mir Flügel verliehen, daß ich später in Afrika, Südamerika und im Pazifik-Raum lebte. Bilder von Feuer-speienden Vulkanen in ewigem Schnee auf hohen scharf-gezeichneten Bergen, unterhalb von ihnen grüne Landschaften, wo Weingärten und weidende Schafe Schutz fanden. Musik der angestammten Maori versetzten mich, die Arja, in ein Paradies. Ich konnte nicht umhin, gedanklich zu erleben, wie schön doch die Welt ist ! – Eine geheime, tiefe Sehnsucht mußte mich schon damals erfasst haben. Das Leben von Menschen wie ich selbst, in den verschiedenen Teilen der Welt, wie doch die Natur es für uns unterschiedlich gestaltete. Wir müssen nur wissen, daran anknüpfen zu können.

Inmitten meiner jugendlichen Begeisterungs-Fähigkeit mußte ich aber auch unaufgefordert plötzlich lernen, mit der bloßen Wirklichkeit umzugehen. Meine Brieffreundin aus North Palmerston auf der Nordinsel von Neuseeland ereilte viel zu früh ein furchtbares Schicksal. Gwynne war ein paar Jahre älter als ich, sie studierte Archäologie. Sie war schon verlobt mit ihrem zukünftigen Mann. Eines Tages erhielt ich einen Brief von ihr mit Zeilen, die aussagten :" Bis vor kurzem war alles in meinem Leben gut und schön. Das Schicksal veränderte dies jetzt alles mit einem Male. Mein Verlobter ist bei einem Autounfall ums Leben gekommen. Ich weiß jetzt nicht mehr, wie es weiter gehen soll. Verzeih mir, wenn ich nicht mehr schreiben kann." – „Mit einem Male erfuhr auch ich, wie glücklich ich war, nicht zu früh in meinem Leben, wenigstens bis heute, solches Unglück erfahren zu müssen. Alles kann ersetzt werden, nur nicht ein wertvoller, nahe stehender Mensch."

Zu der Zeit erfuhr man über andere Länder hauptsächlich aus Büchern, einem gelegentlichen Film im Kino, der Bilder brachte von fernen Ländern und wie Menschen dort lebten. Alles war damals noch weit weg, für die Mehrzahl von Menschen noch nicht erreichbar. Dies änderte sich erst Ende der 1960-iger Jahre, wenn vor allem das Fliegen mehr Tourismus ermöglichte, schließlich überall in die Welt.

Kapitel 4

Weg von Finnland

Hinaus in die Welt

Die nächst gelegene Möglichkeit für Arja eines Auslands Besuches bot sich mit England an. Vielleicht das ‚Fernweh' verursachte bei ihr, daß sie die Schule wenigstens vorübergehend nicht so ernst nahm, wie dies die Lehrer von ihr erwartet hatten. In der Folge darauf gab die Schule in Nokia Arja die Gelegenheit, eine Klasse noch einmal besser zu wiederholen. Selbst Arja gefiel dies nicht gerade, anstatt sich noch einmal ernsthaft dahinter zu klemmen, enstand etwas Mißstimmung selbst im Haus der Großeltern.

Eines Tages kam unerhofft ein Zwischenfall Arja zu Hilfe, wenn eine Kundin im Laden zu der Großmutter über ihre Tochter sprach, welche mit der Brieffreundschaft einen guten Freund in England gewonnen hatte. Arja hörte dieses Gespräch von den Treppen hinauf in das obere Stockwerk unbemerkt mit. In dem Gespräch mit der Kundin erwähnte die Großmutter, daß Arja neben anderen Brieffreunden in vielen Ländern der Welt, auch einen Brieffreund in England hatte. – Sobald die Kundin den Laden wieder verlassen hatte, eilte Arja die Treppen herunter zu der Frau, um sie noch vor dem Laden zu sprechen. Von ihr erfuhr Arja die Adresse, wo sie wohnte.

Gleich am nächsten Tag machte sich Arja auf zu der Adresse. Dort tauschten die Zwei eifrig aus, was sie so in ihrer Korrespondenz über andere Menschen in anderen Ländern erfahren hatten. Dabei erwähnte Seija, die andere Tochter, sie plane im nächsten Sommer, ihren Brieffreund in England zu besuchen. Arja war sofort Feuer und Flamme für diese Idee. Sie plante bereits, der Schule dann auch den Rücken wenigstens für eine begrenzte Zeit zuzukerhren. Arja versprach sich auch mit einem Aufenthalt in England, die Sprache besser zu lernen, so daß sie in der Schule danach dann besser in Englisch abschneiden wird.

Als die Tante Aune nur von dem Plan hörte, geriet sie ungehalten aus dem Häuschen :"Wie kannst du nur daran denken wegzugehen und nicht dich konzentrieren, die Klasse besser zu wiederholen !" – Auch der Tante gelang es nicht, die fest entschlossene Arja von ihrem Plan abzubringen. Wie sich herausstellte, erfuhr Arja wenigsten eine begrenzte Zustimmung für ihren Plan nach England von der Großmutter und der Mutter Tysse. Somit überflügelten die zwei Stimmen die Stimme von der Tante Aune.

Der Tag, an dem Arja zum ersten Mal Finnland verlassen sollte, konnte für sie nicht schnell genug ankommen. Noch im Jahr 1964 suchte sie mit Hilfe von Seija Kontakte in England. Ein Altersheim in Bromley, der Kent Region, stimmte Arja's schriftlichen Anfrage zu, einen sechs wöchentlichen Lehrgang für die Pflege von älteren Personen in dem Altersheim anzutreten. Kaum waren die Sommerferien angekommen, hielt Arja nichts mehr zurück, auf erste Auslands-Erfahrung nach England zu gehen.

Ihre Reise mußte Arja allerdings sehr gut vorbereiten. Ein Koffer mußte entweder innerhalb der Familie erstanden werden, oder auch gekauft werden, damit notwendige persönliche Sachen mitkommen konnten. Sobald alles im Koffer Platz gefunden hatte, stellte Arja zu ihrer Erleichterung fest, daß sie den Koffer gut noch alleine tragen konnte; das Gepäck war nicht zu viel geworden. Das erste Stück der Reise brachte sie mit dem Schiff von Turku nach Stockholm in Schweden.

Arja erinnert sich noch an den Abschied im Hafen von Turku :" Mama Tysse hatte nicht nur unsere Familie, sondern alle unsere Bekannten zusammen ‚getrommelt', um mich am Pier noch vor dem Aufgang zum Schiff zu verabschieden. Erst bei dieser Gelegenheit fielen mir die Schuppen von den Augen, indem ich feststellte, wie viele Menschen in Finnland Familie und Freunde für mich waren, mir alles nur erdenklich Gute für diesen Schritt in meinem Leben wünschten, aber auch wieder gut nach Finnland zurück zu kehren. Es ergriff mich sehr, wenn ich Freuden-Tränen in Mama's Augen sah. Sobald ich dann am Schiff dem Blickfeld von Außen entgangen war, wunderte ich mich nur noch, wie viele andere Menschen mit mir an Bord des

Schiffes gekommen waren. Ich konnte mir nicht vorstellen, sie alle auf dem Weg nach England waren. Als erstes mußte ich mich umsehen, wo mein Sitz in einem der Passagier-Decks sich befand."

Sobald das Schiff sich vom Kaj löste, suchte es sicher seinen Weg durch die vielen bewaldeten kleinen Felseninseln, welche besonders vor der süd-westlichen Küste von Finnland liegen.Im Sommer-Monat Juli schien die Sonne fast rund um die Uhr. Während der Nacht sandte sie vom Horizont ihr dunkelrotes Licht über die weite Fläche der Ostsee, welche nur die Schärenlandschaft vor Finnland und vor Schweden mit ihren langen, vielen unterbrochenen Schatten unterbrach. Eine Stille lag über der ganzen Szene. Nur das Schiff bahnte sich seinen Weg alleine durch die aus dem Wasser herausragenden Granitfelseninseln unterschiedlichster Größe, wo hartnäckig allem zum Trotz die immergrünen nordischen Fichten und Tannen Fuß fassen.

Unterwegs mit dem Schiff nach Stockholm in Schweden, die Inseln von Ahvenanmaa waren das letzte Finnische Territorium. Von seiner wichtigsten Ortschaft Mariehamn hob das Schiff seine Anker in der Mitte der Nacht. Es herrschte jedoch nicht völlige Dunkelheit. Die Sonne hielt ihr Tageslicht noch am Horizont im Norden, um es in weniger als zwei Stunden einem neuen Tag wieder zu schenken. Von nun an lag bis an die schwedische Küste die Baltische See offen , ohne die Granit-Scheren-Inseln. Erst direkt vor der Schwedischen Küste gliederte sich die Küsten-Linie in vom Festland losgelöste Scheren-Inseln.

Die Schiffreise verlief in völlig ruhiger See ; genau so zeigte sich das Wetter von seiner sonnigen und angenehm warmen Seite. Arja schätzte es sehr, die Schulfreundin Seija in Begleitung zu haben. Mit ihr hatte Arja den England-Aufenthalt geplant und ausgearbeitet. Dies nahm mehrere Monate in Anspruch, noch vor ihrer Abreise. Zusammen unterwegs, fühlten sich die beiden Mädchen zuversichtlicher, um ein anderes Land wie England zu besuchen.

Gleich bei der Ankunft auf schwedischem Boden in Stockholm, bot sich den Beiden die beste Gelegenheit an, zu erfahren, wie ihre schul-schwedisch-Kenntnisse bei den Schweden in ihrem Land ankamen. Vom Schiffs-Anlegeplatz nicht weit vom Königlichen Schloss brachte sie ein regulärer Bus zum Bahnhof der Schwedischen Eisenbahn. Als sie schließlich dann im richtigen Zug weiter nach Süden Platz genommen hatten, wußten die Beiden, daß ihre schwedisch Kenntnisse ausgereicht hatten, sie soweit richtig weiter zu bringen.

Bis dahin, blieb es ihnen dennoch nicht erspart,

zumindest ein Kommentar einer Frau in einem Kiosk vor dem Bahnhofs-Gebäude sich anhören zu müssen :"Nach euerem Schwedisch nach zu schließen, kommt ihr aus Finnland!" Bevor die Frau in dem Kiosk noch weiter sich äußern konnte, zogen wir Leine, wie man dies so landläufig sagen würde und besorgten uns wo anders, was wir auf der lang bevorstehenden Bahnfahrt weiter nach dem Süden noch mit uns nehmen wollten. Arja und Seija waren bestimmt nicht auch nach Schweden gekommen, um sich Menschen anzuhören, welche nichts Besseres im Sinn hatten, als ihren Ärger bei Anderen abzuladen. Meistens handelt es dabei sowieso um ‚unverdaute‘, wenig bedeutsame Vorkommnisse.

Die Bahnfahrt führte durch den ganzen Süden von Schweden. Von dort in Helsingborg brachte ein Fährschiff die zwei Reiselustigen auf die in Sichtweite gegenüberliegende Hauptstadt von Dänemark, Kopenhagen. Wieder ein anderer Zug brachte die Fahrt weiter nach Süden über die großartige Brücke der „Vogel-Fluglinie" auf das Europäische Festland über die vorgelagerte Insel ‚Fehmarn‘.

Von nun an war auch nicht aus dem Zug zu übersehen, wie Siedlungen zunehmend dichter zueinander lagen. In der zweiten Nacht unterwegs, brachte der Zug uns Zwei nach ‚Hock Van Holland‘, nahe der großen Hafenstadt

Rotterdam. Ein Schiff brachte Arja und Seija über den Ärmel-Kanal nord-östlich von London.

In Holland sprachen die Beiden zu den Leuten in der englischen Sprache, denn mit holländisch waren sie nicht vertraut. Einmal waren es die ansässigen Holländer, welche fast alle Englisch verstanden und auch englisch antworten konnten, dann aber auch die vielen Passagiere, die von einem Aufenthalt am Festland Europas auf dem Weg zurück nach England sich befanden. Mit ihrem Englisch kamen Arja und Seija offenkundig zurecht, denn sie kamen auf das richtige Schiff nach England. Die vielen anderen Schiffs-Passagiere waren wahrscheinlich mehr vertraut mit Reisen in einem anderen Land, weil sie sich so aufführten, als wäre dies für sie das Selbstverständlichste in der Welt. Denn so sprachen sie auch selbstverständlich zu jedem in der Englischen Sprache, dem sie begegneten.

Das Schiff nahm nicht nur Passagiere auf, sondern ganze Lastwagen mit ihren Anhängern. Bei der Abfahrt war das Schiff dem Augenschein nach voll geladen. Mit dem ersten Tageslicht, welches es früh durch den Dunst und dem leichten Regen schaffte, stach das Schiff hinaus in das offene Wasser des Ärmel-Kanales.

Wenigstens zwei Passagiere waren nach ihrer langen Bahnfahrt sehr müde geworden. Kein Wunder, daß die beiden, Arja und Seija im Sitzplatz ihres Schiffdeckes ziemlich schnell einschliefen. Allerdings nicht, bevor sie ihre Habseligkeiten bei sich am Sitz sicher gestellt hatten. Ihre vier Augen sahen auf der Reise mehr, so daß eine bessere Sicherheit gewährleistet war.

Sobald das Schiff jedoch den Schutz des Hafens verlassen hatte, ließen Wellen nicht davon ab, das Schiff ungemütlich ins Schwanken zu bringen. Damit war ein Ausruhen ziemlich schnell zum Ende gebracht. Eine Schiffreise kann allerdings alles andere als ein reines Vergnügen sein, wenn unruhige See insbesondere den Magen von Passagieren anspricht. Zum Glück blieb ‚Seekrankheit' unseren beiden Finnen erspart.

Wegen der unruhigen See erfuhr das Restaurant in den verschiedenen Decks keine Besucher . Für Arja und Seija bedeutete dies höchstens, sie sparten ihr leidliches Reisegeld. Da diese Schiffsreise über den Ärmel-Kanal nur wenige Stunden in Anspruch nahm, machte es den Beiden nichts aus, daß niemand an Bord ein Wort sprach. Schließlich erreichte das Schiff das ruhigere Wasser der Mündung des Flußes Themse. Sehr schnell kam dann Leben wieder zurück an Bord des Schiffes. Sobald das Schiff seinem Ziel näher kam, dem Hafenort Harwich, jeder Passagier und alles konnte sich fertig machen, um an Land wieder zu gehen.

Bei der Ankunft des Schiffes versprach das Wetter mit Nebel und Regen, was hier üblich sein soll. Schließlich mit beiden Füßen wieder auf festem Boden folgten die Passagiere , einschließlich Arja und Seija, den Hinweisen, welche sie am Schiff erhielten, wie mit dem Bus an Land weiter zu kommen. In der Tat warteten in einem Busbahnhof Busse, die große Zahl Passagiere weiter zu transportieren zu allen möglichen neuen Bestimmungsorten. Alles was unsere beiden Finninen machen mußten, aufpassen, daß sie in den richtigen Bus nach London einstiegen. Die Leute, denen wir schon hier zu Beginn in England begegneten, waren ausnahmslos freundlich, verständnisvoll und entgegenkommend, so daß die Zwei aus Finnland sich gar nicht so vorkamen, in einem anderen Land zu sein.

Der Bus, in den wir stiegen, war in kürzester Zeit bis auf den letzten Platz besetzt. Alle seine Passagiere brachte der Bus sicher durch zunehmend dichtenVerkehr in die Mitte der riesigen Stadt London. Nicht nur der Verkehr nahm sichtlich aus dem Bus zu, sondern Häuser und Menschen drängten sich, als wollte keiner dem anderen noch etwas Platz einräumen. Näher zum Stadtzentrum mit seinen herausragenden Hochhäusern, tauchten im Verkehr auf der Straße auch die bekannten roten Doppeldecker-Busse auf. So manche Sehenswürdigkeit hatte es geschafft, ihren Platz besser zu behaupten, als die neueren Zugaben meiner Zeit. Sie mußten in den meisten Fällen in die Höhe ausweichen, weil ‚Klein' und ‚Neu' keinen Raum mehr hatten.

Entlang dem Fluß Themse fiel als erstes der Turm des ‚Big Ben' mit seinen auf beiden Seiten sich im schönen Baustil anschließenden ‚Parliament Buildings'. Etwas weiter konnte man auch noch selbst aus dem Bus im Verkehr die ‚Royal Palaces' ,wenigstens Teile von ihnen in ihrem glanzvollen Aussehen zu Gesicht bekommen.

All diese Sehenswürdigkeiten ließen jedoch nicht darüber hinwegtäuschen, daß das Wetter am Tag , es ist die Rede von unserer Ankunft, es nicht all zu gut mit uns gemeint hatte : Durch die Wolken am Himmel zeigte sich keine Sonne. Wir Zwei sahen zum ersten Mal in unserem Leben soviel Häuser, Fahrzeuge und Menschen in einem Platz. Alles außer den Häusern war unterwegs. Obwohl es an Müdigkeit nach einer langen Reise nicht fehlte, hielt Arja und ihre Freundin Seija soviel Leben in einer Großstadt wie London hell-wach.

Am ‚Trafalgar Square' mußten alle aus dem Bus aussteigen. Um das Ziel in ‚Bromley' am Tag noch zu erreichen, blieb nicht mehr viel Zeit für unsere zwei finnischen Reisegäste übrig. Zu Fuß nun unterwegs zu der nächsten U-Bahn Station stach aus dem Häusermeer, auf seinem eigenen

Platz die ‚Nelson-Siegessäule' mit großzügigen Brunnen umgeben heraus. In den Fontänen der Brunnen hatten mehr die lokalen Brieftauben Spaß, ihr Gefieder von der Großstadtluft zu säubern.

Arja auf dem ‚Trafalgar-Platz', London, 1964

Auf dem Weg zu der U-Bahn Station ging es zuerst auf hölzernen, breiten, tief nach unten führende Treppen hinunter. Einer unbekannten, neuen Welt traten die zwei Finninnen hier gegenüber. Hier waren sie bestimmt nicht alleine. Auf einer Seite der Treppen befanden die Zwei sich unter einer Schlange von Menschen, welche alle in diese ‚Unterwelt' eilten. Genau so dicht gedrängt kam eine Schlange Menschen daneben nach oben ins Freie. Nur einzelne Personen nutzten den freien Zwischenraum auf der

Treppenmitte, um noch schneller voran zu kommen.

Der Reiseschein für die Schiffahrt und die Zugfahrt enthielt auch den Fahrschein für den Bus nach London. Nach der Busfahrt mußten Arja und Seija selbst dafür sorgen, wie sie mit einem Fahrschein für die ‚U-Tube', wie man die U-Bahn nannte, weiter zu ihrem Ziel kamen. Am Fahrscheinschalter erhielten sie Anweisung, in ‚Victoria Station' umzusteigen in den Zug nach Bromley. Diese Information richtig aufzunehmen, war kein Problem. Das Wechselgeld für eine Pfund Note war so verwirrend, weder Arja, noch Seija wußten, wieviel Geld in so vielen unterschiedlichen Münzen sie zurück erhalten hatten. Da die U-Bahn in der Station einfuhr, war wichtiger, den Einstieg nicht zu verpassen, als sich mit dem Münzen-Wechselgeld zu beschäftigen.

Arja kann sich noch gut erinnern, wie die Situation an der ‚Victoria U-Bahn Station' verlief :"Zusammen mit anderen Passanten eilten wir das letzte Stück der Holz-Treppen hinunter an den Bahnsteig, wo die U-Bahn bereits wartete. Meine Freundin Seija blieb ein paar Schritte hinter mir. Sobald ich gerade an der Türe der U-Bahn einstieg, schloss sich hinter mir bereits die Türe von beiden Seiten. Seija blieb vor dem Zug stehen, sie konnte nur noch zusehen, wie der

Zug schnell vor ihren Augen fortfuhr. – Was nun ? Ging mir eiskalt über den Rücken. Ich, die Arja war im fahrenden Zug und meine Freundin Seija blieb nicht nur zurück am Bahnsteig, sondern hielt meine Fahrkarte obendrein auch noch in ihren Händen. Was wird mit mir passieren, wenn die Kontrolle mich nach meinem Fahrschein fragen wird ? Werden wir uns gegenseitig verlieren ? Was mir lediglich in den Kopf kam, war, an der nächsten Haltestelle wieder auszusteigen. Hier befand ich mich alleine und verloren und wußte nicht mehr weiter. Wird Warten mir helfen, meine Freundin wieder zu sehen ? Was sollte ich tun ? Außer Warten blieb mir nicht anderes übrig. Meine Hoffnung war schon stark geschwunden, als das Wunder geschah und meine Freundin mit dem nächsten Zug auch an dieser Halte-stelle ausstieg und auf mich eilig zukam. Was für eine Erleichterung das war, für uns beide ! Vor Freude fielen wir uns um den Hals und alle Ängste, verloren zu gehen in diesem Großstadt-Dschungel, waren mit einem Male wie weggefegt. Als der nächste Zug hielt, stellten wir dieses Mal sicher, beide gleichzeitig, ohne Verzögerung, oder Distanz zueinander, in den Zug einzusteigen. Noch vor dem Abend unseres dritten Reisetages brachte der Zug uns Zwei an unser Ziel. Eine Telefonzelle brachte uns in den ersten Kontakt mit dem Alters-Pflege-Heim.

Die Dame am anderen Ende der Telefon-Linie hieß uns sehr freundlich willkommen und bat uns, an Ort und Stelle zu bleiben, denn sie wird jemanden schicken, uns abzuholen. Hier waren wir bereits außerhalb der Großstadt London angekommen, der Verkehr war wesentlich geringer, auch weniger Menschen waren unterwegs, fast schon, wie auf dem Land in einer kleineren Ortschaft."

„Nicht lange dauerte es mehr und ein Personenwagen hielt vor dem Bahnhof. Kein anderes Auto war in der Zeit hier vorgefahren, weshalb es auf der Hand lag, dies war unser Transport zu dem Heim. Prompt stieg auch ein Herr aus dem Personenwagen. Er wandte sich mit folgenden Worten höflich an uns : „Ihr seid wohl die zwei finnischen Gäste, die darauf warten, vom Heim abgeholt zu werden. Mein Name ist Arthur, ich bin der Fahrer des Heimes, ihr seid beide willkommen. Nach euerer langen Reise von Finnland, seid ihr bestimmt gut müde geworden. Gerne verstaue ich euer Gepäck hinten im Auto. Wie heißt ihr ? Nehmt bitte Platz im Auto. Euere Namen hören sich bestimmt ganz anders an, als die Namen hier in England. Ich kann nur hoffen, sie mir merken zu können. Unsere Fahrt dauert nur wenige Minuten. Die Oberschwester Alice erwartet euch schon."

„Unsere Antwort auf diese betont freundliche Begrü-

ßung fiel wahrscheinlich eher zurückhaltend und kurz aus :
„Vielen Dank, daß sie uns abholen." – Unsere Ankunft in England fiel auf einen Samstag. Nach drei Tagen und zwei Nächten unterwegs mit Schiff, Zug und Bus, lief alles weiterhin wie am Schnürchen. Was wir allerdings nötig brauchten, war eine gute Mütze voll Schlaf. Die Oberschwester kam uns damit ohne einen weiteren Aufenthalt mit der Begrüßung, sofort entgegen. Selbst alle anderen Personen, denen wir eingangs begegneten, fanden in sichtbarer Begeisterung nur freundliche Worte für uns, so daß wir uns überhaupt nicht als Ausländer, sondern ohne Umschweife fast wie zu Hause fühlten. Deshalb fiel es uns auch nicht schwer, mit der englischen Sprache umzugehen. Unsere Ankunft schien für alle erfreulich und selbstver-

Lennard Hospital, Bromley / Kent, England, 1964

ständlich. In der Familie der Pfleger für die Älteren waren wir mit offenen Armen aufgenommen worden."

„Die Oberschwester Frau Smith hielt sich mit unserem Empfang kürzer auf, als das übrige Personal. Dafür erschien sie vom ersten Gegenüber mit uns kürzer, aber deutlich angebunden, einer ihrer Schwestern Anweisungen zu erteilen :"Begleite unsere zwei neuen Helfer hinüber zu dem Schwestern-Wohnhaus und führe sie ein in ihren Raum. Einen guten Schlaf wünsche ich euch. Morgen früh sehe ich euch wieder hier im Empfang. Fragt unsere Ann im Empfang nach mir und ich werde mich dann um euch kümmern. Mein Name ist übrigens Karen. Euere Namen schreibe ich mir besser auf, bevor ich mich umdrehe und sie schon vergessen habe. Beide Euere Namen, Seija und Arja, klingen gut in meinen Ohren. Meiner Unterkunfts-Schwester sollt ihr nur sagen, was ihr braucht. Bis morgen."

Schwester ,May' hatte in dem Heim erst vor kurzem Arbeit aufgenommen, um als Krankenschwester ausgebildet zu werden. Zum ersten Mal standen die beiden Mädchen aus Finnland einem anderen Mädchen gegenüber, die eine wunderschöne Schokolad-braune Hautfarbe besaß. Ihre Haare waren Pech-schwarz und ihre tief-dunkeln Augen strahlten weit offen im Gespräch mit Arja und Seija. Eigentlich war es kein Wunder, daß die Beiden freundlich und mit offenen Armen empfangen wurden, da bereits Personen aus anderen Teilen der Welt in dieser ‚größeren Familie' ihren Platz gefunden hatten. So lernten auch Arja und Seija unverblümt, wie Menschen aus unterschiedlichen Teilen der Welt mit der Englischen Weltsprache so gut und leicht sich verständigen konnten. Höflichkeit war hier der Schlüssel für eine gute Zusammenarbeit. Und dies lief überraschend gut über die Bühne. Hier waren Menschen aus verschiedenen Teilen der Welt gekommen, um zu lernen, zu arbeiten, miteinander zu sprechen und zusammen zu leben.

Hier erfuhren Arja und Seija etwas, was sie weder zu Hause, noch in der Schule gelernt hatten. Damals im Jahr 1964 mußten junge Leute hinaus gehen, um andere Menschen kennen zu lernen. Das tägliche Leben hier verlief in so Manchem anders, als die Beiden es in Finnland gewohnt waren. Spätestens, als Arja mit diesen neuen Erfahrungen wieder nach Finnland zurück gekehrt war, erfuhr ihre Mitarbeit in der Schule neue, wesentliche Anstöße für bessere Schulergebnisse. Hier in Bromley besuchte auch Arja die erste Woche den vorbereitenden Unterricht für die Arbeit mit älteren, zum Teil gebrechlichen Patienten. Sobald dieser Lehrgang zufriedenstellend beurteilt werden konnte, begann die wirkliche Arbeit mit den hilfsbedüftigen, älteren Menschen dieses Pflegeheimes. Die meisten Patienten waren

Frauen, von denen einige ein respektables hohes Alter erreicht hatten und andere wiederum bereits früher im Leben von Krankheit gezeichnet waren. Für die zwei Mädchen aus Finnland wurde dieser Dienst an älteren, hilfsbedürftigen Menschen ein wenig eine Herausforderung, aus ihrem selbstverständlich gesicherten Leben in Finnland heraus zu treten.

Arja erfuhr zu Hause neben einem gesicherten, unbeschwerten Leben nur am Rande, wie es auch Menschen gibt, denen ihr Schicksal Schweres mit auf den Weg gegeben hat.Von Krankheit oder Behinderungen gekennzeichnet, waren diese Menschen auf die Hilfe anderer Menschen angewiesen. Die Arbeit mit Patienten fiel unterschiedlich aus, je nach dem Hilfebedarf und wo und wie solche Hilfe am besten einem Patienten zukommen konnte. Dabei waren die Patienten unterschiedlich in ihrer Eigenständigkeit. Sobald die Sonne sich auch einmal am Himmel in England zeigte, suchte das Pflege-Personal mit den Patienten gerne den sauber umliegenden Garten des Heimes auf, wo jeder Erholung erfahren konnte. Die mehr unabhängigen Patienten brauchten dann weniger Aufsicht während kleinen Spaziergängen auf den gewundenen Wegen durch den Garten.

Das Altersheim sorgte auch für Patienten, welche viel Hilfe brauchten, selbst für die grundlegenden Bedürfnisse wie : Essen, sich anziehen und ausziehen, auf das Klo gehen, sich waschen und frisch halten.

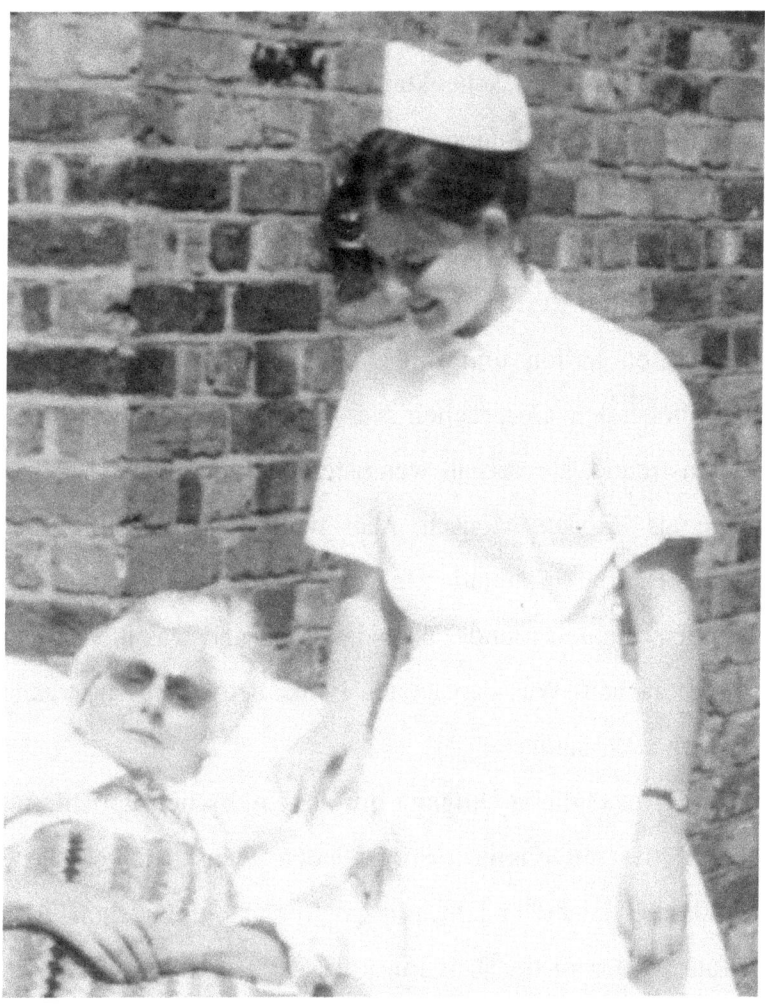

Lennard Krankehaus, Arja mit einer Patientin

In den meisten Fällen halfen einem Patienten zwei Schwestern, besonders, wenn der Patient sich selbst nicht mehr fortbewegen konnte und es so für eine Schwester zu schwer wurde, einen Patienten zum Beispiel umzubetten, oder ihn zu transportieren. Die Arbeits-Woche vom Montag bis einschließlich Samstag war schwer, hatte aber auch ihre schönen Seiten. So schenkte mir Arja, zum Beispiel auch eine meiner anvertrauten Patienten , Frau Stuart, Aufmerksamkeit in sehr angeregten Gesprächen, nachdem die schwierige Arbeiten erledigt waren : Sie frisch machen, das Bett und ihren Rollstuhl neu mit Bettwäsche überziehen, ihr beim Esen helfen und ihre Medizin ihr reichen. In den anschließenden Gesprächen war Frau Stuart wieder voller Lebensfreude, sie vergaß wenigsten vorrübergehend so ihre Lage als kranker Mensch. Viel wollte Sie von mir über meine Heimat Finnland erfahren; über meine Familie, die Schulen, meine Freunde, über das Land und was die Finnen gerne machen. Was den letzten Punkt betraf, dies war ganz einfach auch Sauna.

Der tägliche Umgang mit der Englischen Sprache im Gegenüber mit englisch sprechenden Menschen verstärkte zusehends die Zuversicht, mit der Sprache umzugehen. Arja erfuhr Vieles in der Zeit im Alters-Pflege-Heim. Vielleicht die wichtigste Erkenntnis für ihre noch jungen Jahre, war die, daß ein Leben keinen Vertrag nur mit guten Seiten ausmacht. Nur mit der Hilfe von guten Mitmenschen kann Gutes auch für die weniger glücklichen Menschen erzielt werden. Nichts sollten wir selbstverständlich auffassen, besonders, die guten Seiten des Lebens. Denn im Handumdrehen kann es schon dazu kommen, daß in unserem Leben unerwartet etwas eintritt, welches das persönliche Leben sehr belasten, oder verändern kann.

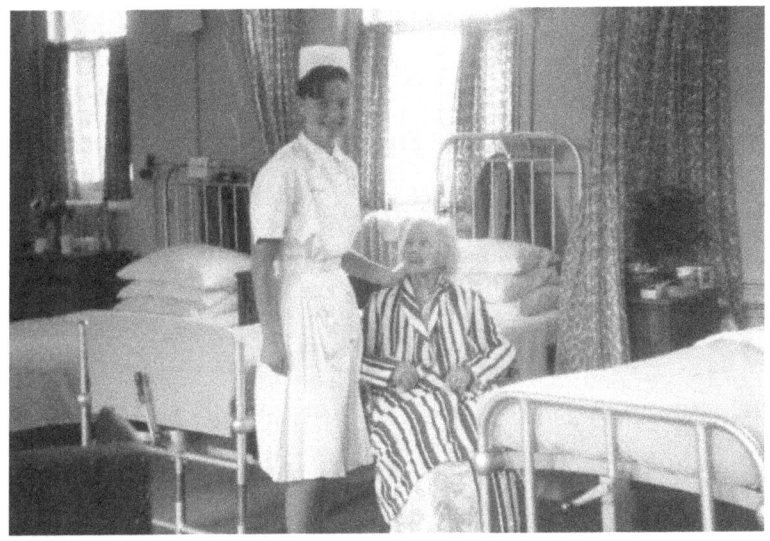

Arja mit einer Patientin

Solange wir jung sind, ist es gut, daß wir nicht zu viel wissen, was das Leben uns bringen kann. Mit Rücksicht auf die älteren Patienten, wurden solche Gesichtspunkte höchstens nur kurz von der Patienten Seite angesprochen. Oberstes Gebot war, den Hilfsbedürftigen Lebensmut zusprechen und nicht eine schwierige Lage immer neu wieder aufzurollen in Gesprächen. Sonnenschein brachte von draußen alleine durch die Fenster bereits Hoffnung auf Erleichterung, besonders für die Patienten. Wieviel doch die kleinen Dinge im Leben von hilfebedürftigen Menschen ausmachen können !

Mit positiver Einstellung kann alles in unserem Leben einen mehr positiven Ausgang erfahren. In Gesprächen kamen die Patienten auf Gedanken anderer Natur, als ihre bedauerliche Lage. Deshalb wurde besonderer Wert darauf gelegt, die Patienten von der Seite des Pflege-Personales mit sinnvollen Gesprächen positiv anzuregen. Medizin alleine kann dieser Aufgabe nicht gerecht werden. Es geht darum, nicht die Mittel heiligen den Zweck, sondern eine umfassende tiefere Einsicht.

Wie bereits erwähnt, bot der zugehörige Garten und Park, in dem das Pflegeheim lag, erfrischende Möglichkeiten einer Ablenkung von der schweren täglichen Hilfestellung, sowohl für die Patienten, als auch das Pflege-Personal. Allerdings vorzüglich bei sonnigem Wetter. Patienten, die nicht selbst zu Fuß gingen, konnten genau so begeistert nicht warten, daß auch sie in einem Rollstuhl ins Freie kamen, wo an den Seiten entlang der Gehwege dunkelrote Rosenbüsche und Blumen in vielen Farben auf denjenigen warteten, der verstand, ihnen mit Blicken Aufmerksamkeit zu schenken. Da es meistens genug regnet, macht der legendäre ‚Englische Rasen' seinem Namen in Grün die Ehre. Braune, frisch umgestochene Erde schimmerte in den Beeten gelegentlich durch, welches den Blumenbeeten eine Mischung von Blüten und Erd-Duft vermittelte. Die Grasflächen weiteten sich ordentlich kurz gemäht aus in benachbarte Inseln mit Bäumen, wo auch dichte Hecken-Linien den Park säumten. Sie waren sauber wie in einem Bilderbuch in Linie und Höhe einheitlich geschnitten. Besonders die älteren, großen Bäume vermittelten dem Park seinen Ruhepol.

Der „Larth Ward Staff" des Lennard Pflegeheimes mit Patientin Frau Stuart (Arja rechts).

Im Haus boten sich allerdings auch Gelegenheiten an, sowohl für Patienten, als für das Pflege-Personal, Abstand zu gewinnen von den unvermeidlich täglichen Anforderungen. Auch hier herrschte weitgehend Ruhe, da der Verkehr auf der Straße weit genug ablief. Waren Patienten auch einmal alleine, machten sie sich Gedanken, welche sie dann bei anderer Gelegenheit gewissermaßen gut vorbereitet gerne einem Pfleger im Gespräch mitteilten.

Sonntag war der Tag für Arja frei von der Arbeit. Während ihren sechs Wochen Arbeitszeit in dem Pflegeheim ergab es sich nur einmal, daß auch ihre finnische Freundin Seija an demselben Sonntag frei von der Arbeit hatte. Die Gelegenheit nahmen die Beiden sofort wahr, eine Besichtung von London sich vorzunehmen. Noch früher als an Arbeitstagen waren sie auf und fertig, den Zug nach London zu nehmen. Wo ihre erste U-Bahn Erfahrung sie einholte, am Trafalgar Square, in der Mitte von der pulsierenden Großstadt London, beginnt Arja zu erzählen, wie ihr Besichtigungs-Tag verlief, dieses Mal jedoch ohne unnötige Überraschungen :

„Wir schauten immer, daß Seija und ich zusammen blieben und keiner den anderen womöglich aus dem Auge verlor. Dieser Sonntag war ein außergewöhnlich schöner und warmer Tag, Ende des Monats Juni, im Jahr 1964. Als erstes bemühten wir uns, zu Fuß so viel wie möglich sehen zu bekommen. Eine ganze Anzahl Menschen waren überall unterwegs. Sie mußten zum Teil in ihrer offiziellen Kleidung die Hitze des Tages besonders gespürt haben, weil die Brunnen mit ihren Wasserspielen viele von ihnen einluden,

entweder in der feuchten Kühle ihrer Umgebung sich aufzuhalten, oder selbst von Schuhen und Strümpfen sich zu
trennen und vom Brunnenrand nach innen sitzend das kühle
Nass wenigstens mit den Füßen zu erleben. Der leichte Wind
blies über den Brunnen einen feuchten Nebel, den selbst
ungezählte Tauben sich nicht nehmen ließen. Hinzu kam
noch, die Tauben wußten bereits aus Erfahrung, daß die
Menschen hier immer etwas für sie zum Abfallen bereit
hatten."

„Lange hielten wir uns am Trafalgar Square jedoch
nicht auf, denn wir wußten all zu gut, ein Tag für eine
Besichtigung von London war nicht gerade viel Zeit. Um
einen ersten Überblick über die innere Stadt zu bekommen,
stiegen wir in einen der roten Doppel-Decker-Busse, welche
eine erschwingliche Rundfahrt auch für uns anbieten
konnten. Darüber hinaus planten wir schon im Vorraus, was
wir nach dem Besichtigungs-Überblick noch uns vornehmen
konnten, an einem möglichst vielseitigen Besichtigungs-
Sonntag. Als Höhepunkt für den Tag hatten wir Eintrittskarten für das Theater am Abend, nahe dem Trafalgar Square
uns besorgt. Der Theater Besuch bescherte uns eine spätere
Rückkehr ins Heim, als dies sonst gewöhnlich der Fall
gewesen wäre. Die Oberschwester wußte allerdings von
unserer Besichtigungs Tour am Sonntag und hatte keinen

Einwandt, daß wir später im Heim zurück sein werden. Sie versäumte aber auch nicht, uns eindringlich aufmerksam zu machen, mit Vorsicht uns in London aufzuhalten :, Verliert euch nicht, haltet ein gutes Auge aufeinander, bleibt beieinander, die Patienten brauchen euch. Viel Spaß wünschen wir alle euch auf jeden Fall, ihr habt diesen Ausflugs-Tag euch redlich verdient.'

„Ich beginn am Trafalgar Square und zusammen versuchten wir Zwei uns zu erinnern, was wir noch im Zusammenhang mit Nelson, dem Namen Trafalgar wußten. England siegte unter der Führung seines Admirals Horatio Viscount Nelson im Jahr 1815 über die Französisch/ Spanische Floote in Trafalgar. Dabei kam Südspanien unter die Befehls-Herrschaft von Nelson, wo er allerdings auch in den Auseinandersetzungen sein Leben verlor. Dennoch wurde Nelson der Status eines Helden zugesprochen.

„Vom oberen Deck eines für London typischen roten Busses schauten wir uns aus ‚erhabener' Stellung alle die Autos und Menschen unter uns an. Im Verkehrfluß fand der Bus ungestört seinen Weg zu den vielen Sehenswürdigkeiten, welche London anbieten konnte. Viele der Fußgänger passten sich nicht an den außergewöhnlich warmen Tag an, indem sie eher steif in offizielle Kleidung mit Jacke und Krawatte gut eingepackt die Wärme mit wenig

Wohlbehagen bei sich hielten. Zwischendurch tauchten aber auch Fußgänger mehr angemessen dem Wetter gegenüber gekleidet auf, mit kurzen Hemdsärmeln und kurzen Hosen. Im Bus selbst waren die kleineren oberen Fenster die einzigen, welche weit aufgeklappt waren, um Luftbewegung in dem Bus aufrecht zu erhalten."

„Solange der Bus fuhr, kam spürbar Luft durch seinen Inneraum. Sobald der Bus an den Ampeln von Kreuzungen anhalten mußte, blieb die Luftbewegung in ihm aus und die Hitze von draußen machte sich sehr schnell bemerkbar auch im Bus. An dem Tag hatte jeder nur ein Thema auf seinen Lippen, die ungewöhnliche Hitze in London. Niemand war darauf vorbereitet, noch wußten die meisten Bewohner dieser Großstadt mit Hitze vorbeugend umzugehen. Dies wurde besonders offenkundig bei den Bus-Passagieren, wie sie in den Bus in ihrer formellen Kleidung mit bedauerlichem Gesichtsausdruck fast langsam einstiegen und nicht viel anders aus dem Bus wieder ausstiegen. Die formelle Eleganz erfuhr beträchtliche Einbußen, alleine durch Schweiß, der an allen sichtbaren Teilen des Kopfes auftrat. Eine Krawatte half hier höchstens, daß der äußere Schweiß dem Inneren einen Besuch abstatten konnte."

„Trotz solcher Unannehmlichkeiten ließen sich die Menschen nicht aus der Ruhe bringen, dennoch in wohl geordneter Reihe bei einer Haltestelle auf den Bus zu warten. In einer so großen Stadt wie London, passte solche Disziplin unter den Fußgängern sehr gut in das Bild einer Stadt."

„Auf der Fahrt mit unserem roten Doppel-Decker-Bus konnten wir aus dem Oberdeck ungehindert vom Verkehr um uns von vielen den so gut bekannten Sehenswürdigkeiten erste Eindrücke gewinnen, wie : Westminster Abbey(wo alle die denkwürdigen Werke Englischer Schriftsteller aufbewahrt sind), die imposanten Bauten des Parlamentes (Houses of Parliament), der bekannte Glockenturm des ‚Big Ben‘, der königliche Buckingham Palast (an dessen Eingang die Königliche Wache mit ihren hoch aufstehenden, schwarzen Pelzmützen ihr wachsames Auge walten läßt ; sie mußten besonders unter der Hitze gelitten haben), dann war noch der ‚Hyde Park‘. Er überraschte uns mit seiner Größe mitten in London. Eine Besonderheit macht auf ihn aufmerksam, nämlich, seine freizügige ‚Speakers‘ Corner‘, wo jeder Bürger, der etwas zu sagen hat, seine Meinung an jedem Sonntag schon seit dem Jahr 1866 kund geben kann, vor Zuhörern aus der Öffentlichkeit.

„Es war überraschend, auf einer Seite überall Tradition zu sehen und auf der anderen Seite Offenheit gegenüber nicht unbedingt Traditions-gebundener Redefreiheit. England hatte seine Türen in die Welt schon sehr früh geöffnet mit seinem Imperialismus, aber auch gerade dadurch einen mehr freien Austausch erfahren, dem zu Hause allerdings betont konservative Tradition gegenüber gestellt wurde."

„Unser Bus fuhr nach seiner Fahrt durch die Innenstadt dann zu der ‚Tower Bridge' entlang dem Fluß Themse, vorbei an anderen Brücken, welche alle Teile der Großstadt in Verbindung halten. Nachdem wir mit dem Bus zu ‚Trafalgar Square' zurück gekommen waren, entschieden wir uns, wenigstens zwei der bekannten Museen auch noch zu besuchen in den übrig gebliebenen Stunden dieses Sonntages. Direkt in der Nachbarschaft von Trafalgar Square wartete die ‚National Gallery' bereits auf uns, wo bekannte Kunstwerke aus der ganzen Welt zu sehen waren."

„Um auch noch dem ‚British Museum' unseren Besuch abzustatten, drängte die Zeit, nicht zu Fuß, sondern einem Taxi uns anzuvertrauen. Für dieses weitläufig, große Museum benötigt man normalerweise viel mehr Zeit, um auch nur annähernd alles Sehenswürdige mitzubekommen. Dort traf man unter anderem die größte Bibliothek Englands an, als auch geschichtliche Zeugnisse von Alt-Ägypten, Griechenland und Rom. Die viel umstrittenen ‚Parthenon Skulpturen' schauten auch wir uns mit einem weniger umstrittenen Blick an."

„Bereits ein paar Tage zuvor war ein Besuch für uns Zwei im Theater nahe dem Trafalgar Square arrangiert worden. Es wurde die Komödie „Mister Brown Comes Down The Hill" gespielt. Da wir schon vorsorglich Eintrittskarten in unserer Hand hielten, war uns ein Platz gesichert, in dem ohnehin bis auf den letzten Platz besetzten Theater. Ein jeder fand Spaß in der Aufführung. Das Theater war sehr stilvoll eingerichtet. Wohl bekannte Schauspieler stellten sicher, daß der Abend ein Erfolg wurde. Dazu passte auch der Rahmen vorzüglich, nämlich, zu der antiken Ausstattung des Theaters gesellten sich seine Besucher modisch schick gekleidet."

„Die mit rotem Samt überzogenen Sitze, einschließlich den eigenen zwei Armlehnen, links und rechts von jedem Sitz, setzten sich am leicht nach hinten ansteigenden Boden bogenförmig fort, bis sie in Etagen nach oben, ebenfalls in Kreisbögen mit Nischen sich fortsetzten. So sah ungehindert durch einen Vordersitz ein jeder Besucher auf die Bühne. Die Worte der Schauspieler von der Bühne erreichten auch jeden Besucher, dank der genialen bogenförmigen Auslegung des Theaters, wo möglichst kleine Abstände zum Geschehen auf der Bühne geschaffen waren.

„Sobald die Vorstellung ihr Ende gefunden hatte, war

höchste Eisenbahn für uns, um mit der U-Bahn und dem anschließenden Zug noch an dem Tag nach Bromley zurück zu kommen. In einer großen Stadt wie London, wo man sagen könnte, sein Stadtleben kam selbst in der Nacht nicht zur Ruhe, vergißt man leicht, auch an das Notwendige wie Essen zu denken. Auf dem Weg zum U-Bahnhof verspürten wir schließlich so richtigen Hunger. Lediglich einen kleinen Imbiss in der Hand konnten wir uns leisten, um nicht unsere Abfahrt zu verpassen. Zunächst war es der Hunger und nicht die Müdigkeit eines ganzen Tages auf den Beinen, der sich bei uns meldete. Bereits im Zug ein Nickerchen zu machen, wäre nicht schwer gefallen. Jedoch hielten wir uns im Gespräch gegenseitig wach, die Erlebnisse des Tages uns noch einmnal vor Augen zu führen, um nicht womöglich im Zug einzuschlafen.

„Zurück in Bromley war eine Sache, eine andere Sache wurde am Morgen des nächsten Tages, wieder rechtzeitig aus dem Bett heraus zu kommen. Da Wanja und Fay unsere Zimmerkolleginnen waren, sorgten sie dafür, daß wir rechtzeitig die neue Arbeitswoche begannen. Die Patienten hatten indes mitbekommen, wo wir Zwei am Sonntag gewesen waren. Sie fragten interessiert, was wir so alles in London gesehen und erlebt hatten, während der Berg an Arbeit erneut uns forderte.abgesehen von der Arbeit, war ein Gespräch mit einem Patienten die beste Möglichkeit, die Englische Sprache besser zu lernen. In den sechs Wochen in England lernte ich wahrscheinlich mehr Englisch, als in den ganzen vorausgegangenen Jahren der Schule."

Man könnte sich all zu leicht die Frage stellen, warum lernt man nicht in der Schule, was im Leben gebraucht wird? Zugegeben bereitet die Schule die Schüler vor, an dem Gelernten im späteren Leben nicht nur zu ,zehren', sondern weiter aufzubauen. Jedenfalls die Zeit des Aufenthaltes der beiden finnischen Mädchen in England, ging im Nu vorbei, insbesondere auch deshalb, weil das Pflegeheim reichlich Arbeit hatte. Am Ende war dies nur gut für Arja und Seija. Bei der Arbeit lernte Arja viel, die englische Sprache flüssiger anzuwenden. Da sie nur Engländern gegenüber gestellt war, war sie angehalten , auch nur in englisch sich mit ihnen zu verständigen. Andere Helfer in dem Pflegeheim waren noch von weiter als Finnland hierher gekommen, um neben der Sprache auch noch zu lernen, wie Menschen wo anders leben.

Die Schlussfolgerung war die, sie erkannten sehr schnell, daß Menschen in einem anderen Land nicht viel andere Wünsche und Hoffnungen als man selbst hegen. Besonders die Sprachen und Gewohnheiten sind es, welche eine Trennung herauf beschwört, solange die beiden Seiten sich nicht bemüht haben, mehr Kenntnis einschließlich der Sprache und Gewohnheiten auszutauschen. Wer aus seinem Leben hinaustritt und sich anderen Verhältnissen gegenüber öffnet, der gewinnt Freunde. Denn die Distanz zu anderen Menschen war schon immer ein Hemmschuh in einem friedlichen Zusammenleben.

Während Arja sich noch in England aufhielt, dachte sie sich, den Brieffreund in Wales, nord-östlich von London, wenigstens mit ein paar Zeilen zu kontakten. Zu einem Besuch kam es dann nicht, obwohl die Familie des Brieffreundes sehr erfreut Arja einluden und auch abgeholt hätten, weil einmal der Brief zu lange unterwegs war und deshalb die Zeit für die Abreise wieder von England mit allen ihren erforderlichen Vorbereitungen zu kurz geworden war.

Die Beiden, Arja und Seija erfuhren kurz nach ihrer Ankunft in England sonniges, warmes Sommerwetter bis zu ihrer Abreise. England zeigte sich mit anderen Weorten von seiner sonnigen Seite. Zum Abschied veranstaltete das Pflegeheim mit allem Personal und allen Patienten eine Abschieds-Party für Arja und Seija. Arja übertraf sich dabei sogar selbst, aus ihrer vorsichtigen Haltung heraus zu treten mit einer, wenn auch nur kurzen Ansprache. Sie bedankte sich für die freundliche Aufnahme und Hilfe, welche sie und ihre Freundin Seija von Allen erfahren hatte. Selbst die sonst so kleine, strenge Oberschwester konnte eine Träne in ihren Augen nicht verbergen. Hier zeigte es sich höchstens wieder, hinter einer harten Schale verbirgt sich oft ein weicher Kern.

„Baschkiria" von London nach Helsinki, 1964

Die große Reise zurück nach Hause nahm dieses Mal ihren Beginn im Hafen von London. Ein Russisches Frachtschiff nahm auch Passagiere mit an Bord. Das Schiff lief auch Helsinki, die Hauptstadt von Finnland an. Der Fahrer des Pflegeheimes, der die Beiden vom Zug vor sechs Wochen abgeholt hatte, umarmte uns zum Abschied, bevor er uns wieder zum Bahnhof brachte. Obwohl die Beiden nur eine kurze Zeit in dem Heim waren, erlebten sie, wie sie mit offenen Armen in dieser großen ‚Familie' aufgenommen wurden. Sicherlich sprach dies auch für die Beiden, denn die andere Seite ‚bläst in ihr Horn' nur so, wie sie den ‚Klang' empfangen.

Arja stellte bereits fest, seit sie aus der Obhut von zu Hause ‚ausgebrochen' war, erlebte sie eine Veränderung gegenüber Menschen und den Dingen um sie. Es mußte etwas damit zu tun haben, daß sie zum ersten Mal weg von zu Hause lernte, mit anderen Menschen und Verhältnissen zu leben. Dabei fiel ihr dies gar nicht so schwer. Sie war offen genug geblieben, im täglichen Leben selbst einen Schritt zurück zu gehen, damit Andere auf sie zukommen und ein Verständnis eröffnet werden konnte. Zu Hause wird man zu leicht verwöhnt, verliert dabei den Blick für Herausforderungen, welche auf dem Lebensweg uns allen gestellt werden. Sei es Vorsicht, im richtigen Augenblick zu handeln, Vertrauen erwidern, gegebenenfalls es auch prüfen, selber Haushalten und auch weiter zu lernen."

Der Name des Russischen Schiffes im Hafen von London hieß ‚Baschkiria'. Es war ein sehr großes Fracht-schiff, weshalb es auch eine Anzahl Kabinen für Schiffs-Passagiere eingerichtet hatte. Die Schiffs-Gesellschaft verdiente so außer dem Fracht-Transport noch ein kleines Nebeneineinkommen. Seine Passagiere auf der anderen Seite erfreuten sich der geringeren Fahrkosten. Die ‚Baschkiria' schnitt mit ihrem Kiel ihren Weg ungehindert im Atlantik zuerst nach

Norden dann vorbei an Dänemark, nach Osten in der Baltischen See vorbei an Schweden. Helsinki, die Hauptstadt von Finnland, im Süden gelegen, erreichte das Schiff in weniger als zwei Tagen und zwei Nächten. Das Schiff warf dort Anker, etwa zweihundert Kilometer östlich von Turku, der Heimat Stadt von Arja.

Auf dem Schiff besetzten nur wenige andere Passagiere die extra eingerichteten Unterkünfte mit in erster Linie Schlafgelegenheit. Lediglich zum Empfang hieß ein in Uniform gekleideter Offizier seine Passagiere an Bord willkommen, sowohl in der englischen, als in der russischen Sprache. Daraufhin herrschte auf dem Schiff während der ganzen Fahrt Stille. Nicht alleine die Verständnis-Schwierigkeiten, sondern vielleicht auch ‚Votka‘ hielt die Schiffsbesatzung anderweilig beschäftigt. Jedenfalls das Klima an Bord für die wenigen Passagiere blieb ruhig, ohne irgendwelche Störung. Arja wußte allerdings von zu Hause zu gut, was Alkohol in den kälteren Ländern besonders weiter im Norden von Skandinavien für eine Rolle spielt; es kommt einer Epidemie gleich. Hier auf dem russischen Schiff untersagten mit Sicherheit Vorschriften den Konsum von ‚Votka‘ in der Anwesenheit von Passagieren. Der Ruf des Schiffes war den Verantwortlichen wichtig.

Kapitel 5

Vorrangigkeiten

in Turku und Nokia

Das nach Hause zurück Kommen verlief unerwartet ganz anders als ihre Verabschiedung. Vom Schiff in Helsinki abgegangen, brachte die Eisenbahn Arja zunächst nach Turku im Westen. Erst ein wenig später sollte sie weiter mit der Bahn nach Nokia in Mittel-Finnland fahren. Ende Juli waren von den Sommerferien bis Ende August fünf Wochen frei von der Schule verblieben. Für Arja sah selbst zu Hause in Turku alles so anders aus, seit sie so viel Anderes gesehen und erlebt hat, weg von zu Hause. Mutter Tysse versäumte bereits am ersten Tag nicht Arja mitzuteilen :"Arja, du bist ein anderer Mensch seit wir dich von Finnland verabschiedet hatten. Ich wünschte mir sehr, die Reise wird dir Gutes für dein weiteres Leben bringen können."- Und in der Tat, ein Wendepunkt war im Leben von Arja eingetreten. Von nun an betrachtete Arja die Schule mehr als eine Gelegenheit auch für sie, im Leben von hier sich bereits zu bewähren. Aus der vorausgegangenen schwachen Schülerin kam noch im selben Schuljahr eine sehr gute Schülerin Arja hervor. Dies nicht nur in dem Fach der englischen Sprache, sondern über die ganzen Schulfächer hinweg.

Nach der Rückkehr von England war zu Hause in Turku auch nicht alles nur ‚leeres Stroh dreschen'. Noch bevor Arja sich überlegen mußte, wie sie die Zeit bis zum neuen Schulbeginn sinnvoll verbringen könnte, tauchte Vater

Petteri wieder einmal auf in der Begleitung von Auto-Rally Rennfahrern von außerhalb Finnland. Obwohl Petteri keine Fremdsprache sprach, gelang es ihm, diese Rennfahrer aus Schweden, England und Deutschland zu uns nach Hause einzuladen. Ein großes Essen-Gelage mit viel Bier ließ nicht lange auf sich warten. Dabei erhielt Arja die Aufgabe, in der Verständigung zwischen den vier Nationen zu vermitteln. Die Bierrunde half dabei die Zungen locker zu machen für Gespräche; wohlgemerkt, Arja ausgeschlossen. Sie kehrte und kehrt noch dem Alkohol entschieden den Rücken zu. Einen ganzen Nachmittag ständig zwischen den vier Sprachen, Finnisch, Schwedisch, Englisch und Deutsch zu vermitteln, stellte für Artja eine neue Leistungs-Forderung dar. Je länger diese Party dauerte, desto anstrengender wurde die Aufgabe für Arja. Dennoch erfuhr auch sie Spaß, mit ihren Sprachkenntnissen aushelfen zu können. Mutter Tysse war besonders stolz auf ihre Tochter, daß jemand in der Familie so vielseitig mit Menschen aus anderen Ländern sich verständigte. Damals stellte Arja zu Hause in Finnland ein Vorbild dar, wie man sich mit Menschen verständigt, welche eine andere Sprache sprechen. Im Zweifelfall, schaffte die englische Sprache, eine Verständigungs-Brücke herzustellen.

Allgemein gesehen, besuchten in den Anfängen der

1960-iger Jahren noch wenige Menschen ein anderes Land.

Nach den schweren Jahren des Zweiten Weltkrieges, dem technischen Fortschritt im Transportwesen und langsam verbesserten Lebensbedingungen, wuchs auch das Verlangen, aus der eigenen engeren ‚Jacke' hinaus in die Welt zu gehen. Arja's Reise nach England unterstützte vor allen Dingen die im Vorraus dingfest gemachte Möglichkeit, in dem Pflegeheim zu arbeiten, wenn dies auch nur für wenig Geld möglich war. Es reichte aber, mit bescheidenen Vorstellungen eine solche erste Reise Wirklichkeit werden zu lassen. Wie so oft im Leben, wenn eine Gelegenheit sich angeboten hat, ist die Nächste nicht mehr so weit entfernt.

Arja erinnert sich noch deutlich an eine weitere Gelegenheit in der Begegnung mit Menschen aus einem anderen Land : In einem führenden Einkaufszentrum in der Mitte der Stadt Turku versuchte ein japanischer Arzt sich gegenüber einer Verkäuferin verständlich zu machen, was er in dem breiten Angebot suchte. Die Verkäuferin konnte jedoch dem Herren weder in Japanisch, noch in Englisch behilflich sein. Woran sie sich aber erinnerte, daß die Mutter von Arja eine Tochter hatte, die Englisch sprechen konnte. Mehr mit Gesten machte die Verkäuferin dem japanischen Besuch klar, Hilfe wird gleich auf dem Weg sein. Denn sie rief umgehend die Mutter an und erklärte ihr die Situation.

Die Mutter rief Arja an das Telefon, erklärte ihr :"Hier ist jemand am Telefon, der englisch zu Dir sprechen will." – In der Tat, der Herr am anderen Ende der Telefonlinie sprach fließend Englisch :" Ich komme aus Tokyo in Japan und habe in Dänemark ein Jahr als Austausch-Arzt gearbeitet. Heute bin ich auch in Finnland angekommen. Leider spreche ich kein Finnisch und suche deshalb jemanden, zu dem ich zumindest in der englischen Sprache sprechen kann. Ich spreche aus einem Kaufhaus mit der freundlichen Unterstützung einer Verkäuferin. Sie verstehen und sprechen offensichtlich Englisch. Könnten wir uns in der Stadt treffen ? Wie weit sind sie von der Stadtmitte weg ?"

Am Telefon erwiderte ich, natürlich in Englisch : "Können sie sich einen Augenblick die Zeit nehmen, ich möchte gerne mit meiner Mutter besprechen, wie wir ihnen am besten helfen können ?" In Eile erklärte ich meiner Mutter die Situation :" Ein Japanischer Herr ruft aus der Stadt an. Er sucht jemanden, der Englisch versteht." Meine Mutter hatte ihre Antwort ohne Umschweife bereit :"Teile dem Herren unsere Adresse mit. Die Verkäuferin im Einkaufszentrum kann ihm die Adresse auf ein Blatt Papier schreiben; so kann er ganz einfach sie einem Taxifahrer zeigen. Vergiss auch nicht, wir würden uns auf seinen Besuch freuen, er ist unser Gast."

„Was gesagt wurde, geschah dann auch! Nachdem die erste Verständigung über das Telefon abgewickelt war, blieb abzuwarten übrig, wer von den zwei Seiten mehr Aufregung erlebte. Als erstes zweifelten die Mutter und ich, der Herr werde überhaupt unserem Vorschlag zustimmen. Jedoch mit der Zeit hielt tatsächlich ein Auto vor unserem Haus. Aus ihm stieg ein in einem guten dunkeln Anzug gekleideter Herr mit einer Reisetasche in einer Hand. Der Herr ging geradewegs auf das Tor vor unserem Garten zu. Die Mutter suchte verlegen Schutz hinter mir, um sicher zu stellen, ich sprach zuerst zu dem Herren. Alleine die Erscheinung des Herren sprach für sich, er kam aus einem fernen Land und nicht nur aus einer Nachbarschaft von Finn-

‚Yamazaki'-Besuch aus Japan – mit Arja. Tysse, Raija.

land. Der Herr bezog sich zuerst auf das Telefonat, bevor er zu mir sprach :"Ich hatte vor einer halben Stunde aus der Stadt angerufen. Mein Name ist, Yutaka Yamazaki. Ich komme aus Japan und würde gerne auch hier in Finnland von seinen Menschen mehr über Skandinavien erfahren. Vielen Dank für ihr Entgegenkommen, ich bin gerne zu ihnen gekommen."

„Einen fremden Namen behalten, war natürlich nicht so leicht. Seine Visitenkarte half dann sehr, sich an den Namen zu erinnern. Die Visitenkarte zeigte auf einer Seite allerdings den Namen und weitere persönliche Information in japanischer Schrift. Beim besten Willen konnte ich dies nicht entziffern. Auf der Rückseite jedoch war in unserer gewohnten römischen Schrift die Information auch zu finden."

„Nachdem ich mich mit dem Namen wieder zurecht gefunden hatte, forderte ich den japanischen Herren auf, in unser Haus zu kommen. Meine Mutter wollte ihn auch willkommen heißen. Bevor der Herr jedoch auch nur einen Schritt in das Haus gemacht hätte, zog er seine Schuhe aus und stellte sie ordentlich nebeneinander an der Seite der Türe hin. Erst dann trat er durch die Türe, mit Socken an seinen Füßen in das Haus. Was für ein höfliches Entgegenkommen gegenüber der Hausfrau für ihre Arbeit, das Haus ordentlich und sauber zu halten !"

Mutter Tysse beeilte sich indes, in der Küche aus dem Ofen einen schnellen Kuchen zur Begrüßung des Gastes heraus zu holen. Auf dem Tisch wartete bereits ein großer Kuchenteller, auf dem der Kuchen Platz finden sollte. Der japanische Gast ging gerade an der Küchentüre vorbei, so daß die Mutter etwas aufgeregt mit ihrer einen Hand einen Willkommen-Gruß signalisierte, die andere Hand aber dabei nicht reichte, den Kuchen auch noch zu halten. Also landete der Kuchen somit auf dem Küchenboden. Jetzt wurde die Mutter erst recht verlegen, sie fand aber noch folgende Worte, um den Vorfall herunter zu spielen :"In Finnland heißen wir Gäste mit einem Kuchen am Boden willkommen." – Der Japanische Gast zeigte sich auch nicht verlegen, er legte seine Hand mit an, den Kuchen vom Boden mit auf den Kuchenteller zu bringen. Dabei versäumte er nicht, seinen Witz zu dem Fall beizutragen :"Ein Kuchen vom Boden mit gemeinsamen Kräften gerettet, muß dann ja besser schmecken." Die Mutter benötigte nicht einmal meine Übersetzung, alleine an der Stimme und der Mimik des japanischen Gastes machte sie die richtige Schlußfolgerung. Am Ende lachten wir alle; die anfängliche Verlegenheit verschwandt mit einem gemeinsamen Händedruck. So wurde der Kuchen ein vorzüglicher Vermittler zwischen Finnland und Japan. „Während wir dann durch den Hausgang auf die andere Seite des Hauses, der Verandah zugingen, schaute meine Schwester Raija heimlich durch die wenig geöffnete Türe ihres Zimmers, um einen Blick von dem weit gereisten Herren für sich einzufangen. Sobald Herr Yamazaki ihr gegenüber stand, konnte die Schwester kein Wort herausbringen, zumal sie kein Englisch sprechen konnte. Dafür wurde sie aber sichtlich rot aus Verlegenheit über ihr ganzes Gesicht, als der Herr sie willkommen hieß. Der japanische Besuch verstand es aber dann auch, mit einem Händedruck der Verlegenheit ein Ausgangs-Ventil anzubieten."

Schließlich fanden sich alle am Tisch in der Verandah um den Kuchen vom Boden zusammen. Im weiteren Gespräch erwähnte der japanische Besuch, wie er beeindruckt war, von dem vielen freien Raum, den das Land Finnland mit seiner relativ geringen Bevölkerung anbieten kann. „Ich lebe in Tokyo, einer Großstadt mit drei Mal soviel Bevölkerung, wie das Land Finnland. Euere Häuser sind nicht so dicht zusammen, genau so können die Menschen freier leben und der Verkehr ist ein viel geringeres Problem. Ich kann Euch in Finnland nur beneiden mit Euerer natürlich sauberen Umgebung, ohne Luftverschmutzung, großen geschlossenen Waldflächen, so vielen Seen und vor allem seine freundlichen, unkomplizierten Menschen. In Japan wissen wir dies zu schätzen, denn alles in unserem Leben wird mit Leistungs Maßstäben gemessen, in einer viel, viel dichter zusammen lebenden Gesellschaft. Wir haben uns daran schon gewöhnt, weshalb wir zum Beispiel früh morgens, wenn es noch dunkel ist, aufstehen, um den weiten Weg zu der Arbeit zu schaffen und dann genau so am Abend wieder bei Dunkelheit wieder nach Hause zu kommen. Deshalb ist es besonders in Tokyo Gang und Gebe, daß sich Familien im Zug zu der Arbeit und von der Arbeit treffen, um etwas Zeit zusammen zu verbringen. Zu Hause ist dann meistens nur noch Zeit, um wenigstens etwas Schlaf zu finden. Die meisten Menschen in Tokyo können nicht einmal träumen von einem einzel stehenden Haus mit einem Garten drum herum, wie ihr das so beinahe selbstverständlich in Finnland haben könnt. Unser Fortschritt wird mit anderen Maßen gemessen, als bei euch in Finnland. Alleine aus dem Grund ist es sehr aufschlußreich, selbst an Ort und Stelle zu erfahren, wie Menschen wo anders in der Welt leben."

„Morgen werde ich ein Auto mieten und euch einladen, mit mir zu kommen, damit ihr mir etwas mehr von euerer schönen Umgebung zeigen könnt." Zu seinen aussagekräftigen Kommentaren beeilte ich mich, hinzu zu fügen :"Wir können eine gute Autovermietung Ihnen in der Stadt empfehlen; wenn sie wollen, können wir für sie ein

Auto besorgen. Die Autovermietung ist nur einen Anruf entfernt. Nach dem Kaffee und unserem Kuchen können wir
einen gemieteten Wagen dingfest machen. Genau so können
wir ihnen eine Fahrt in unserem Boot rund um die Stadt
anbieten, entlang den vielen Meeresarmen der Baltischen
See. Unterwegs können wir bei so vielen bewaldeten Inseln
verschiedenster Größe anhalten. Bei uns sind die Sommer-
tage sehr lange hell, wie sie vielleicht bereits festgestellt
haben. Nur von elf Uhr in der Nacht bis wieder 2 Uhr am
Morgen sendet die Sonne spärliches dunkel-rotes Licht vom
Horizont, um dann wieder schnell einen leuchtenden Tag zu
beginnen. Im Sommer sind wir ganz Feuer und Flamme für
ein Leben draußen im Freien. Dagegen im viel längeren
Winter gibt uns das wenige Tageslicht die Zeit zurück , mehr
im Haus uns auch mit Arbeiten aufzuhalten.“

    Die Mutter fügte folgendes zu der Unterhaltung
hinzu :“ Machen wir uns besser mit dem Boot auf, solange
die Sonne uns heute noch scheinen wird. Es ist schon sechs
Uhr am Nachmittag. So könnten wir unseren Gast später
auch in der Stadt mit dem Boot bei seinem Hotel absetzen.
Das Hotel liegt nahe dem Aurajoki-Fluß, der mitten durch
die Stadt läuft. Ich gehe jetzt noch schnell ein Picknick im
Korb für uns unterwegs zu richten. Haben sie einen besonde-

ren Wunsch dafür ?" – Bis die Verständigung über all dies klappte, ließ der Japanische Besuch verlauten :"Ich bin glücklich und zufrieden, mich euch anzuschließen und erfahren, was ihr so in Finnland gerne esst."

„Mein Vater Petteri war an dem Tag weiß Gott wo, so daß Tysse und ich die Bootfahrt in unsere Hände nahmen. Das Boot wartete nur an einem hölzernen Laufsteg im Wasser unten am Grundstück, wo der Garten aufhörte. Das kleinere Ruderboot ließen wir vor Anker. Mit ihm hätte es zu lange gedauert, die Strecke in den Seearmen zurückzulegen. Stattdessen stiegen wir in das motorisierte, größere Boot, welches auf der anderen Seite des Laufsteges vor Anker lag. Die Sonne stand jedenfalls immer noch hoch am Himmel. Das gut warme Wetter des Tages versprach uns eine angenehme Rundfahrt durch die vielen Seearme zwischen den noch zahlreicheren bewaldeten Granit-Felsen Inseln verschiedenster Größe, welche die Stadt Turku zur Baltischen See hinaus umringten. An sehr warmen Sommertagen melden sich gerne dunkle Gewitterwolken frühzeitig am Horizont, welche mit dem Regen Abkühlung von der Tageshitze bringen. Heute zeigten sich keine drohenden Gewitterwolken am Himmel, so daß unser Ausflug unter günstigen Vorzeichen stattfinden konnte.

Unser Boot mit dem Namen ‚Margareta' hielt neben der notwendigen Einrichtung, um es im Wasser mit seiner Motorkraft fortzubewegen, vorschriftsgemäß die notwendige Anzahl Schwimmwesten und Schwimmkörper, welche das Boot vor einem zu schnellen Absinken schützen sollten. Außerdem hielt das Boot auch noch eine bis zwei Angeln bereit, um unterstützt mit einem Beutelnetz auch gelegentlich Fisch fangen zu können."

„Sobald wir in die Meeresarme hinaus gefahren waren, stoppten wir gelegentlich den Motor an der Heckschraube. Dann herrschte völlige Stille über dem glatten, dunkeln Wasser. Augen und Ohren konnten dann ungestört nach der Stadt, oder nach der See hin die dunkel bewaldeten Tannen und Fichten auf den Insel-Granit-Auswüchsen belauschen und betrachten. Selbst aus dem Boot konnte man gelegentlich mit dem bloßen Auge Fische nur wenig unter der Wasser Oberfläche erkennen. Diese Fische hielten sich nahe der Wasser Oberfläche auf, um Mücken fangen zu können, welche nahe genug kamen. Dies hieß aber auch für den Kundigen, Regen war nicht mehr weit entfernt. Jedenfalls verlief unsere Fahrt in vollem Sonnenschein ohne jede Unterbrechung zur Freude von uns Allen.

„Während unsere Augen die vielen unterschiedlichen Inseln ins Blickfeld nahmen, stießen sie nur gelegentlich auf

ein anderes Boot. Zum Land hin lag die Sihuette der Stadt
Turku vor der Mündung des Aura-Flusses, die Hafenanlage,
auf einer Erhöhung nach Westen das Turku-Schloss und
weiter in der Stadt ragte die Spitze des ‚Michaeli'- Domes
gegen den Himmel heraus. Weiter weg von der Stadt leuch-
teten reif gelbe Canola-Felder umringt von grünen Wiesen
und Wäldern. Im Meeresarm, der Schiffe zum und vom
Hafen brachte, mußte ein Boot wie unseres die Vorfahrt
eines ‚Goliaths' wohlweislich berücksichtigen."

„Kurz nach zehn Uhr am Abend legte unser Boot
noch bei gutem Tageslicht am Ufer des Aura-Flusses in der
Stadt, gegenüber dem Michaeli-Dom an. Der Dom wurde in
festen Granitblöcken erbaut. Auf seinem quadratischen Turm
über dem Eingang thront sein hoch, spitz auslaufendes Dach.
Hier berabschiedeten wir uns von Herrn Yamazaki. Seine
Hotel-Unterkunft lag nur ein paar Schritte von hier entfernt.
Die übrige Mannschaft im Boot von uns Dreien,sah dann zu,
rechtzeitig noch bei ausreichend Tageslicht die Fahrt nach
Hause zu schaffen."

„Am darauf folgenden Tag hielt vor unserem Haus ,
bereits früh am Morgen, wie vereinbart, auf die Minute
genau, ein schönes Volvo-Auto. Sein Fahrer war Herr Yamazaki. Die Begrüßung der Mutter mußte ich ihm in der
englischen Sprache verständlich machen :"Pünktlichkeit ist

Höflichkeit der Könige." Jeder freute sich darüber, der Tag konnte nicht besser beginnen."

„Für den Ausflug hatte die Mutter aus unserer Küche schnell etwas für ein Picknick in einem Korb zusammen ge-stellt. Zu der Zeit war der Geldbeutel einem jeden sehr eng an den Körper gebunden, für Extravaganzen war wenig Spielraum gegeben. Alles,was man aus eigenem Garten ,oder Eigenherstellung zum täglichen Leben beitragen konnte, half dem eigenen Geldbeutel. Auch für unseren japanischen Besuch war dies selbstverständlich, zumal er aus freien Stücken zustimmte, etwas zum Essen von zu Hause mitzunehmen. Er fügte noch hinzu : „In Japan denken wir auch wirtschaftlich. Solange wir Fisch und Gemüse auf demTisch haben, ist auch für die Gesundheit gesorgt." –

„In unserem Fall blieb der Fisch zu Hause, da wir keine Kühltruhe damals besaßen, in der der Fisch gut gekühlt und sicher zum Essen aufbewahrt werden konnte. Dafür kam mit uns fertiger heißer Kaffee in einer Thermosflasche, Brot, Kekse, geräucherter Schinken, vom Baum frisch gelesene Äpfel und auch etwas Besonderes mit Erdbeeren, Heidelbee-ren, Preiselbeeren, jedes Obst in seiner eigenen Tonschale mit Deckel geschützt, versorgt. Somit waren wir für unseren Ausflug startbereit."- „Auf dem Weg durch die Stadt, ließen wir es uns nicht nehmen, die Zeit zu verwenden, die eine oder andere Sehenswürdigkeit auch noch für unseren Gast festzuhalten : wie das alte Schloss mit seiner Kunstsammlung, oberhalb dem Hafengelände gelegen;

Hafen Turku mit Schloss im Hintergrund

dann das Handwerks-Museum in dem historischen Teil der Stadt, welcher dem Zahn der Zeit unverändert standgehalten hatte. Man sah dort zum Beispiel eine Frau in alter traditioneller Kleidung mit Kopftuch über dem Kopf, einer offen weit gestrickten Toga über das dunkle, lange Kleid, vor einem Spinnrad, wie sie die Wolle mit ihren hauptsächlich drei Fingern zu einem Faden endlos spinnte. Wiederum an anderer Stelle ein Schmied, wie er hell-rotes Eisen im Schmiedeofen erhitzte,um auf dem bereit stehenden

Amboss, in stufenweisen Arbeitsgängen, es in eine gewünschte Form zu bringen."

„Die Universitäts Gebäude erscheinen nicht sehr groß verglichen mit denen in Tokyo", gab Herr Yamazyki zu verstehen, fügte aber noch hinzu :"Eine gute Studien-Atmosphäre muß in diesem kleineren Rahmen vorliegen, wo Lehrkraft und Student sich näher kommen können und nicht wie in Tokyo, wo es gilt einer Vielzahl von Studenten gegenüber zu treten und beide Seiten, Student und Lehrer, auf Distanz zueinander bleiben." – Bei der Gelegenheit versäumte ich nicht, von meinem festen Willen zu sprechen, gleich nach der Schule diese Universität zu besuchen. Die Universität von Turku ist übrigens auch die älteste Universität von Finnland ; sie geht zurück bis in das 16. Jahrhundert. – „Was willst du einmal studieren ?" erkundigte sich Herr Yamazaki."

„Wenn ich das nur jetzt schon genau wüsste, denn ich muß erst mein Abitur absolvieren,von diesem Ergebnis hängt dann viel ab, in welchem Fach ich mich einschreiben kann. Die Bestimmungen an der Universität sind sehr strikt und schwierig. Ich hoffe doch sehr, den Sprung dorthin zu schaffen."- Da wir nicht zu viel Zeit in der Stadt verbringen wollten, das Wetter war dafür viel zu sonnig und warm, keine Wolke am Himmel verkündete irgendwelchen Wetter-Wechsel, also lag es auf der Hand, für den Picknick unser Sommerhaus außerhalb der Stadt, auch am Wasser gelegen, aufzusuchen. Bei unserer Ankunft konnte Herr Yamazaki es fast nicht fassen, daß man in Finnland neben einem bereits schon groß-räumigen Haus auf dem Land auch noch ein ebenso großzügig mitten im Wald angelegtes Haus, obendrein auch noch am Wasser gelegen, sein Eigen nennen konnte. „Dem gegenüber ist es in Tokyo ein Existenzkampf um jeden kleinsten Raum für das eigene Leben."

„Während ‚Mummi', wie wir in Finnland zur Mutter sagen, im Haus nach dem Essen schaute, stiegen wir anderen Drei in das direkt vor dem Sauna-Holzhaus geankerte Ruderboot, um unser Glück beim Fisch-Fangen in dem Meeresarm zu suchen. Fisch noch zu unserem Picknick-Korb, dachten wir uns, wäre eine gute Zugabe. Das Glück war uns heute gut gesinnt, schon in einer halben Stunde gelang es uns, zwei gut ausgewachsene Barsche und eine Anzahl Sardinen an unsere einfache Angel zu bekommen."

Dies konnten wir alle einstimmig einen richtigen Ferientag nennen."In Japan nennen wir das,'im Paradies leben'. In Tokyo haben wir hingegen nur ein Industrie-Zentrum, wo viel zu viel Menschen sich einen Fuß um etwas herausreißen, wo am Ende keiner mehr weiß, wofür das gut sein soll. Ihr wisst vielleicht gar nicht, wie glücklich ihr euch nennen könnt,mit so viel natürlichem Lebensraum !"

„Ich konnte es mir auf der anderen Seite nicht verkneifen,folgendes daraufhin auszusagen :Nur zwei Monate müssen wir noch warten,dann wird im Winter das Paradies ganz anders aussehen."

„Im Norden von Japan, auf der Insel von Hokkaido, erfahren auch wir, was Winter heißt. Aber euer Sommer mit seinen langen sonnigen Tagen entschädigt euch reichlich für die Winterzeit."

„Als wir dann mit unserem Fisch zurück am Land waren, überraschte uns der japanische Besuch mit eigenständigen Finnischen Sätzen, auch wenn sie nur kurz waren. Ich konnte nicht umhin zu fragen, wo und wie er diese finnischen Worte gelernt hatte." Seine Antwort war schlicht diese :"Japanisch ist nicht gerade eine leichte Sprache zum Lernen. Es reizt mich, auch eine schwere Sprache, wie die finnische zu lernen. Dabei erkenne selbst ich, daß die zwei Sprachen irgendwo Gemeinsamkeiten haben. Im Norden von Hokkaido sprechen wir einen Dailekt, der sehr der Finnischen Sprache nahe kommt. In der Geschichte muß da einmal eine gemeinsame Verbindung bestanden haben ."

„Das Stichwort ‚Sauna' genügte alleine, auch einen Japaner daran zu interessieren. Zuerst jedoch galt es unseren

Mägen etwas Gutes zukommen zu lassen. In der Zwischenzeit war die beste Gelegenheit, die Sauna mit ausreichender Hitze zu versorgen. Wenn es um Sauna geht, verstehen die Japaner genau, worum es geht. Denn auch sie praktizieren den Sauna-Kult möglichst mit einem anschließenden Bad im Wasser. – Im Haus warteten indes bereits junge Kartoffeln, frisch gefangener Fisch und unsere Mitbringsel auf dem Tisch. Ohne die Arbeit des Koches zu schmählern, wenn Hunger mit an den Tisch kommt, schmeckt das Essen nur noch besser !"

Erlebt man das noch unveränderte ,Königreich der Natur' in Süd-Finnland, dann konnte auch Herr Yamazaki von Tokyo einen guten Vergleich mit nach Hause nehmen. Um die alltäglichen Vorstellungen zwischen Japan und Finnland nicht zu verletzen, war die Wahl mit der Sauna umzugehen, dem Besucher völlig überlassen. Dann nach der Sauna blieb das Kommentar von Herrn Yamazyki nicht ungehört , zumal er es in der finnischen Sprache brachte : Olen kuin uudestisyntynyt (Ich fühle mich wie neugeboren). Die Mutter konnte sich kein besseres Danke Schön wünschen. Anschließend in der Verandah Federball spielen, im Liegestuhl mit einem Buch in der Hand entspannen, ließ die Zeit im Handumdrehen vergehen, nur noch schneller bei dem schönen, warmen, sonnigen Wetter.

„ Auch am Nachmittag ließ sich die Zeit nicht aufhalten, sie ermahnte höchstens, das Auto mit Herrn Yamazaki noch zu nutzen, wenn wir mehr von Süd-Finnland unserem Gast zeigen wollten. Das altehrwürdige Städtchen Naantali lag weniger als eine halbe Auto-Fahrstunde weiter im Westen. Dies war eine gute Gelegenheit als Gegensatz zu einer größeren Stadt wie Turku, in Finnland auch eine kleine Stadt zu sehen, die obendrein auch noch ziemlich alt für Finnland war. Unterwegs auf der Fahrt dorthin wechselten in der Landschaft hügelige grüne Wiesen mit dichten Waldflecken und Feldern , in denen das Korn bereits reife bräunliche Farbe zeigte, wohingegen ein Canola-Feld mit seiner leuchtend gelben Farbe alles übertraf. Die Straße folgte in Windungen über leichte Hügel natürlich der Landschaft. Fast kein Verkehr war mehr unterwegs. Er schien in der Stadt zurück geblieben zu sein. Dafür grüßten den Umsichtigen die sauber um einen Stock nach oben spitz auslaufenden Heuhaufen, wie sie zum Einholen noch vor dem Winter trockneten.

Naantali ist eine Jahrhundert alte Kleinstadt. Auch in der Neueren Zeit hat Naantali seinen alten Stadtkern unverändert belassen und dennoch der neuen Entwicklung an anderer Stelle Raum eingeräumt. Alt-Naantali liegt nahe dem Wasser eines Baltischen Meerarmes. Kanälen gleich ziehen

Wasserwege in der Nachbarschaft von Kopfstein gepflasterten engen Straßen an alten Holzhäusern vorbei. Eine alte Windmühle auf einem massiven Stein-gesetzten Turm kann dem Auge nur schwer entgehen. Zu der Zeit soll sie sich noch gedreht haben, um geerntetes Korn in seiner Mühle zu mahlen. Die Windmühle wußte noch aus Zeiten zu berichten, in denen die Verbindungen mit den weiter südlich gelegenen ‚Hansestädten' regelrechten Handelsverkehr aufrecht erhielten.

Sowohl die Zeit, als auch die absinkende Sonne am Horizont ermahnte unsere Ausflugs-Partie, an den Heimweg nach Turku sich aufzumachen. Der japanische Besuch ließ es sich nicht nehmen, uns in das vornehmste Lokal , Sampalinna', welches Turku anbieten konnte, zu einem Abschieds Essen einzuladen. – In Turku machte man sich gerne lustig mit der Behauptung ‚"in Turku gibt es nur zwei gute Lokale, ‚Kakola' und Sampalinna'. Dabei durfte nicht vergessen werden, daß es sich hier um einen Scherz handelte. Nämlich ‚Kakola' war das Gefängnis von Turku, welches der Aussage nach , nicht weniger teuer für denjenigen kam, der darin Zeit absitzen mußte. ‚Sampalinna' hingegen bot für seine Preise etwas anderes an : Direkt am Aura-Fluss gelegen in der Nachbarschaft der Anlegestelle für Segelboote und nicht weit vom Dom, mit rundum geschlossener Veranda eines gut erhaltenen weißen Holzhauses, verstand das Lokal jeden Feinschmecker zufrieden zu stellen.

Ohne es im Voraus besonders zu erwähnen, waren am Morgen beim Start unseres Tages-Ausfluges von zu Hause auch eine gute Garnitur Kleidung , was uns Drei betrifft, mitgekommen. Irgendwie wollten wir uns auch erkenntlich gegenüber dem Besuch aus Japan zeigen. Mama hatte ohne ein Wort darüber zu verlieren auch einen Musikanten in Turku rechtzeitig kontaktet, damit dieser am Abend , ursprünglich geplant bei uns zu Hause, jetzt aber umorganisiert in das ,Sampalinna-Restaurant', das finnische National Instrument, die Kantele, uns vorspielte. Die Idee war gelungen, in einem der Balkons des Restaurants mit Blick auf den Fluß Aura, wo auf dem gegenüber liegenden Ufer im Lichtschein künstlichen Lichtes die farbige Vielfalt der Boote vor Anker herausgestrichen wurde.

„Alle diese geschätzten Erinnerungen nehme ich gerne mit nach meinem zu Hause in Tokyo. Ich werde Finnland stets nahe meinem Herzen bewahren. Wenn jemand von euch nach Japan kommt, seid ihr genau so offen willkommen, wie ihr mich empfangen habt und ich werde mich bemühen, Japan, mein zu Hause , auch so eindrucksvoll euch zu zeigen. Vielen herzlichen Dank für die Aufmerksamkeit, welche ich hier in Finnland durch euch erfahren habe. Heben wir unser Glas zum Wohl der charmanten Mutter Tysse und ihrer zwei hübschen Töchter, stoßen wir an und wünschen uns allen Gesundheit und Wohlergehen auch für die Zukunft." Diese wohl gewählte Form einer Danke-Entgegnung wies darauf hin,, daß Herr Yamazaki mit Format Menschen anzusprechen wußte. Was mich betraf, lernte ich nur, wie Menschen aus anderen Ländern mit Offenheit nicht nur sich selbst, sondern auch Menschen in anderen Ländern wertvoll ansprechen können. Im Leben spielt dies eine entscheidende Rolle , wie wir im Umgang mit Menschen uns bewähren.

Nach diesem Familien-Ausflugstag in der sehr guten Gesellschaft eines japanischen Gentleman's, kehrte der Alltag unaufgefordert zurück in sein meist unvohergesehenes Geleis. Mitte August rückten auch die Sommerferien für Arja einem Ende näher; die Schule im Nokia von Mittel-Finnland rief bald zurück zum Ernst des Lebens auch in der Schule.

Noch bevor Arja wieder Turku verlassen sollte, wurde sie mit einer für sie nicht erwünschten Situation kon-frontiert. Damals im Jahr 1964 war Arja 19 Jahre alt. Sie ging Jungen lieber aus dem Weg, alleine aus der Erfahrung , welche ihr Vater Petteri mit anderen Frauen der Familie nicht erspart hatte. Die Mutter versuchte ihr Bestes, ihren beiden Töchtern einen ordentlichen Weg ins Leben zu vermitteln. Die Schwester Raija war da etwas anders als die Arja. Sie sah keinen Hinderungsgrund, Freundschaften mit Jungen zu pflegen. Arja hingegen fand im Gegenüber mit Jungen wurde entweder ‚Blech', oder Anzüglichkeiten angesprochen. Bevor sie ihre Zeit damit verschwendete, zog sie lieber vor, in der Gesellschaft des Familienhundes in der umliegenden Gegend Spaziergängen nachzugehen. Dies verhalf ihr, ihre Sinne frei von ‚Blech' zu halten. So entschied sich Arja wenigstens in diesem Stadium ihres Lebens.

Ein Junge aus der Nachbarschaft, der auch 19 Jahre auf ‚dem Buckel hatte', dachte, wenn er lange genug Arja versuchte näher zu treten, würde sie schon Aufmerksamkeit ihm schenken. Dazu sollte es nach dem unbeugsamen Willen von Arja nicht kommen. Eines Tages gab sie dem Kulervo ihre unmißverständliche Abfuhr :"Geh mir aus dem Weg und lass mich in Ruhe !" – Arja wußte wohl weislich, daß dies nicht gerade höflich war, aber sie entschied so für sich und rückte davon so leicht nicht ab.

Dieser Kulervo war außer einem Nachbarn auch noch ein besonderer Fall, der unsere Familie betraf. Die Mutter Tysse hatte in der schweren Nachkriegszeit den Nachbarn, damals mit dem Kleinkind Kulervo, ausgeholfen mit ihrer Muttermilch zu ernähren, da dies nicht von der Nachbarseite gewährleistet werden konnte. Aus Gründen, welche auf den ersten Blick eher einem Scherz gleich kamen, nämlich, daß Kulervo die selbe Muttermilch erhielt, ließ er später auch im Alter von 19 Jahren nicht davon ab, Arja den Hof zu machen. Er wollte Arja unbedingt als seine Freundin haben. Aus solch einem Beweggrund suchte er zunehmend öfters Arja auch zu Hause auf, wobei er sich unbeschwert am Abend vor den Fernsehapparat setzte, als wäre er der Hausherr. So trug es sich auch an einem Abend zu, daß im Fernsehen ein Film über die Tierwelt in Afrika erschien.

Fernsehen war in Finnland damals erst vor kurzem eingeführt worden. Hauptsächlich die Familie saß die noch wenigen Stunden Sendezeit am Tag zusammen, um von dieser Seite Unterhaltung zu erfahren. Wie konnte es auch anders sein, daß Vater Petteri als einer der Ersten einen „Löwe Opta" Fernseher organisiert hatte. Daher war es auch verständlich, die Nachbarkinder hielt nichts auf, zu uns ins Haus zu kommen, um Fernsehen mitzuerleben. In einer Sendung ging es um Affen, wie sie im afrikanischen Urwald ihr Leben zum Teil mit Spielen, sich gegenseitig die Läuse entfernen, verbrachten. Bei dieser Gelegenheit dachte Arja, dem aufsässigen Nachbar Jungen Kulervo einen Scherz entgegen zu bringen, indem sie auf die Affen hinwies :"Schau einmal, unter den Affen ist auch Kulervo, wie er hinter seinen Freunden her ist."

Dies war dann zu viel für den Nachbar Jungen, er stand ohne ein Wort zu sagen auf und ließ von nun ab, Arja zu hofieren. Vierzig Jahre später kam es dazu, daß Arja mit ihrem Mann Martin während einem Aufenthalt in Finnland auch in der Nachbarschaft vorbeischauten. Kulervo lebte dort mit seiner Frau und Tochter. Jetzt soviele Jahre später löste die Geschichte mit den Affen nur schallendes Gelächter auf beiden Seiten aus. Denn für beide Seiten ist alles gut ausgegangen. Diese Begegnung verlief so selbstverständlich freundlich, die Einladung nach Australien, wo Arja und Martin mit ihrer Familie inzwischen lebten, ließ nicht lange auf sich warten. Zu viele ,wenn' und ,aber' standen auf der anderen Seite im Weg, solch einen Sprung zu wagen. Hier zeigte es sich wieder, wie Zeit alles verändert : Was einmal ernst erschien, schafft Zeit mit Distanz in eine wenigstens weniger ernste, wenn nicht lustige Situation zu verwandeln.

Bis das neue Schuljahr wieder begann, vergingen die restlichen Ferien Tage im ,Eilzugtempo'. Für Arja hieß das neue Schuljahr, das Alte zu wiederholen. Allerdings mit dem eigenen Ziel, was versäumt wurde, so gut wie möglich nachzuholen. Für einen Schulabschluss waren gute Noten erforderlich. In den zurückliegenden Ferien außerhalb von Finnland hatte Arja persönliche positive Veränderungen erfahren. Mehr als zuvor, war sie entschlossen, die Schule in Nokia gut abzuschließen. Dennoch blieb auch im Jahr 1964 nicht aus, daß die Ereignisse um Arja nicht fehlten, sie mit der Wirklichkeit, auch ungefragt, im Leben zu konfrontieren.

Ein Fall war die Krankheit des Großvaters von Arja in Pispala, einem Vorort von Tampere, wo sie während ihrer Schulzeit in Nokia zu Hause war. Der Großvater Artturi hatte erst vor zwei Jahren eine schwere Blinddarm-Komplikation überlebt. Jetzt, Ende seiner Siebziger Jahre, hatte er sich nicht mehr so richtig davon erholt. Er war ein liebenswürdiger älterer Herr, immer nur mit guten Worten Arja gegenüber getreten, sie bekräftigt, in und außerhalb der Familie stets offen ehrlich und hilfsbereit zu sein. Solches auf Gegenseitigkeit beruhendes Bemühen, brachte Arja ihren Großeltern sehr nahe. Kein unfreundliches Wort hörte Arja aus dem Mund der Großeltern. Sie hatten nicht vergessen, wie sie einmal jung waren und wo der Schuh gerne drückte. Deshalb fiel es ihnen nicht schwer Rat zu geben aus einer erfahrenen Position : „Nichts ist so schlimm, daß es nicht auch wieder besser werden könnte. Die Zeit wird uns schon lehren, wer von uns recht hat; morgen wird wieder ein neuer

Tag nicht lange auf sich warten lassen, damit die Sonne auf uns alle hoffentlich ihre Wärme erneut schicken kann. Nur selten ist etwas so eilig, daß es nicht noch einen Tag warten könnte."

Großvater Artturi mußte eine Ahnung gehabt haben, seine Tage waren nur noch gezählt, da er bereits den Wunsch äußerte, zu Hause im Bett zu sterben und nicht im Krankenhaus. Mehr als einen Monat saß Arja am Abend bei ihm, neben dem Bett. Sie las ihm etwas aus einem Buch vor, von dem Arja wußte, das Buch hatte der Großvater während seinem Leben mehrmals gelesen. Zwar war der Bücherschrank im Wohnzimmer der Großeltern nicht besonders groß. Jedes Buch hatte jedoch seinen eigenen Platz erhalten, von dem nur die Großeltern ein Buch wegnahmen und es auch wieder zurück stellten. Während Arja dem Großvater vorlas, richtete sie mit viel Zeit und Liebe ihm geschälte Apfelstücke, welche er mit viel Mühe langsam zu sich nahm.

An einem anderen Abend hatte die Tante Aune, welche auch im Haus der Großeltern wohnte, Arja eingeladen, ein Freilicht-Theater zu besuchen. Als Arja dem Großvater dies mitteilte, kamen seine Worte wie aus der Ferne langsam, nicht mehr sehr deutlich heraus:"Mach' Dir eine Freude und geh' ins Theater, ich freue mich mit Dir, ich komme schon zurecht. Das Winter-Eis auf unseren Seen ist noch nicht ganz gewichen. Mit ihm werde auch ich dann weggehen.“

Als dann Arja spät am Abend von der Theater Vorstellung zurück gekehrt war, erwartete die Großmutter sie nicht wie gewöhnlich im Wohnzimmer, wo sie nach einem Tag im Geschäft des Erdgeschosses sich ein Buch zum Lesen nahm, um den Tag geduldig und friedfertig auslaufen zu lassen. Am dem Abend war jedoch alles anders als sonst, erinnert sich Arja : Als ich zuerst alleine im Wohnzimmer stand, trat die Großmutter stillschweigend aus dem Schlafzimmer. Sie war schwarz gekleidet und hielt ihren Zeigefinger vor ihren Mund :“Bleib ruhig Arja, komm und verabschiede Dich von Artturi.“ Nur ein gedämpftes Licht schien von der Seite des Bettes, der Großvater lag so ruhig und friedlich im Bett. Tränen kamen mir in die Augen. Sein Gesicht strahlte nur Ruhe, während seine geschlossenen Augen dem Blick in diese Welt entrückt waren. Keine einzige Falte zeichnete seine Gesichtszüge mehr. Die Großmutter stand neben mir, legte ihren Arm sachte über meine Schulter, wobei sie mit ihrer anderen Hand eine meiner Hände hielt. Die Stille brach sie mit den Worten : „Du gehst besser ins Bett und schläfst nach dem langen Tag.“ Zusammen traten wir aus dem Schlafzimmer der Großeltern in das hellere Licht des Wohnzimmers. Ich fühlte mich innerlich so leer, es war das erste Mal in meinem Leben, daß ich eine mir so nahe stehende Person verlor. In dieser Nacht konnte ich überhaupt keinen Schlaf finden, so viele Erinnerungen liefen wie ein Film hinter meinen geschlossenen Augen von innen ab.

Am nächsten Morgen konnte ich nicht rechtzeitig für die Schule aus dem Bett kommen, obwohl eine Klassenarbeit in einem der Fächer bevorstand. Großmama zeigte nur Verständnis dafür ; sie war es, die vorschlug, den Tag von der Schule fern zu bleiben. – Noch am Morgen kamen schwarz gekleidete Männer ins Haus und trugen den Großvater auf einer Trageliege in ein schwarzes Transportauto, welches vor dem Haus parkte. Diese Augenblicke erschienen mir wie ein zweiter Abschied vor dem endgültigen am Friedhof. Gedanken gingen mir dabei durch den Kopf, wie, warum müssen wir aus diesem Leben scheiden, selbst wenn es weniger ein Glückliches war. Wer weiß die Antworten darauf ? Zählt die Zeit nach diesem Leben genauso ?"

Die Kunde erreichte viele Menschen, in der Familie, die vielen Kunden des Lebensmittel-Geschäftes der Großeltern und nicht zuletzt auch Menschen aus der Gemeinde , der Stadt, von denen ich die meisten nicht kannte, sie alle kamen, ihren letzten Respekt dem Großvater mit auf seinen letzten Weg mitzugeben. Der Großvater war nicht ein berühmter Mann geworden, aber ein Mensch, der sein ganzes Leben lang nur Gutes anderen Menschen angetan hat und so nicht einen Feind Sein nennen mußte.

Die veränderte Situation in der Pispalanvaltatie Nummer 59 (Pispalan-Straße) erforderte weniger Einsatz im Geschäft des Erdgeschosses. Als erstes erhielt die Eislieferung am frühen Morgen die Absage, dann die Milch-Lieferung in den großen Kannen. Die Großmutter mit der Hilfe der Tante Aune konnten das Geschäft sehr bald nicht mehr führen. Die Kunden ließen sie langsam wissen, welche Waren sie abbauten, um am Ende dann keine unzufriedene Kunden zurückzulassen, wenn der Laden geschlossen wurde und die Großmutter mit der Tante Aune ein mehr zurück gezogenes Leben in den oberen Teilen des Hauses führten.

Das Jahr 1964 stach von den vorausgegangenen Jahren im Leben von Arja heraus. Nicht nur weniger Erfreuliches trug sich zu, aber auch Erfolg in der Schule von Nokia. Dazu trug maßgebend bei, Arja's eigene Auffassung über ihr Leben. Seit sie von zu Hause in Turku weggezogen war und besonders die Reise nach England öffneten ihr die Augen für andere Menschen und andere Lebensverhältnisse. Weg vom Schutz unter den ‚Fittichen' der Mutter, galt es auch im Leben von Arja, in mehr eigener Verantwortung für ihr Leben zu denken und zu handeln. Denn die Mutter machte einen einschneidenden Schritt, von dem unstetigen und unberechenbaren Leben ihres Mannes Petteri sich loszusagen, um ihren beiden Töchtern eine bessere Richtung für ihr Leben mit mehr Überzeugung auf den Weg mitzugeben. Das unregelmäßige Leben des Mannes brachte der Mutter zu viele schlaflose Nächte nur ein. Mit den Jahren blieb dabei nicht aus, daß die Mutter Abstriche in ihrer Gesundheit in Kauf nehmen mußte. Was wog mehr in der Schale für die eigene Gesundheit? Weiter zusehen, wie ein allzu freizügiger Mann außerhalb der Familie sich aufführte, ohne Rücksicht auf die Familien Bindung, oder ihr Schicksal mit den zwei Töchtern in ihre eigene Hand zu nehmen. Nichts war auch damals umsonst, der Preis der Unabhängigkeit erforderte von der Mutter, einer Arbeit nachzugehen. In diesem Wandel wußte vor allen Dingen die Schwester Raija nicht so sicher, welchem Elternteil sie sich anschließen sollte. Sie suchte den Kompromiss, wenn man so es nennen darf, in der Nähe der Mutter zu verbleiben und die Türen zum Vater Petteri offen zu halten, denn von zwei Seiten kam vieleicht für Sie mehr heraus. Arja hingegen entschied sich kompromisslos, mehr stillscheigend für die Mutter. Ihr nahe zu stehen, mit den kleinen Dingen des täglichen Lebens behilflich zu sein, war alles, was sie beitragen konnte , der Mutter unter die Arme zu greifen. Was der Mutter die größte Freude bereitete, war der sehr gute Schulabschluß der Tochter Arja. Sie schneidete als Zweit Beste in der Klasse ab. Noch im Jahr 1964 entschied die Mutter, das Haus in Honkaisteranta, außerhalb von Turku zu verkaufen. Der Besitz wurde für sie zu viel Arbeit, zumal Arja noch während der Schulzeit bei den Großeltern in Tampere, Mittel-Finnland, lebte. Mit der veränderten Situation in der Famile war es durchaus sinnvoll und praktisch, daß die Mutter eine Wohnung suchte, näher in der Stadt bei ihrer Arbeit in einem Kaufhaus. Die neue Wohnung befand sich in einem mehrstöckigen Wohnblock der ‚Satakunantie'-Straße. Um Arja mußte sie sich nicht sorgen. Bei den Großeltern war sie gut aufgehoben. Die Schwester Raija hingegen konnte auch zuerst bei der Mutter nicht immer die Zeit und Aufmerksamkeit erfahren, welche jede der Parteien sich gerne gewünscht hätten.

Diese unterschiedlichen Voraussetzungen für die beiden Töchter bestimmten in den kommenden Jahren auch weitgehend den unterschiedlichen Lauf ihres Lebens. Nachdem Arja mit ‚cum laude' das Gymnasium abgeschlosen hatte, blickte sie entschlossen weiter in die

Richtung einer höheren Ausbildung an der Universität. Seit dem Schritt von Arja nach England, hatte sie begriffen, daß der Lauf ihres Lebens viel in ihrer Hand auch liegt. Solange wir etwas anstreben, sollte Zuversicht uns zur Seite stehen, erfuhr auch Arja. Dabei gilt es dann eine Aufgabe, ein Ziel im Auge zu behalten und den Anfechtungen im Leben entweder auszuweichen, oder mit Vernunft gegenüber zu treten.

Gleich nach der Schule wollte Arja zu der Mutter nach Turku, um zu sehen, wie sie mit ihrem neuen Leben zurecht kam. Allerdings war es nicht die Natur der Mutter, zu klagen; nach wie vor, war die Mutter froh und zufrieden. Besonders zeigte sich dies, wenn Sie Arja in ihre Arme schließen konnte. Trotzdem durfte die inzwischen herangewachsene Tochter Arja bei allem ‚Sonnenschein' nicht übersehen, es war mehr auch hinter dieser ‚Kulisse', als das Auge unbedingt wahrnehmen konnte. In Wirklichkeit verdiente keiner, weder die Mutter, noch die zwei Töchter, mit einem ungewissen Kampf im täglichen Leben konfrontiert zu sein.

Erst mit der Zeit teilte die Mutter besonders der Tochter Arja mit, wie der Lebensstil des Vaters außerhalb der Familie sich mit einem Familien Leben nicht vereinbaren ließ. Sie, die Mutter kam von einem anderen, stabilen Familienhintergrund. Ihre Familie kam von einfachen, fleißigen Menschen mit einem starken traditionsbewußten Verständnis, dessen Anker im finnischen Protestantismus zu suchen waren. Arja hatte dies im Zusammenleben mit den Großeltern auch mitbekommen. Sie ist ihr ganzes Leben dankbar dafür geblieben. Dem Problem der Neueren Zeit, alles in Frage zu stellen, sich davon frei zu sprechen, aber nicht wissen, womit es zu ersetzen, hatte Arja sich nicht angeschlossen. Für sie war im Leben wichtig geworden, eine feste Orientierung anzustreben, als leichtfertig über Bord zu werfen, was Erfahrung uns lehren kann, den Schwierigkeiten aus dem Weg zu gehen. Deshalb blieb Arja auf Distanz mit Menschen, welche ihr Verständnis nicht teilen konnten. Dies bezog sich insbesondere auf Annäherungen von dem männlichen Lager ihr gegenüber. In vertraulichen Gesprächen mit der Mutter gewann Arja Selbstvertrauen, anderen Menschen mit Vorsicht sich anzuschließen. Das Gefälle von „Himmel-hochjauchzend, zu Tode betrübt", muß man nicht unbedingt erfahren.

Obgleich die Familie vom Leben auch hart geprüft wurde mit der Scheidung der Mutter, war nicht alles nur schlecht. Leider hatten Unvereinbarlichkeiten in einem Familienleben durch den Vater die Oberhand mit der Zeit gewonnen, trotz auch Originalität auf der Seite des Vaters.

Die weitere Einsicht der Mutter und ihre Fürsorge um die zwei Töchter bereiteten den zukünftigen Weg besonders von Arja vor. Arja konnte sich keine bessere Mutter vorstellen. Als Arja nach der Schule in Nokia,nahe bei Tampere, einige Zeit mit der Mutter in Turku verbrachte, gab es viel zu erzählen. Selbst die Reise nach England von Arja erfuhr nochmals nähere Betrachtungen, woraus die Schlußfolgerung sich anbahnte, weiteren Erfahrungen auch wo anders die Türen offen zu halten. Die erschwerte Situation für die Mutter forderte allerdings auch von den Töchtern, „kleinere Brötchen zu backen". Petteri suchte gelegentlich doch noch die Nähe der Familie. Wenn seine großzügige Ader es ihm erlaubte, sprang er ein, wenn der Schuh des täglichen Lebens besonders drücken wollte. Er war es dann auch, der seinen Stolz über den ausgezeichneten Schuljahrabschluss seiner Tochter Arja zum Ausdruck bringen wollte. Also schloss er sich mit einem guten Beitrag aus seiner Tasche an, daß Arja die Schiffreise nach dem benachbarten Stockholm in Schweden erwägen konnte. In Vorbereitung dafür hatte Arja bereits schriftlich sich um eine Arbeitsstelle in einem Krankenhaus dort beworben.

Mutter Tysse war voll einverstanden mit dem Plan von Arja. Auch sie befürwortete, daß junge Menschen aus der gewohnten Umgebung auch hinaus gehen sollten, um andere Verhältnisse und ihre Menschen kennen zu lernen.

Ein gutes zu Hause ist da, um einen guten Grundstock für das Leben besonders einer jüngeren Generation zu legen.

Draußen im ‚Testfeld', außerhalb der Familie, zeigt es sich dann, was brauchbar in der Familie vermittelt wurde.

Kapitel 6

Ausserhalb Finnland
Begegnung mit Martin

Die zweite Schiffspassage von Arja nach Stockholm lief dann schon fast wie vom Schnürchen. In den Sommer Monaten waren die Schiffe zum größten Teil ausgebucht. Die Überfahrt von Turku auf einem Schiffdeck in einem Sitzplatz, war wesentlich billiger, als die Unterkunft in einer Schiffskabine. Arja wählte natürlich die Schiffdeck- Passage. Am Ende war es ein und dasselbe Schiff, welches nach Stockholm fuhr. Immerhin waren die Sitzreihen in den Schiffdecks von oben und nach außen gegen die Wetterbedingungen geschützt.

Bevor Arja die Schiffreise antrat, versäumte sie nicht, ihrer besten Freundin Tuija einen Besuch noch in Turku abzustatten. Tuija hatte die Schule mit der ‚Mittleren Reife' verlassen. Sie arbeitete täglich in der Verwaltung einer Transportfirma. Deshalb war sie zu Hause nur ansprechbar am Wochenende. Auch ihr Vater hatte der Familie ein schweres Leben zugemutet. Genau wie die Mutter von Arja konnte sich Tuija's Mutter auf ein gutes zu Hause während ihrer Kindheit berufen. Auf Grund dieser Gemeinsamkeiten blieb es nicht aus, daß die beiden Familien sich näher kamen und bemüht waren, sich gegenseitig zu helfen.

Dennoch bestand ein nicht unwesentlicher Unterschied in den beiden Familien, wenn man die beiden Väter genauer unter die Lupe nahm. Arja's Vater wurde nie erwischt bei seinen zweifelhaften Geschäften, wohingegen der Vater von Tuija regelmäßig in die Pfanne der Autoritäten geriet, welches viel Unheil über die Familie brachte.regelmäßig wurde die Wohnung der Familie ausgeräumt, um überfällige Schulden des Vaters zu lindern, wenn der Vater nicht hinter Schloß und Riegel gebracht wurde.

Arja's Mutter stand der Mutter von Tuija so weit sie nur konnte zur Seite, die schwersten direkten Folgen aus solchen Situationen zu überbrücken. Die Schwierigkeiten auf beiden Seiten der Familien brachten die Familien nur noch näher. Arja erkannte hier auch, welches Glück sie hatte, daß sie die Schule ganz abschließen konnte. Die Freundin Tuija zwangen die Umstände, die Schule früher zu velassen und mit Arbeit ihren Lebensunterhalt beginnnen zu bestreiten.

Die Situation verursachte jedoch keinen Abbruch in der Freunschaft mit Arja. Tuija erhielt unerschütterlich ihre frohe Natur. Jedes Mal, wenn die zwei Freundinnen sich trafen, besonders nachdem einige Zeit vergangen war, ohne sich gesehen zu haben, war die Zeit nie lange genug, all das auszutauschen, was in der Zwischenzeit so über die Bühne gelaufen war. Selbst in folgenden Jahren, als Arja mit ihrer Familie in die Welt hinaus ging, gingen die zwar selteneren Kontakte, aber nicht weniger innigen, nicht verloren. Es zeigte sich wieder, daß Entfernung und Zeit nicht aufhören, wertvolle Kontakte mit anderen Menschen aufrecht zu erhalten, wenn dies nur der Wunsch auf beiden Seiten bleibt.

In den Ferien einer Arbeit nachgehen, brachte Arja mit der Wirklichkeit außerhalb der Schule zusammen. Mit der Unterstützung der Mutter und diesem Mal auch von einem stolzen Vater Petteri, waren die Weichen für die Reise nach Schweden gestellt. Die Verdienst Möglichkeiten in Schweden, verglichen mit denen in Finnland, stellten sich damals besser, so daß Arja hoffen konnte, etwas auch im ‚Sparstrumpf' nach Hause bringen zu können, um der Mutter etwas von ihrer Last abzunehmen.

Wiederum nach einer herrlichen Überfahrt durch die Scheren Inseln vor Finnland, legte das Schiff Anker am Slussen, mitten in der Großstadt Stockholm. Einer Invasion gleich kamen von dem Schiff die Menschen hier an Land. Allerdings kein unnötiges Gedränge verhinderte den geordneten Abgang vom Schiff. Jeder Passagier nahm Rücksicht auf seinen Nächsten. Viele der Passagiere, wie Arja bereits am Schiff erfuhr, setzten ihre Reise von hier weiter nach dem Süden mit dem Zug fort, wahrscheinlich nach Dänemark und Deutschland. Mit dem Flugzeug fliegen war damals noch nicht so üblich, besonders auch wegen dem wesentlich höheren Preis, verglichen mit einer Schiffs- und Bahnfahrt. Unter den Reisenden aus Finnland befanden sich auch wie Arja welche, die Arbeit zum Geld verdienen bereits schon ausfindig gemacht hatten, oder Arbeit suchten. Da Arja über Korrespondenz die Zusage zu einer Arbeitsstelle vorausgeplant hatte, konnte sie gleich nach der Ankunft in Stockholm eine feste Adresse angehen.

Stockholm selbst war auf Grund seiner Wasserarme durch die Stadt mit offenem Raum versehen. Die Wohnviertel folgten sich hier nicht so dicht auf den Fersen. Arja's Arbeitswochen verliefen von Mitte Juni bis Ende Juli so schnell, daß sie nur sehr wenig Zeit außerhalb dem ‚Fräslingsarmeen Hotel'(Drottninggatan 66) zur Verfügung hatte. Am Arbeitsplatz hatte Arja auch Unterkunft erhalten.

Hier erschien Arja zum ersten Mal in ihrem Leben eine ganz andere Welt vor ihren Augen. Sie hielt sich wohlweislich an ihrer täglichen Arbeit fest und wich unangebrachten Annäherungs Versuchen von Hotelgästen aus. Arja war hierher arbeiten gekommen, um Geld sparen zu können. Nicht aber , um den Vorstellungen so mancher Gäste über freie Beziehungen zwischen gleichen oder verschiedenen Menschen zu genügen. In solchen ‚Freiheits-Vorstellungen' unterschieden sich damals Finnland und Schweden noch beträchtlich.

In Schweden war Fortschritt und Freizügigkeit in menschlichen Beziehungen auf einer Ebene verstanden. Arja konnte ihre Einstellungen aus Finnland und von zu Hause damit nicht in Einklang bringen. Was draußen galt, mußte noch lange nicht für Sie gelten. Sie hielt fest an ihren Überzeugungen von einem Leben mit Respekt und positiven Aussichten gegenüber anderen Menschen. Während diesem Aufenthalt blieb es nicht aus, daß Arja intime Affairen von Hotelgästen zu Gesicht bekam. Etwas, worüber sie sich Gedanken machte, fern der Obhut von zu Hause. In der Anfechtung zeigt sich ja bekanntlich erst der Kern einer Person. Für Arja blieb die auserwählte Sympatie für eine andere Person ‚Tabu‘. Sie war in keiner Eile, dem vorzugreifen. Im Leben lernen wir, daß die wesentlichen Dinge auf uns zukommen und wir die Wahl der Entscheidung haben, ob bewußt, oder auch nicht.

Aus solchen uns ähnlichen Gründen ist es für jeden von uns gut, ab und zu aus der gewohnten Umgebung herauszutreten und den Blick für andere Dinge zu öffnen, ohne dabei gleich den eigenen Standort preiszugeben. Denn erst in der Herausforderung bewähren sich auch unsere Ansichten, oder auch nicht. Dabei spielen unumstritten besonders in jedem jungen Leben die Stütze sowohl aus der Familie, wie der Schule und Freunden eine entscheidende Rolle, wie ein Lebensweg mit seinen ‚Warnschildern‘ ankommt. Ein wichtiger Hinweis nicht nur für die heranwachsende Jugend ist für jeden Lebensweg: Gib allen

Situationen und Überlegungen Zeit, denn die Zeit lehrt uns vor allem, die ‚Spreu' vom ‚Weizen' unterscheiden zu lernen.

Der letzte Tag im ‚Frälsningsarmeen Hotel' war für Arja im Handumdrehen angekommen, weil sie ihrer Arbeit vor allem gewissenhaft nachging und schon alleine deshalb das Zeitmaß beinahe verloren hatte. Es war höchste Eisenbahn, an die Rückfahrt mit dem Schiff nach Finnland wieder zu denken. Arja war stolz, neben ihrer Arbeit und ihrem Aufenthalt auch gute Ersparnisse sich auf die Seite gebracht zu haben. Um die Abreise nach Finnland zu organisieren, erlaubte das Hotel Arja, ein paar Tage länger in der Unterkunft zu verweilen. Neben der Schiffskarte besorgen, blieb auch etwas Zeit übrig, ein wenig sich noch in Stockholm selbst umzuschauen, was es so alles an Sehenswürdigkeiten dort gab.

Den meisten Menschen, denen Arja auch unterwegs in Stockholm begegnete, waren durchaus freundlich. Auch in Schweden galt die Spielregel," wie man in den Wald ruft, so hallt es zurück:" Arja hatte sich sehr bemüht, über den Schulrahmen hinaus mit ihren Schwedisch-Kenntnissen möglichst gut dem „singenden Tonfall" in der schwedischen Sprache so nah wie möglich zu kommen. Auch wenn die Schweden die Finnin in ihr nicht verneinen wollten, hielt

Arja sich betont zurück, da sie ja ein Besucher in Schweden war. Dem gelegentlich unfreundlichen Menschen ging sie einfach aus dem Weg und überließ es ihm/ihr, was für eine Meinung sie über Finnland hatten. Menschen sind überall unterschiedlich, es liegt an uns selbst, welcher Seite wir unsere Aufmerksamkeit schenken.

Gleich am ersten Tag frei von der Arbeit im Hotel, machte sich Arja auf den Weg zu dem Anlegeplatz der Finnland-Schiffe nahe ‚Slussen‘, übrigens auch nahe gegenüber dem Königs-Schloß. Der Tag hatte der Sonne uneingeschränkten Platz in einem blauen, wolkenlosen Himmel zugestanden. Kein Wunder, es war auch ein Sonntag. Bereits am darauffolgenden Montag Abend war die Abfahrt eines Schiffes nach Finnland vorgesehen. Arja hatte Glück, gerade noch den letzten verfügbaren Platz auf dem Schiff zugesprochen zu bekommen. Mit der Schiffskarte in ihrem Besitz, hatte sie etwas Zeit, in der näheren Umgebung sich noch etwas umzusehen. Das Wetter spielte dabei wie im ‚Bilderbuch‘ mit.

Sonst war außer ihr kaum jemand Anderer zu Fuß unterwegs, in dem weiten, offenen Stadtgebiet. Straßen führten auf soliden Betonsäulen kreuzungsfrei hoch über dem Festland in der Nachbarschaft von Meeresarmen in verschiedene Richtungen. Arja erinnert sich noch gut, wie ein anderer Fußgänger plötzlich aus dem Nichts auf sie zukam und in der englischen Sprache höflich sich nach der Zeit an dem späten Nachmittag erkundigte.

„ Normalerweise wäre es mir fern gelegen, solch eine Frage einer fremden Person, hier einem jungen Mann, überhaupt Aufmerksamkeit zu schenken. Wie jedoch die Geschichte mich später einholte, war ich nach zwei Jahren

Erinnerungen festgehalten 27 Jahre später von unserer Tochter Raija.

glücklich bereit, diesem jungen Mann, mit dem Namen Martin, die Hand für unser gemeinsames Leben zu reichen. Auch konnte ich mir damals nicht erklären, wie ich mich auf folgendes Gespräch einließ."

„Lieben Sie Gitarrenmusik?" Richtete der Fremde Mann seine Frage an mich.

„Ich liebe Gitarrenmusik, nur kann ich nicht sehen, woher sie hier kommen sollte." War meine Antwort. „ Ich mußte mich irgendwie vergessen haben, denn zuvor hatte ich kaum einem Fremden Rede und Antwort gestanden." Gitarrenmusik gelang es jedoch, mich eines Besseren zu belehren.

„Meine Gitarre ist in der Jugendherberge, am Slussen, nicht weit von hier. Würden Sie warten, bis ich mit der Gitarre zurückgekehrt bin?"

In der Tat, ich wartete, obgleich ich den jungen Mann in einiger Entfernung aus dem Blickfeld verlor, wie er eilig davon lief. Als ich schließlich mich begann zu fragen, warum und wieso ich hier überhaupt wartete, tauchte der Mann mit einem Gitarrenkasten in der Hand fast außer Atem vor mir wieder auf. Er war es dann, der mir vorschlug:"Wir sollten für ein Gitarren-Konzert einen schönen Platz uns da drüben über der Brücke, am Hang vor dem geankerten Segelschiff uns aussuchen." - „War ich begeistert, oder gefangen ? Damals kamen mir keine Worte einer Erklärung in den Sinn. Vielleicht geschah dies auf beiden Seiten?"

„Am Ende gingen wir beide zu Fuß über die Fußgänger Brücke, auf dessen Geländer in der Mitte auf beiden Seiten je eine goldene Krone auf das über dem Wasserarm liegende Königlich Schloß verwies. Im Schatten des Segelschiffes , an einem kurz geschnittenen grünen Grashang, setzten wir uns mit dem Gesicht gegenüber. Keiner von uns hielt ein Auge mehr auf eine Uhr. Eine gute Stunde Gitarren Konzert mit wunderbarer Gesangstimme des Fremden hielt mich gefangen."

„Sie singen und spielen Gitarre aber sehr gut ! Ich bedanke mich dafür sehr, ich habe mich sehr gefreut. Jetzt ist es aber an der Zeit, daß ich zu meinem Schiff zurückkehre."

„Darf ich Sie noch ein Stück Weges begleiten?"

„Wenn es Ihnen nichts ausmacht, gerne."

„Kaum ein Wort wechselten wir auf dem Weg zurück, woher wir gekommen waren. Nicht mehr weit von dem ersten Schiff, welches am Kai vor Anker lag, erwähnte ich zum ersten Mal, daß ich von Turku in Finnland komme und auf dem Heimweg mit diesem Schiff mich befinde. Der junge Mann zeigte sich ein wenig verlegen, da seine geografischen Kenntnisse diesen Teil der Welt noch nicht ausreichend erfasst hatten. Er gab zu verstehen : Nächstes Mal, wenn ich eine Karte von Finnland vor mir haben werde, weiß ich dann auch woher diese junge Dame aus Finnland kommt. – Obgleich wir unsere ersten Namen gegenseitig austauschten, war ich beinahe felsenfest überzeugt, den anderen Namen mir nicht lange im Gedächtnis halten zu können. Um mein Gedächtnis zu unterstützen, hielt ich, bevor jeder von uns wieder seinen eigenen Weg einschlug, die Visitenkarte mit Namen und Adresse des Gitarrenspielers in meiner Hand. Ich sagte nicht nein und dachte mir, ein Brieffreund mehr aus Deutschland, kann auch nicht schaden. So kurz diese Begegnung gewesen sein mag, im Kleinen begann auch hier eine unageahnte Entwicklung für mich und mein Leben."

Wie sollte es anders sein ? Am nächsten Tag entschied das Wetter sich von seiner schlechtest möglichen Seite zu zeigen, nachdem der Tag zuvor, man könnte fast sagen, ein Übermaß an schönem Wetter erhalten hatte. Insgeheim wünschte ich mir, diesen Martin noch einmal sehen zu können, weshalb ich ein wenig vom Schiff Ausschau hielt, ob dieser Martin vielleicht doch noch einmal gekommen wäre, mich zu verabschieden. Man sagt ja nicht umsonst : Doppelt genäht hält besser. Es kam aber nicht dazu. Die Wolken verdeckten den Himmel so dicht, wie sie nur konnten. Heftiger Regen schränkte jede Möglichkeit, zu Fuß unterwegs sein zu wollen, so gründlich ein, daß meine Gedanken, die Erinnerung an diese originelle Begegnung, welche in ihrer Form und Höflichkeit mir nicht mehr aus dem Kopf gehen wollten, mich begannen so ungewohnt zu beschäftigen. Selbst das freundliche Lächeln im Gesicht von Martin entging mir nicht, obwohl ich mir nur schlecht daraus etwas zusammen reimen konnte nach so einer kurzen Begegnung. Aber vielleicht war es gerade diese Kürze, welche mich anhielt, in meiner Vorstellung zu wiederholen und sogar festzuhalten. Hatte auch ich so ein Lächeln in meinem Gesicht gegenüber dem Martin ? Erst die Zeit lieferte die Antwort mit einem betonten „Ja", denn selbst im Verborgenen erwachte bereits auf beiden Seiten der Funke einer Zuneigung. Der Funke startete sehr langsam ein Feuer, dessen Flamme ein lebenlanges Zusammensein aufrecht erhielt.

„Kaum war ich zu Hause in Finnland angekommen, hielt ich mein Versprechen, schrieb wenigstens ein paar Zeilen an die Adresse von Martin in Deutschland:"Vielleicht kannst Du Dich an mich in Stockholm noch erinnern ? Ich bedanke mich nochmals recht herzlich für Dein schönes Gitarren-Konzert, welches ich immer in guter Erinnerung halten werde. Schreibe bitte an mich, meine Adresse habe ich meinen wenigen Zeilen beigefügt. Im finnischen sagen wir „terveisin", was im deutschen soviel heißt wie „Aufwiedersehen", Gruß von Arja."

In Finnland dann, ließen die täglichen Anforderungen nicht lange auf sich warten, für mich galt es in erster Linie das letzte Schuljahr in Nokia weiterhin best möglich zu absolvieren. Denn jeder meiner zukünftigen Pläne hing zunächst von der Schule ab. – Noch in Turku verbrachte ich zwei Wochen in der Wohnung mit der Mutter. Jetzt erst ging mir ein Licht auf, wie unsere neuen Verhältnisse ohne Vater Petteri sich niederschlugen mit dem im übertragenen Sinne ‚Gürtel enger Schnallen'. Zuvor wohnten wir im eigenen Haus mit reichlich viel Platz und Garten rund herum. Trotz all dem, hörte ich die Mutter nie sich zu beklagen über die neue Lage, in der sich unsere Familie befand. Klagen nützt niemandem und meistens hört auch keiner zu. Die Mutter blieb unverändert dieselbe frohe Person, sie trug Sorge um uns zwei Töchter nicht geringer."

Die Arbeit der Mutter im Kaufhaus verlangte in ihrem Leben einige Umstellungen. Sie selbst kam damit zurecht, zumal sie ihre zukünftige Hoffnung auf ihre beiden Töchter setzte, welche in ein Alter gekommen waren, wo sie mehr Unabhängigkeit entwickeln konnten. Die Großmutter und die jüngere Schwester der Mutter halfen in der Familie sehr, die Tochter Arja unter ihre Fittiche in Tampere zu nehmen. Die jüngere Schwester von Arja, die Raija, entschied sich für ein mehr unabhängiges Leben früher, obwohl sie näher bei der Mutter blieb. Der Schule zollte Raija, im Gegensatz zu Arja, nicht viel Bedeutung bei. Die beiden Schwestern waren nicht nur durch die veränderten Lebensumstände unterschiedlich. Ging es um etwas wie schnell Hand anzulegen mit Geschick, da war die Schwester Raija zu Hause. Arja hielt sich diesbezüglich eher zurück.

Die Mutter pflegte Arja gewöhnlich mit Worten zu unterstützen :"Auch Du bist meine gute Tochter ; langsam und stetig wird dich auch in Deinem Leben weiter bringen. Dein Vater lebt zum Beispiel ein ganz anderes Leben, wir können alle sehen, wohin das führte. Bleibe Deiner Art treu, sie wird Dir helfen auch etwas im Leben für Dich zu erreichen. Du weißt doch, wie ich mich bemühe, Dich zu unterstützen. Ich bin auf Dich eine stolze Mutter. Mache Dir keine Sorgen um Dein Leben. Du hast es noch ganz vor Dir und allen Grund zuversichtlich in Deine Zukunft zu blicken. Ich weiß, wir werden uns immer nahe bleiben, gleich, wo Du entscheiden wirst zu leben. Diese Zuversicht gibt mir die Kraft, für die ganze Familie immer da zu sein."

Arja konnte sich keine bessere Mutter vorstellen.

Bevor sie jedoch den Zug nach Tampere nahm, wollte sie die Mutter auch wissen lassen, von dem außergewöhnlichen Treffen mit Martin in Stockholm. Um es der Mutter geeignet mitzuteilen, lud Arja die Mutter in ein Gitarrenkonzert an der Universität in Turku ein. Für beide Eintrittskarten kam Arja aus ihren Ersparnissen stolz selbst auf. In der Vergangenheit war die Mutter für die Klavierstunden von Arja aufgekommen. Klavier spielte Arja allerdings nicht mit allzu großer Begeisterung. Alleine deshalb war die Mutter schon sehr überrascht, in ein Gitarrenkonzert von Arja eingeladen zu werden. Noch vor dem Beginn des Konzertes eröffnete die Tochter ihr Erlebnis mit einem persönlichen Gitarrenkonzert in Stockholm der Mutter. Die ersten Worte der Mutter waren diese :" Arja, Arja, wer war besser, die Musik oder der Gitarrenspieler ?" – Nach dem Gitarrenkonzert an der Universität von Turku konnte auch die Mutter nicht umhin, Begeisterung für Gitarrenmusik zu erleben. Die Gitarre ist eine Stimme aus fernen südlichen Ländern, voll Freude, Kummer und Hoffnung, wie alle Menschen im Leben dies im Wechsel erfahren. Mit eigener Vorstellung kommt man sogat soweit, die Gitarrenmusik beflügelt eine Reise in eine märchenhafte, entfernte Welt.

So war dann die Mutter wenigstens etwas vorbereitet, als dann ein Brief von dem Gitarrenspieler Martin aus

Deutschland in ihrem Briefkasten landete. ‚Mummi‘, wie man im Finnischen zur Mutter sagt, konnte nur ihren Kopf schütteln über diesen, einen neuen Brieffreund von Arja in Deutschland :"Wieviel Brieffreunde hast Du bis jetzt schon ? Es müssen schon nahe an die Vierzig sein !" – Martin aus Deutschland mußte wohl Nummer einundviezig gewesen sein, wenn er die ersten Zeilen von Arja beantwortet; dies jedenfalls erhoffte sich Arja sehnlichst im Stillen, denn diese Begegnung war so stilvoll und romantisch !

„Seid Du aus Schweden zurückgekehrt bist, ist es mir nicht entgangen, daß Du etwas Geheimnisvolles mit Dir trägst. Erfährt meine Arja erste Liebe ?"

„Mummi, wie kannst Du nur so etwas auch nur träumen, ich hab'doch nicht meinen Verstand verloren, Du solltest mich doch kennen."

„Schön und gut, aber alle haben wir das einmal gesagt. Wenn es aber auf uns zukommt, die wirkliche Liebe, nichts kann sie mehr dann stoppen."

„Ich habe lediglich einen neuen Brieffreund, der mir auch erwähnt hat, er sei bereits in vielen Ländern gewesen. Hier ist ein großer Unterschied von Ihm mit all den anderen Brieffreunden. Er studiert übrigens auch an der Universität von Heidelberg. Bis zu seinem Studium arbeitete er sich selbständig durch verschiedenste Stufen in seinem Leben, die er nur kurz erwähnte, bei unserer Begegnung in Stockholm."

Das tägliche Leben forderte jedoch andere Orientierungen der Gedanken, als die auf Ferien gerichtete. Dennoch vergaß Arja Martin nicht ganz. Zurück in Tampere bei der Großmutter, um die Schule in Nokia weiter zu Ende zu besuchen, stellte sich eine vorausgegangene Routine wieder sehr schnell, fast übergangslos ein. Im zurückliegenden Schuljahr bewies Arja, daß sie die Schule erfolgreich ernst nehmen konnte. Jetzt mußte sie nur so weiter machen und sich nicht zur falschen Zeit von diesem Ziel ablenken lassen. Wollte sie den Ausbildungsweg auch nach dem Gymnasium weiter verfolgen, war es notwendig, gute Schulergebnisse vorzuweisen. Denn nur die besten Schüler hatten eine Gelegenheit, an die Universität aufgenommen zu werden.

Arja war mit ihren zwanzig Jahren noch nicht lebenserfahren genug, für sich gültig zu beurteilen, wie wichtig weitere formelle Ausbildung war. Denn auch in ihrem Leben erfuhr sie in den vielen folgenden Jahren, nicht alles, was formelle Ausbildung anbieten kann, hat Hand und Fuß draußen im Leben. Das Leben war schon immer unser bester Lehrer. Wir können uns nur bemühen, aus beiden Lagern, dem Lernen aus Büchern und im Leben das abzugewinnen, was uns im eigenen Leben helfen kann.

Mit der Zeit fand der Brief vom Martin aus Deutschland auch den Briefkasten von der Adresse Arja's in Tampere, dank dem Nachsende Antrag durch die Mutter aus Turku. Die Schule forderte jedoch Aufmerksamkeit ohne Abstriche, weshalb Arja nur sehr wenig Zeit aufbringen konnte für den Briefwechsel mit ihren Brieffreunden. Die meisten von ihnen hörten als eine Folge auf, weiter zu schreiben, nur nicht der Gitarrenspieler. Er schrieb weiter lange Briefe.

Das Ende des Jahres 1965 kam in Windeseile näher, schon alleine deshalb, weil so viel zu tun war, nicht nur in der Schule, sondern im täglichen Leben. Das tägliche Leben weicht uns nicht von der Ferse. Auf der anderen Seite war es der Brieffreund Martin aus Deutschland, der in Briefen zu verstehen gab, daß er sich wunderte, warum Arja nicht mehr schrieb. Bevor Martin offenkundig sich zu viel unnötige Gedanken darüber machen sollte, nahm er eine Gelegenheit in die Hand und teilte mit, er werde , wenn auch nur kurz auf Besuch nach Finnland kommen und selbst herausfinden, was der Grund des Stillschweigens geworden war.

Der Winter 1965 / 1966 wartete mit solcher Kälte

auf, wie selbst in Finnland dies ungewöhnlich war. Schon aus dem Grund wollte es fast ausgeschlossen erscheinen, jemand war auf Besuch nach Finnland in der kältesten Zeit vom Dezember und Januar gekommen. Während der Weihnachtsferien besuchte Arja die Mutter in ihrer Wohnung in Turku. Als sie allerdings der Mutter den Besuch des Gitarren-Brieffreundes aus Deutschland im Anfang Januar mitteilte, konnte sie ihr Lachen nicht mehr zurückhalten :" Hier haben wir den ‚Salat'; der kann doch nicht so einfach sich anmelden und kommen. Warten wir erst einmal ab, in wie weit dieser strenge Winter mit seinen Temperaturen unter vierzig Grad Celsius ihm überhaupt erlauben wird, die Reise anzutreten."

Auch Arja konnte nicht mehr sicher sein, sie entschied, alles, was wir machen können, ist abwarten (und guten warmen Tee trinken). Den Weihnachts Abend verbrachte Arja bei der Mutter in Turku. Zu der Gelegenheit gehörte auch, auf dem Friedhof am Grab eines Familien Mitgliedes eine Kerze anzuzünden. Da die Familie der Mutter aus Tampere stammte, verlegten sie diese Respekt Kundgebung in jedem Jahr nach dem Weihnachts Abend mit einem Besuch in Tampere. In diesem Jahr legte der Winter eine Verzögerung auf. Erst an dem letzten Tag im Jahr erlaubten die eisigen Verhältnisse, die Reise wenigstens mit dem Zug

271

von Turku im Süden von Finnland nach Tampere, im nördlichen Mittelfinnland. Somit traf sich die Familie in diesem Winter am ersten Tag im Neuen Jahr.

Erst dann erinnerte sich Arja, daß ein Besuch in Turku möglich um diese Zeit auch eintreffen könnte. Arja stellte der Mutter die Frage, was zu tun. Die Mutter hatte diese Antwort bereit :"Glaubst Du wirklich daran, jemand wird von so weit zu uns um diese Jahreszeit auf Besuch kommen ? Um solch einer Möglichkeit entgegen zu kommen, das beste, was wir tun können, ist, am Wochenende wieder zurück nach Turku mit der Bahn fahren. Das sollte reichen, der Besuch wird ja nicht nur für einen Tag nach Finnland gekommen sein."

Und dabei blieb es. Als sie jedoch zurück in Turku angekommen waren, erwartete sie eine Überraschung. Am Türgriff der Eingangstüre zur Wohnung hing ein dunkelroter Nelken Blumenstrauß mit einer Karte versehen, worauf Geschrieben stand : ‚Mit Komplimenten von Martin'. Die Mutter war zuerst mit Freude darüber angetan; sie war es, welche den Blumenstrauß von der Türklinge abnahm , in die Wohnung brachte und in eine Blumenvase mit Wasser stellte.

„Wo wird dieser Kavalier jetzt wohl sein ?" Selbst die Mutter war von den Nelken angetan: „Diesen Kavalier möchte ich gerne sehen," ließ sie sich nicht nehmen erfreut auszurufen. Außer sich in Geduld üben und abzuwarten, blieb nicht viel mehr übrig. Trotz alledem nahm der Tag seinen Lauf. Als am nächsten Morgen das Telfon klingelte, bat die Mutter Arja, an das Telefon zu gehen, im Fall, es sollte der ‚Blumen-Mann' sein. Und tatsächlich, er war es, er rief von einem Hotel in der Stadt an. Arja zögerte keinen Augenblick, ihre Einladung zu sich nach Hause auszusprechen, vergaß aber auch nicht, für den Blumenstrauß an der Türe sich ausdrücklich zu bedanken.

„ Arja erinnert sich, wie sie in Englisch am Telefon sprach, wobei die Mutter ganz aufgekratzt neben ihr sich beeilte zu fragen : ‚Was hat er gesagt, kommt er wirklich?'

In Wirklichkeit konnte niemand sagen, wer hier mehr aufgeregt war, die Mutter oder die Tochter. Knapp eine Stunde nach dem Telefongespräch ertönte die Klingel an der Eingangstüre.

„Ein großer Mann, in dicker Winterkleidung vermummt stand vor der Eingangstüre. Mit einem Lächeln in seinem Gesicht brachte er eingangs ein paar finnische Worte Heraus :"Hyvää päivä, minun niemi on Martin (Einen schönen guten Tag, mein Name ist Martin). Soweit reichte sein Finnisch in der ersten Aufregung. Mehr brauchte ansich auch nicht gesagt werden, denn ich verwies mit meiner Handbewegung hinein in die Wohnung, was leicht verständlich soviel hieß, wie , ‚kommen sie bitte herein‘. Die Mutter direkt hinter mir, spornte mich mit Augenzwinkern und mich nach vorne richtend an. Die ersten Augenblicke in diesem Gegenübertreten waren erfreulich unkompliziert, besser, als wahrscheinlich ein jeder von uns Dreien hätte sich auch nur im Stillen träumen können. Die Mutter wies mit ihrer Hand auf die roten Nelken auf demTisch. Nichts mehr mußte gesagt werden, die Blumen sagten alles.

Langsam wechselten Worte in englisch und finnisch zwischen den zwei Parteien. Die anfängliche Aufregung legte sich schnell, ein schönes Willkommen trat an seine Stelle, niemand empfand mehr irgendwelche Befremdung. Schnell war dann auch ein Plan geschmiedet, wie der Besuch am besten seinen kurzen Aufenthalt in Finnland wertschätzen konnte. „Schön langsam mit den jungen Pferden“ war auch hier die Empfehlung, damit ein jeder in seinem Verständnis mit solch einer besonderen Situation mitkommen konnte.

Die kleine Wohnung unserem betont höflichen Besuch zu zeigen, ging am schnellsten über die Bühne. Ein Blick aus den Dreifachen-Fenstern des hoch gelegenen Stockwerkes der Wohnung, vermittelte einen ersten Blick in die weiße Winterlandschaft unterhalb, aus der vor allem das grün der Nadelbäume deutlich sich hervorhob, solange Schneekappen sie nicht zu viel bedeckten. Aus der wohlig warm geheizten Wohnung schickten sich die Blicke hinaus auf die verstreut nieder gelegenen vereinzelten anderen Häuser mit dem weißen sich durchschlängelnden Band der Straße fast wie ein Film aus einer anderen Welt an. Trotz der extremen Kälte belebten Busse und Autos die Straße, als wäre solches Wetter problemlos. Der Himmel verdeckte mit dichten grauen Wolken die Sonne und trotzdem reflektierte die weiße Landschaft ziemlich gut ein helles Licht. Mehr Schnee war unterwegs, hieß dies auch.

„Zeig deinem Gast ein wenig die Stadt, nachdem wir etwas gegessen haben zu einer heißen Tasse Kaffee." Schlug die Mutter vor und setzte fort :"Zum Glück ist es heute nicht mehr ganz so kalt wie die vorausgegangenen Tage, auch deswegen müssen wir mit mehr Schnee rechnen. Wenn es extrem kalt ist, schneit es gewöhnlich nicht."

„Eine Buslinie lief von einer nahe gelegenen Halte- stelle regelmäßig in und aus der Stadt. Obwohl auch Personenwagen auf der Straße fuhren, versorgten über die kältesten Wintermonate die meisten Autobesitzer ihr Fahrzeug in einer Garage mit Frostschutzmittel im Motor. Denn Kälte mit Schnee und vor allem mit Eis, können besonders beim Start eines Motors großen Schaden den Zylindern anrichten. Diejenigen Autofahrer, die dennoch fahren, haben eine elektrische Heizung im Motor eingebaut, die bevor der Motor gestartet wird, ihn ausreichend aufheizt.

Wie kalt es wirklich ist, efährt man am besten, wenn man aus dem Haus hinaus ins Freie geht. Dabei zeigt sich sehr schnell, wie Wind die Kälte wesentlich stärker empfinden läßt. Der Schnee geht dann überall hin, selbst in den Bus. Wenn die Türen am Bus sich öffnen, bleibt es nicht aus, daß mit den Passagieren der Schnee in den Bus geweht wird. Sobald die Türen sich schließen, ist dem Schnee bis zur nächsten Haltestelle der Zugang verwehrt. Dafür fegt er eifrig an den Fenstern entlang, unterstützt von dem zusätzlich aufgewirbelten Schnee der Straße, durch die eiligen großen griffigen Busreifen. Im Bus sorgt dann die Heizung, daß der Schnee in Pfützen sich verwandelte. Niemand störte sich daran, es gehörte einfach zu einer Busfahrt im strengen Winter von Finnland. Was mir außerdem noch auffiel, daß der Bus wie auf einer schneefreien Asphaltstraße schnell anfuhr, obwohl eine geschlossene Schneedecke über der gesamten Straße lag. Ich hätte gedacht, man dreht die Räder erst langsam. Jedenfalls kam der Bus mit seinen schnell angetriebenen Rädern so wirklich schnell auf Fahrt, ohne jedes seitlich mögliches Rutschen.

Demnach war dies der Weg, mit Schnee und Eis auf der Straße umzugehen. Dies mag auch eine gute Erklärung sein, warum die Finnen so gute Railyfahrer sind.

Das Zentrum der Stadt Turku bildete ein großer quadratischer freier Platz. Um ihn herum scharten sich Gebäude wie die einzige Orthodoxe Kirche und unter anderem das Kaufhaus'Wiklund', in dem die Mutter ihren Arbeitsplatz unter der Woche hatte. Da das Wetter für Außenbesuche nicht gerade einladend war, ergab es sich von ganz alleine, einem Museums Besuch, der Universität, den Vorzug einzuräumen.turku hatte in der Geschichte auch Verbindung mit den Hanse-Städten der Ostsee. Dazu gehörten, im Osten begonnen : Tallin (Reval), Riga, weiter südlich gelegen Königsberg (Kaliningrad), Danzig (Gdansk), Rostock, Lübeck, Kiel. Im Museum wird darauf auch hingewiesen. Meinem Gast Martin zeigte ich auch aus einem Grund die Universität. Nämlich dort wollte ich nach der Schule weiter machen. Mit dem Besuch bekam auch Martin ein Bild, wie vergleichsweise zu seiner Universität in Heidelberg, die Universität hier sich präsentierte."

„Die Universität hier ist kleiner als in Heidelberg, dafür aber mehr persönlich im Lehrauftrag mit den Studenten, nicht so überlaufen wie in Heidelberg." Dies hatte mein Gast zu sagen. - Auf unserem Besichtungs Besuch waren wir

Zwei an dem Tag ganz alleine unterwegs. Während der Winter-Semester Ferien lag hier auch mehr oder weniger alles auf Eis. Meinem Besucher Martin gab ich zu verstehen, die Ruhe hier mußte nicht eine Gelegenheit gewesen sein, sich näher zu kommen. Ich schätzte seine Anwesenheit, aber darüber hinaus war ich entschlossen, keine Voreile zuzulassen :"Ich bin wahrscheinlich in Vielem anders als so manches Mädchen. Normalerweise würde ich nicht in der Begleitung eines Mannes mich aufhalten. Du bist bereits eine Ausnahme, bitte respektiere dies."

Damit war das Thema sich Näherkommen ‚ausgeklammert'. Später am Nachmittag kamen wir gerade richtig zu einer Film Vorführung im Kino an. Der Film mit dem englischen Titel ‚Thunderbird' und seinem Hauptdarsteller James Bond lief gerade. Die bequemen Sitze im geheizten Raum, brachten eine wünschenswerte Abwechslung zu dem Spaziergang draußen in der Kälte. Alleine waren wir nicht zu der Vorstellung gekommen, wie wir sehr schnell erfahren konnten. Die Schwester von Arja, Raija, war mit ihrem Anhang auch ‚rein zufällig' im Kino erschienen. Sie nahmen Platz in der Reihe direkt hinter uns. Arja versäumte nicht, ihre Schwester dem Martin gegenüber vorzustellen. Als Antwort fand die Raija folgende Worte : Sieh' mal einer an, meine Schwester, die niemals heiraten will, heute in Begleitung mit einem Mann und was für ein gut Aussehender, obendrein noch ein Ausländer. Wir halten besser ein gutes Auge auf euch Beide.“

Nach dem Kino-Besuch lief die Zeit für den Aufenthalt von meinem Brief-Freund Martin in Finnland ihrem Ende zu. Seine Rückfahrt mit dem Schiff hatte er für den nächsten Morgen gebucht. So war es nun nach dem Kinobesuch an der Zeit ‚näkemiin‘(Aufwiedersehen) zu sagen mit einem Händedruck und dem Wunsch, weiter im Kontakt zu bleiben. Für mich, die Arja, war damals ein interessanter Besuch über die Bühne gelaufen. Auf mich wartete der Abschluß des Gymnasiums in Nokia. Diesem Ziel schenkte ich meine ganze Aufmerksamkeit, weshalb die Korrespondenz mit Brieffreunden auf Sparflamme kommen mußte. Einer meiner Brieffreunde, Martin, schrieb jedoch fleißig weiter, obgleich ich zeitweilig nicht zurückschrieb. „Warum schrieb er so unverändert weiter?“ Fragte ich mich mehr als nur einmal.

Der Winter wollte mit seiner Kälte und vielem Schnee im Jahr 1964/1965 nicht nachgeben, bis über den Monat Februar hinaus. Februar war auch der Monat des letzten Schultages eines Schuljahres. Über die nächsten zehn Wochen folgten die letzten Vorbereitungen für den Schulab-schluss und die anschließenden Examinas. Bevor es noch dazu kam, folgte auch meine Klasse dem Brauch, vom Schuljahr sich zu verabschieden. Auf der einen Seite war dies ein wenig den Examinas vorgegriffen, aber auf der anderen Seite wollte keiner dem Spaß sich verschließen. Die Gelegenheit wurde so gefeiert, daß alles, was sich bewegte wie ein Traktor, ein Motorrad, ein museumsreifes Auto wurde eingesetzt, um möglichst auffallend und lautstark die Abschlußschüler durch die Stadt zu fahren.

Nur in diesem Jahr, machte der Winter dem Feiern einen Strich durch die Rechnung. Wegen der außergewöhnlichen Kälte, war fast niemand von der Öffentlichkeit in den Straßen zu Fuß unterwegs, weshalb die Abschluß-Schüler mehr mit sich selbst Fürlieb nehmen mußten und der starke Wind obendrein den Spaß noch einzuschränken wußte. Ausschließlich wurde die Party beschäftigt gehalten, mit der Kälte zurecht zu kommen. Obwohl das Wetter gegen unsere Fahr-Party sich eingestellt hatte, schafften wir die Fahrt durch die Stadt auch ohne die sonst üblichen Zuschauer. Auch nach diesem Spaß, schafften die Hürde des Schulabschlusses bis auf geringe Ausnahmen alle Teilnehmer den Erwartungen entsprechend.

Arja war besonders erfreut, ihren Abschluß mit ‚cum laude' zu absolvieren. Diese Nachricht erreichte auch Vater Petteri, der es sich nicht nehmen ließ, den Stolz mit der erfolgreichen älteren Tochter Arja zu teilen, indem er ihr einen Fahrschul-Unterricht ermöglichte, sobald Arja nach Turku zurückgekehrt war.

Letztes Schuljahr in Nokia, Arja Mitte,Zweite rechts, 1965

Petteri war so stolz, als hätte er selbst diesen Lebensabschnitt so gut erreicht. Wenig Einwand wurde erhoben, wenn Petteri ab und zu den ‚Familienherd' aufsuchte, außer der Mutter. Die ‚Neuauflage' des Versuches eines Neubeginnes hatte schon in der Vergangenheit keine Dauerhaftigkeit gezeigt. Aus dieser Erfahrung verhielt sich die Mutter Petteri gegenüber entschieden ablehnend. Petteri gab indes nicht nach, um Verzeihung für sein Fehlverhalten gegenüber der Familie zu bitten. Die Mutter wußte leider inzwischen zu gut, daß Petteri nicht hielt, was er mit Worten verstand auszudrücken. Jedes Mal, wenn Petteri mit Überzeugung einen neuen Beginn vertrat, selbst auf Knien sich anschickte, wurde die Dauer eines Beginnes zunehmend kürzer, bis er in das ‚alte Geleis‘ zurückfand.

Arja, die Tochter, konnte weniger emotional beteiligt einen etwas anderen Standpunkt zum Teil finden. Petteri zeigte neben seinen ‚Seitensprüngen‘ aber auch eine starke Persönlichkeit. Sie sah ihren Vater in einem mehr positiven Licht unter der Hypothese, daß wo viel Licht ist, findet man unausweichlich auch Schatten. Solche Erfahrungen aus der eigenen Familie öffneten Arja die Augen für kritische Betrachtungen, darüber hinaus jedoch nicht alles über nur einen Kamm zu scheren. Persönlichkeiten können sehr leicht ihre Schatten-Seiten im Verborgenen halten. Zeit ist auch hier der Schlüssel für Klarheit.

Dadurch, daß in erster Linie die Mutter sich um Arja kümmerte, stand Arja ihrer Mutter näher. So erklärte es sich auch, warum Arja gegenüber der männlichen Seite sehr vorsichtig eingestellt war. Zu der Zeit wurde ein Jugendlicher im Alter von 21 Jahren als ‚Erwachsen‘ erklärt. Unabhängig vom Alter, konnte das Erwachsen-Sein nur am individuellen Entwicklungsstand gemessen werden. Im Leben erfahren wir alle, das wirkliche Lernen nach der formellen Vorbereitung durch zum Beispiel Schule, nimmt seinen Lauf erst im Leben. Wer im Leben richtig weiter lernt, hat mehr vom Leben. Von dieser Warte gesehen erhebt sich durchaus die Frage : Wann ist jemand wirklich Erwachsen ? Genauso wie nicht jeder fortfährt im Leben weiter zu lernen, trifft auch für das Erwachsen-Sein zu, daß so mancher vom Erwachsen-Sein in einem Abstand fern selbst ein Leben lang bleibt. Jedoch unabhängig von unseren Ansichten, ist das Leben bis jetzt immer weiter gegangen, und so erfuhr dies auch Arja.

Kapitel 7

Universität in Finnland

dann

Heidelberg in Deutschland

Die Schulzeit war vorbei, nach den Anforderungen fühlte sich Arja so frei, wie nur Flügel sie nach neuen Horizonten hätten bringen können. Der Sommer 1966 läutete seinen Eingang und mit ihm eine Überraschung für Arja von ihrer Tante Aune aus Tampere :"Zu Deinem Schulabschluß möchte ich Dir gerne eine Belohnung zukommen lassen. Ich freue mich besonders auch darüber, daß Du Dein Ziel erreicht hast und dabei Deiner Großmutter und mir so nahe geblieben bist. Welchen Wunsch können wir Dir mit einer kleinen Geld-Unterstützung erfüllen?"

Arja hatte darauf eine Antwort sehr schnell bereit, als ob sie bereits vorher darüber nachgedacht hatte :"Ich würde gerne, wenn möglich, eine Reise machen und den Höflichkeits-Besuch von Martin erwidern."

„Aha, du hast Deinen Gitarren Spieler noch nicht vergessen!" Arja's Reiseplan nach Heidelberg erhielt die Zustimmung auch von der Mutter. Arja war vor Freude im Himmel angekommen. Da Martin Medizin in Heidelberg studiert, wollte sie auch in Turku sich in das Fach Medizin einschreiben lassen. Alleine, ganz so leicht wollte dies nicht dazu kommen. Denn während dem Vorbereitungs Semester in der Universität von Turku mußte Arja erfahren, daß ihre naturwissenschaftlichen Kenntnisse nicht ausreichend waren. Mathematik, Physik und Chemie waren außerdem auch nicht gerade ihre Lieblingsfächer. Um nicht unnötige Zeit zu verlieren, schrieb sie sich ein für das Fach Theologie, welches ihr mehr zusagte. Da nun die Würfel für eine neue Richtung im Leben für Arja gefallen waren, stand nichts mehr im Weg, die Sommerpause an der Universität zu nutzen, ihre Reisepläne in die Wirklichkeit umzusetzen, zumal sie zu Hause von allen Seiten die uneingeschränkte Zustimmung erhalten hatte, jetzt fehlten nur noch die guten Wünsche auf den Reiseweg.

Mitte Juli, im Jahr 1966 , brachte der Zug Arja zuerst nach Helsinki. Sie mußte diesen Weg wählen, weil die Schiffsroute durch die ganze Ostsee nach dem Süden zu der Hafenstadt Lübeck in Deutschland damals nur von der Hauptstadt Finnlands, Helsinki, aus ging. Ein großes, modernes Schiff nahm neben den vielen Passagieren auch mich an Bord in einem der Schiffdecks. Autos, Lastwagen und Busse fanden Zugang in den Rumpf des Schiffes durch eine große Ladetüre am Heck des Schiffes. In zwei Tagen fuhr das Schiff die Strecke durch eine völlig ruhige Ostsee, unterstützt von strahlendem Sonnenschein während den ver-längerten Sommer-Tagesstunden.

Die erste Überraschung für Arja wartete bereits am Kai des Ankunfthafens von Lübeck. Martin war hierher gekommen, um Arja schon begrüßen zu können. Er war per

Anhalter von Heidelberg nach Lübeck gekommen und fragte Arja am Land, ob sie diesen Transportweg zurück nach Heidelberg zusammen mit Martin auch wählen würde. Zuerst ließ Arja nicht erkennen, daß sie eine Zugfahrkarte für Deutschland besaß. Solchen anderen Transport kannte sie nicht und dachte sich, zusammen mit Martin konnte dies nur eine neue Erfahrung werden. Jedoch war das notwendige Glück, per Anhalter weiter zu kommen, vielleicht auch besser den Beiden nicht hold. Sie waren besser beraten, Arja setzte ihre Reise mit dem Zug fort, während Martin alleine eher das Glück erfahren konnte, per Anhalter zurück nach Heidelberg zu kommen. Für die Wahrscheinlichkeit, daß Arja vor Martin in Heidelberg ankommen wird, erhielt Arja die Adresse von Martin in Heidelberg, gleichzeitig aber auch die Adresse von seinem Freund, so daß sie wenigstens zu jemandem sprechen konnte. Martin setzte dann alles daran, so schnell wie nur möglich mit seiner Erfahrung auch per Anhalter Arja wieder in Heidelberg zu begrüßen. Der Freund Harro in Heidelberg war ein bewährter guter Freund, dem Martin seinen wertvollen Besuch anvertrauen konnte. In Lübeck sagte Martin noch zu Arja :" Eine gute Weiterreise wünsche ich Dir, ich freue mich so sehr, daß Du gekommen bist, Du bist eine sehr hübsche Brieffreundin."

Dieser Empfang läßt sich nicht bestreiten, ein Außergewöhnlicher gewesen zu sein. Arja erkannte jedoch, daß ein Studenten-Leben seine individuell auch eigenen Maßstäbe erforderte, nicht nur was Arbeit betrifft, sondern auch einen Lebensstil. In vielen Fällen dürfen Studenten lernen, ohne auch nur ein annäherndes Endgelt. Alles ist hoffnungsvoll einer besseren Zukunft anheimgestellt. Arja erkannte hier im Gegenüber mit Martin, wie er sicher für eine Situation eine Antwort wußte. Sie nahm dies wohlweislich wahr, vielleicht gerade deshalb, weil sie eine sehr geschützte Jugend von zu Hause erfuhr. Ihr Fenster hinaus in die Welt waren zum großen Teil ihre Bücher. Ein nicht wenig zu unterschätzender Vorteil wächst aus solcher Jugend, daß mit Erfahrungen aus Büchern die bitteren Pillen draußen in der Welt nicht zu früh eingenommen werden. Als Vorbereitung ja, nicht aber fortsetzend verhindern, in das wirkliche Leben hinauszutreten.

Arja erfuhr in der Folge der bereits drei Treffen mit Martin in Stockholm, in Turku und jetzt in Deutschland, den Lebensfaden einer möglichen eigenen Geschichte ; etwas, was sie zuvor noch nicht erfahren hatte. All dies war neu für sie, jedoch sehr ansprechend, da sie den Unterschied erkannte zwischen Handeln und über etwas nur Worte verlieren.

Vielleicht auch deshalb war es nicht zu verwundern,

daß Martin fast gleichzeitig in Heidelberg per Anhalter eintraf, wie Arja mit dem Zug. Der Freund Harro hatte Arja in seiner Studenten Unterkunft bei einer älteren, alleine stehenden Dame willkommen empfangen. Vom ersten Augenblick an gewann Arja Zuversicht gegenüber den neuen Verhältnissen. Es schien ihr, als wäre all dies nur normal : Sie kam von Finnland in Deutschland an, sprach zuerst zu Harro in Englisch, daraufhin zu der Hausherrin in Deutsch, da sie nicht Englisch sprechen konnte. Arja war selbst überrascht, wie sie mit solch einer neuen Situation so selbstverständlich zurecht kam.

Eine Erklärung dafür mag gewesen sein, daß,"wie man in den Wald ruft, hallt es zurück." Was übertragen auch soviel heißt, echte Freundlichkeit und Entgegenkommen zu anderen Menschen, erfahren gerne in der Regel dasselbe zurück. Und wenn Gefühle, die Seele mit in den Einklang kommen, dann läßt eine persönliche Bereicherung auch nicht mehr lange auf sich warten.

Dennoch ließ die besagte Hausherrin es sich damals nicht nehmen, die Jugend zu erinnern :"Studenten , ob verheiratet oder nicht, bleiben nicht übernacht in meinem Haus. Ich hoffe, Sie haben anderweilig Unterkunft für Ihren Besuch aus Finnland organisiert."

Noch bevor Martin etwas dazu sagen wollte, kam

Arja mit ihrem Vorschlag heraus :" Ich habe bereits eine Unterkunft im Gasthaus „Grünen Laub" gebucht. Nach so einer langen Reise würde ich gerne etwas Schlaf nachholen."So waren alle Parteien zufrieden gestellt. Die Hausherrin mußte sich nicht um ihren Hausfrieden sorgen, mein Freund Harro erfuhr keine weitere Störung, Arja erhielt mein Geleit zum „Grünen Laub".

Auf dem Weg ließ ich es mir nicht nehmen, Arja zu fragen :"Wie hast Du so im Handumdrehen diese Unterkunft für Dich ausfindig machen können ? Du zeigst gute Eigeninitiative."

Arja beeilte sich mit ihrer Antwort :"Solange wir etwas wirklich wollen, findet sich auch ein Weg. Ich bin auf dem besten Weg auch diesbezüglich zu lernen. Besonders in einem anderen Land gibt es da viel zu lernen. Danke für Deine Begleitung zu meiner Unterkunft. Ich brauche einen guten Nachtschlaf. Morgen ist ein neuer Tag, auf den ich mich schon jetzt freue. Schlaf auch Du gut."

„Um welche Zeit ist es Dir recht, Dich wieder abzuholen ? Ist neun Uhr nicht zu früh für Dich ? Du weißt gar nicht, wie ich mich freue, Dich wieder zu sehen ! Wie denkst Du darüber ?" „Ich möchte nicht, daß Du mit in mein Zimmer kommst. Du sollst aber wissen, wie ich unsere

Freundschaft wertschätze. Bitte respektiere auch Du sie. Bis jetzt hast Du so einen guten Eindruck auf mich gemacht, bitte erhalte uns dieses Geschenk. Schlaf auch Du gut. Morgen früh sehen wir uns wieder."

Am nächsten Tag wollte das Wetter nicht mehr so richtig mitmachen. Es mußte vergessen haben, es war Sommer. Die Temperatur schaffte nicht mehr die Nähe von zehn Grad, der Himmel versteckte hinter grauen Wolken mit dunkeln Regenwolken-Inseln die Sonne. Der Plan Heidelberg sich heute anzuschauen, mußte eine brauchbare Änderung erfahren. Nach einem guten Nachtschlaf im „Grünen Laub" war Arja nicht verlegen, auch einem anderen Plan zuzustimmen, um dem Wetter aus dem Weg zu gehen. Martin schlug folgendes vor :"Das Wetter fordert uns höchstens auf, die Zeit anderweilig besser zu verbringen. Was hälst Du davon : Wir fahren zusammen nach Frankfurt, dieses Mal allerdings beide mit dem Zug. Bei der Amerikanischen Botschaft sollte ich Bescheid geben, wie ich auf das Angebot von der Flugzeugfirma Boeing vorhabe zu antworten. Der gegenwärtige Krieg in Vietnam gibt mir jedoch reichlich zu überlegen, von Amerika fern zu bleiben, trotz einem hervorragenden Beschäftigungs Angebot von dort. Würdest Du Arja mit mir auch nach Amerika kommen?"

Arja hatte darauf natürlich keine schnelle Antwort bereit. Erst in diesem Gespräch erfuhr Arja, daß Martin eine vorausgegangene Ausbildung auch als Ingenieur hatte. Während der Semesterferien arbeitete er regelmäßig in einer Firma für gutes Geld, um seine weiteren Studien zu bezahlen, zusammen mit den Lebenshaltungs Kosten. Da Arja keine Antwort bereit hatte, fand Martin folgende Worte: "Wenn Du nicht mit nach Amerka kommst, dann gehe auch ich nicht. Fassen wir die Gelegenheit beim Schopf und ich sage ab bei Boeing."

Das Wetter wollte sich den ganzen Tag nicht etwas Besseres einfallen lassen. Heidelberg anschauen, kamen wir überein, war keine gute Idee, wenigstens für heute. Noch im Zug nach Frankfurt erwähnte Martin, daß er auf sich alleine gestellt war. Das Verhältnis zu seinen Stiefeltern war kein erfreuliches. Gleichzeitig entschuldigte er sich, daß er die Arja nicht in seine Familie deshalb einladen konnte, wie er dies in Finnland erfahren hatte.

„Der arme Kerl muß wohl genug erfahren haben, wie man sich im Leben behauptet," dachte sich Arja im Stillen.

In Frankfurt verlief der Tag auch unabhängig vom Wetter sehr schnell. Martin erzählte mir so manches aus seinem Leben. Spätestens dann erkannte ich, was für ein gutes Leben ich in Finnland in meiner Familie erfahren hatte. Martin stammte von einer traditionellen Bauernfamilie in Siebenbürgen (Transsylvanien) ab. Während dem Krieg verlor er nicht nur die Familie, sondern wurde in dem Durcheinander von Stiefeltern gestohlen und nach Deutschland gebracht. Seit diesem Anstoß kam mehr Bewegung in sein Leben, als dies unbedingt wünschenswert gewesen wäre.

Arja konnte nicht umhin festzustellen, wie doch Menschen unterschiedlich ihr Leben erfahren. Sie konnte nur erneut dankbar sein für das Leben, das sie soweit erfahren hatte. Was ihr aber am meisten zu überlegen gab, war die unerschütterlich positive Einstellung von Martin zum Leben. Soweit hatte Arja nur Freundlichkeit erfahren und nicht einmal auch nur den geringsten Ansatz zu einer Klage. So können nur Menschen sein, die viel erlebt haben, sowohl Gutes, als auch weniger Gutes. Hier weckten ihre Sinne Arja auf, in Wirklichkeit von Menschen mehr lernen zu können, als nur aus Büchern.

Geduld an einem Schlecht-Wetter-Tag wurde schon am nächsten Tag mit Sonnenschein aus einem wolkenlosen, blauen Himmel belohnt. Heidelberg konnte nun seine schöne Seite zeigen. Die alte Stadt hatte sich schon Jahrhunderte am Ausgang des Neckar-Tales gekuschelt in seinen engen

Gassen und Häusern, welche unübersehbar in fester Bauweise den Stempel der Vergangenheit in Stil und Dauerhaftigkeit überliefert haben. An den Berghängen links und rechts des Flusses Neckar ist die Stadt nur begrenzt hinauf gewachsen, so daß die vornehmlich grünen Laubwälder der Stadt ihren natürlichen, schönen Rahmen immer noch verleihen können. Vom höchsten Punkt der Stadt am südlich aufsteigenden Schloßberg, thront das alte Schloss über dem Neckar-Tal. In einem seiner Baulichkeiten beherbergt das Schloss ein schönes aus Holz verarbeitetes Weinfass, welches das größte seiner Art aus der vergangenen Geschichte darstellt. Bei schönem Wetter kann der Blick weiter westlich, talabwärts in die Rheinebene wandern.

In der Stadt selbst überqueren alte Stein-gesetzte Bogenbrücken den Lauf des Flusses Neckar. Über die Brücke und in die Stadt führen noch heute teilweise die alten in Kopfstein gebauten Straßen, welche den Verkehr mit Zeit und Geduld ermahnen, der Geschichte dieser Stadt seinen Respekt zu zollen. Dafür entschädigen dann eine Anzahl von Patrizier-Häusern neben ihrer soliden Bauweise auch noch mit ornamentalen Verzierungen an ihren Fassaden.

Während Martin mit Arja durch die Innenstadt zu Fuß gingen, wies Martin darauf hin, wie verstreut die Abteilungen der Universität nicht alleine nur hier lagen, sondern sich weit außerhalb zur Rheinebene hin versuchten sich besser in einem Platz zu konzentrieren für die Zukunft.

Erster Besuch von Arja in Heidelberg mit Martin

Für Studenten hieß dies damals, viel unterwegs zu sein von einer zu einer anderen Fakultät. Einen ganzen Tag auf einer Besichtigung durch die Stadt zu Fuß unterwegs, bescherte jedem mehr oder weniger müde Beine. Ein Besuch bei Freund Harro kam dem gelegen entgegen, so daß man zur Abwechslung auch einmal wieder gerne sich niedersetzte.

Freund Harro seine Verlobte lebte mit ihm in einer eher romantisch kleinen Wohnung der Altstadt Heidelberg. Viel brauchte man unter Studenten nicht, um sich gut zu unterhalten. Zum Essen brachte jeder etwas auf den gemein- samen Tisch, ansonsten hing es damals noch mehr von jedem selbst ab, was zu einer Unterhaltung beigetragen werden konnte. Da Harro und Martin auf viele gemeinsame Jahre in der Pfadfinder-Bewegung zurückblicken konnten, ergab sich einfach und schnell, in die Unterhaltung mischte sich Gesang und Gitarrenmusik. Unsere Gäste aus Finnland und Schottland wußten von ihrer Seite einen Beitrag zu liefern. Denn man stellt nicht umsonst fest, daß jemand, der reist, immer etwas auch zu erzählen weiß.

Arja verhielt sich etwas zurückhaltend, für sie war diese Unterhaltung aus freien Stücken, wo ein jeder etwas beitrug, noch nicht so sehr bekannt. Sie liebt Musik, hielt sich aber bescheiden zurück, da sie nicht genug vertraut war weder mit Singen, noch mit einem Instrument mitzumachen. Dafür trat Martin umso mehr für Arja mit ein im Singen und Gitarrenspiel. Man sollte nie vergessen, niemand ist überall ‚sattelfest‘ zu Hause. Jeder hat irgendwo seine Stärken. Arja freute sich, eine Neuauflage mit Gitarrenmusik zu erleben, wie Martin in Stockholm bereits ihr hat zukommen lassen. Wie man sich vielseitig unterhält, ohne daß Andere dies für Einen bewerkstelllligen, war in Studentenkreisen damals durchaus Gang und Gebe, schon alleine mit Rücksicht auf den schmäleren Geldbeutel.

Zu der Zeit beruhte das Pfadfinder-Wesen , wie es die Beiden, Martin und Harro noch erlebt hatten, aus vielseitigen Anregungen in selber etwas gestalten und schaffen im Basteln mit verschiedensten Materialien, Gesang sowie instrumentales Üben, vor Ort aus der Natur lernen, darüber hinaus Kenntnisse austauschen, sportliche Disziplinen ausüben, Erste Hilfe richtig wahrnehmen lernen und auch gegenüber anderen Menschen mit Rücksicht auftreten. Solche Leitbilder aus der Jugend, fortgesetzt im Leben, geben einen nachhaltigen Niederschlag in einer Persönlichkeits-Entwicklung, besonders auf Unabhängigkeit hin.

Wie so alles im Leben, sah auch der Aufenthalt von Arja in Heidelberg ein Ende näher kommen. Um den daruffolgenden letzten Tag nicht unnötig mit lange Aufbleiben zu belasten, kam auch hier die Würze in der Kürze zu Hilfe. In einer so ‚romantisch‘ engen Wohngemeinschaft der Altstadt von Heidelberg, blieb es fast wie vorauszusehen war, nicht aus, daß die Nachbarn alleine schon mit Klopfzeichen an der Wand zu verstehen gaben : Ruhe für die Nacht wäre von jetzt an auch ganz schön. Solche nachbarliche ‚Signale‘ waren für Arja etwas Neues. Auf Grund der wesentlich geringeren Bevölkerung in Finnland verglichen mit Deutschland, wohnen in Finnland ein größerer Teil der Bevölkerung in eigenen Häusern. Und im eigenen Haus mit etwas Abstand zum Nachbar ist man bekanntlich auch mehr sein eigener Herr. Allerdings blieb zu

Hause es auch der Mutter von Arja in jüngster Zeit nicht erspart, mit Nachbarn sich zu verständigen und am Abend zum Beispiel vom Klavier-Spielen abzusehen, nachdem die Mutter in einen Wohnkomplex von Mietswohnungen einzog. So zeigt es sich, daß überall in der Welt wir uns den Lebensraum einschränken, ob bewußt oder unbewußt, das Ergebnis wird immer mehr das selbe werden : Wo Menschen auf engerem Raum leben, treten mehr Spielregeln ein, die den Einzelnen in seiner Freiheitswahrnehmung einschränken. Die Lehre sollte daraus sein : Alles können wir nicht für uns in Anspruch nehmen.

Am letzten Tag von Arja in Heidelberg, wartete der Sommer noch einmal kräftig mit Wärme auf. Nicht lange dauerte es, daß alle Vier von uns sich einig wurden, das nächst gelegene nasse Element aufzusuchen. Das Faltboot von Martin und Harro, mit dem sie zwei Jahre zuvor eine abenteuerliche Fahrt aus dem Genfer See in der Schweiz den Fluss Rhone bis nach Südfrankreich an das Mnittelmeer unternahmen, kam jetzt wieder aus seinem Lagerplatz heraus für einen neuen Einsatz, dieses Mal auf dem Neckar. Ein Unterschied vom Start war der, das Boot hatte zuvor lediglich Platz für zwei Insassen angeboten, nun sollte es mit vier Personen sich bewähren. Deshalb prüften wir das Boot mit uns Vieren noch am Rand des Neckars, um festzustellen, wie stabil es im Wasser lag. Jeder stimmte zu, im Boot auf dem Neckar eine Fahrt zu versuchen.

Kurz nachdem das Faltboot "Lilofee" in den Neckar flußabwärts gestochen hatte mit den zwei Parteien als seine Insassen, ließ uns das Boot wissen, daß es mit seiner Ladung nicht einverstanden war. Das Ergebnis wurde, das Boot kippte um, wir alle gingen über Bord. Jeder lachte über den Vorfall, außer einer Person, die Verlobte vom Freund Harro. Sie verschwand im Wasser, landete wie ein Stein auf dem Flussbett. Sie machte auch keine sichtbaren Anstalten, von dort wieder nach oben an die Wasseroberfläche zu kommen. Harro, der ein guter Schwimmer war, tauchte sofort hinunter die höchstens einundeinhalb Meter Tiefe an dieser Stelle des Flusses. Er war auch der Einzige, der wußte, daß seine Verlobte nicht schwimmen konnte. Wie leider so oft, wandte sich der Gerettete gegen seine Retter mit Beschuldigungen, wobei vergessen wurde, jeder entschied für sich selbst, ins Boot mit einzusteigen.

Arja bemühte sich dann, die betroffene Partei zu beruhigen, jedoch erfolglos : Die Anderen waren schuld, daß es dazu kam. Der Ausflug kam schnell zu einem Ende und der Tag erfuhr eine Unterbrechung von dem, was ursprünglich geplant war. Die Wege der Parteien trennten sich, obwohl kein Grund dazu vorhanden war. Die Partei Martin und Arja ließen auf der anderen Seite sich den Tag nicht so leicht verderben. Der Spaß, etwas weiter zu unternehmen, war den Beiden nicht abhanden gekommen. Das schöne, außerordentlich warme Wetter nutzten sie für einen Ausflug zu Fuß auf dem ,Philosophenweg' auf einer leichten Anhöhe der gegenüber liegenden bewaldeten Bergseite zur Stadt Heidelberg. Eine Bank am Rande des Weges lud ein, die Stadt unterhalb mit dem Neckar sich ohne Eile gemütlich anzuschauen. Enge Dächer schirmten enge Häuser und enge gewundene Straßen suchten dazwischen mit ihrem Kopfsteinpflaster einen Weg durch dieses Labyrinth, welches die Geschichte lange gewährt hat zu bauen.

Vor solchem romantischen Blickfeld, jedoch aus nützlicher Entfernung ließ Martin es sich nicht nehmen, Arja auch mehr persönlich anzusprechen :" Ich freue mich über Deinen Besuch so sehr, daß ich Dich gar nicht mehr weggehen lassen will. Bist Du mir böse, wenn ich so offen zu Dir spreche ?"

Arja hörte sehr wohl, was Martin gesagt hatte. Sie fand jedoch nicht die passenden Worte dafür. Ihre nicht zu übersehende Antwort sprach aus ihrem Gesicht mit einem Lächeln. Die Gelegenheit fasste Martin beim Schopf, indem er aus seiner Tasche in einer kleinen Schatulle einen goldglänzenden Monogrammring hervorholte mit den Worten :

„Als Zeichen unserer Freundschaft möchte ich gerne, daß Du diesen Ring behälst."

Arja kann sich noch gut erinnern, wie sie reagierte :

„Wie bitte ? Das kann doch nicht wahr sein ! Mir fehlen die Worte, ich bin ganz verlegen rot über das ganze Gesicht."

Martin fuhr fort .„Den Ring hatte ich vor fünf Jahren selbst hergestellt. Wie Du siehst, er trägt auch mein Monogramm. Lehne dieses Geschenk von mir bitte nicht ab, es soll unsere Freundschaft auch über diesen Augenblick hinaus festigen."

Der Ring sah tatsächlich sehr schön aus. Ich hatte nicht gewagt, ihn zurück zu geben. Einen Kuß ließ ich allerdings nicht zu mit den Worten :"Ich bin nicht eine von denen, hinter denen die Männer her sind."

„Für mich bist Du eine besondere Arja. Unter keinen Umständen möchte ich, daß Du die Freude an unserer Freundschaft verlierst."

Der darauffolgende Tag, wie konnte er anders sein, als der Sonne das Gesicht zu verwehren mit einer dicken Wolkendecke am Himmel, aus dem leicht Regentropfen die Abfahrt von Arja, zunächst mit dem Zug traurig verkündeten. Martin brachte Arja's Koffer bis zu ihrem Sitz im Zug, wo er auf der Gepäckanlage über dem Sitz den Koffer versorgte. Nur wenige Minuten hielt der Zug. Martin ließ es sich beim Abschied nicht nehmen, entsprechend der Empfehlung, in der Kürze liegt die Würze, Arja zu umarmen und ihr auf dem Heimweg noch einen Kuß mitzugeben. Arja zeigte sich in dieser Eile noch nicht gerade begeistert. Während der hoch-moderne Zug mit unglaublicher Geschwindigkeit nach Norden fuhr, ging Arja die Zeit in Heidelberg wie ein Bilderbuch durch den Kopf. Viele der gesprochenen Worte kamen ihr in Erinnerung. All zu lange jedoch nicht, denn vor ihr lag die neue Aufgabe an der Universität in Turku.Hinzu gesellte sich ein Zwischenfall auf dem Schiff von Lübeck nach Helsinki in Finnland. Einer der vielen Passagiere mußte Arja ungesehen den Geldbeutel entwendet haben, während sie in ihrem Decksitz schlafend in Gedanken versunken war. Arja bemerkte dies allerdings erst,als sie vom Schiff in Helsinki abging. Ein nicht geringes Problem forderte Arja, eine Lösung zu finden, wie sie das letzte Stück ihrer Reise nach Turku hinter sich bringen konnte ohne Geld. Da sie am Abend in Helsinki angekommen war, erschwerte die einbrechende Nacht nur noch ihre Situation so alleine auf weiter Flur in der Großstadt Helsinki. Wie Arja jedoch ziemlich schnell herausfinden konnte, war sie nicht alleine geblieben mit dem Problem, wie weiter nach Turku zu kommen und zwar, möglichst so schnell wie möglich. Sie hatte keine Lust, die

Nacht hier in Unsicherheit verbringen zu müssen.

Einer kleinen Gruppe anderer Passagier von dem Schiff schloss sich Arja an, da alle von ihnen berieten, wie von hier am besten nach Turku zu kommen. Vier aus dieser Gruppe entschieden mit Arja, ein Taxi zu nehmen und die Kosten für jeden durch fünf teilen. So kam es dazu, daß Arja mitten in der Nacht vor der Wohnung der Mutter ankam. Den Taxi Fahrer bat sie, einen Moment sich zu gedulden, bis sie in der Eile gerade noch so viel aus ihrer Spardose zusammenkratzen konnte, um ihren Teil der Taxi-Gebühren zu bezahlen.

Sobald der Taxi Fahrer wieder das Weite gesucht hatte, nahm die ungehaltene Mutter ihre Tochter ins Gehör :

„Was fällt Dir ein, so aus dem Blauen nach Hause zurück zu kehren und meinen so dringend notwendigen Nachtschlaf zu stören ? Was sehen meine Augen ? Was hat Dein Brieffreund mit Dir gemacht ? Du wirst Dich doch nicht so schnell an Ihn gebunden haben ! Der Ring sieht zwar schön aus, ist aber hoch-verdächtig ! Hoffentlich hast Du Deinen Verstand nicht verloren !"

Arja zögerte nicht, darauf schnell zu antworten :"Mama, ich habe mich auf nichts eingelassen. Der Ring ist ein persönliches Geschenk von Martin für unsere Brief-Freundschaft."

„Ah, so ist das ! Und nichts anderes ? Mit Dir ist sonst alles in Ordnung ? Dies ist am Ende das Wichtigste ! Jetzt schauen wir besser, daß wir schnell für den Rest der Nacht eine gute Mütze voll Schlaf noch beide bekommen können. Morgen wird noch Zeit genug sein, wenn ich von der Arbeit zurück gekommen bin, mir von Deiner Reise zu erzählen."

Die Nachricht vom Ring an der Hand von Arja verbreitete sich wie ein Feuer. Um Gerüchte nicht unnötig noch mehr zu schüren, nahm Arja den Ring vom Finger weg und versorgte ihn in ihrer Schmuck-Schatulle. So richtig froh über den Empfang zu Hause wegen dem Ring wollte Arja so gar nicht sein. Ihre erste Antwort darauf wurde, sie schrieb Martin nicht mehr.

Die Anforderungen mit dem Besuch der Universität in Turku, ließen mit der Zeit alles andere in den Hintergrund treten. Arja teilte von nun an die Wohnung in der Stadt mit der Mutter. Das Studium der Protestantischen Theologie erforderte zu Beginn das Erlernen der Alt-Hebräischen Sprache, in welcher das Alte Testament ursprünglich geschrieben war.

Arja hielt sich entschlossen daran, die Briefe von Martin nicht mehr zu beantworten. Martin hörte allerdings nicht auf, dennoch weiter zu schreiben. Ende des Jahres

1966 mußte Martin sich auch überlegt haben, ob er weiter schreiben sollte. Dies wollte Arja in Wirklichkeit aber auch nicht. Also raffte sie sich auf und schickte Martin lediglich ein Schallplatte mit finnischen Liedern, in der Hoffnung, den Brieffreund nicht zu verlieren. Da der Schallplatte keine Zeile beigefügt war, und Arja dies erst später herausfand, weil die Zeilen bei ihr aus Versehen zurückblieben, schrieb Martin ziemlich enttäuscht zurück :"Wenn Du nicht mehr schreiben willst, dann hat es auch keinen Sinn mehr, daß ich weiter Dir schreibe.Wenigstens von mir kann ich sagen, dies macht mich sehr traurig. Wie steht es damit mit Dir ? Kannst Du wirklich unsere gemeinsamen Stunden so ohne weiteres der Vergessenheit anvertrauen. Ich werde erst wieder schreiben, wenn Du Dir gut überlegt hast und wieder schreibst."

„Der arme Schlucker braucht eine Aufheiterung", dachte sich Arja, als sie die Zeilen las. Ein Brieffreund ist ein Brieffreund und sollte keinen Grund haben, über eine Freundschaft den Stab zu brechen. Um etwas einzulenken, schickte Arja zur Abwechslung auch eine kleine Schallplatte mit Liedern der Maoris aus den fernen Fidji-Inseln, welche sie besonders gerne anhörte. Die Schallplatte war ein Geschenk einer Brieffreundin aus Neuseeland. Diese Brieffreundin hörte plötzlich auf weiter zu schreiben, nachdem ihr erst kürzlich Verlobter bei einem Auto Unfall tragisch sein Leben verlor. Diese Nachricht gab Arja zu denken, wie doch das Schicksal einen Menschen, gleich wie nahe er einem steht, ihn so plötzlich wegnehmen kann. Spielen wir besser nicht mit dem Schicksal, wer weiß, wie viele Wertschätzung andere Menschen für uns haben können, ging Arja durch den Kopf.

Im Briefkontakt mit der Neuseeländischen Freundin erfuhr Arja über die Maoris und ihre Sprache, daß das Wort „Kari", welches übrigens der Familien Name von Arja ist, soviel heißt, wie „Nein". – „Sollte ich mich mit meinem Familien Namen wirklich mit „Nein" identifizieren?" Dieser Anstoß zum Nachdenken bewegte Arja, besser dem „Nein" die Absage zu erteilen und Martin wenigstens ab und zu wieder zu schreiben.

Martin, auf der anderen Seite, nahm den ‚Schreibfaden' vorsichtig auch wieder auf. Ein Durchbruch in der spärlichen Korrespondenz trug sich zu, als Martin zu Beginn des Jahres 1967 Arja kurz mitteilte, er werde an einer Expedition nach Kleinasien und Nordafrika teilnehmen : „Wenn Du willst, kannst Du mir wenigstens ein paar Worte an diese Adresse der Deutschen Botschaft in Kairo, Ägypten, nachkommen lassen." Was bei Arja einen Sturm der Begeisterung auslöste, waren diese weiteren Worte von

Martin : „Wäre es nicht schön, wenn auch Du auf dieser Reise sein könntest ?"

Zum ersten Mal erfuhr Arja, sie könnte diese Freundschaft verlieren. Von diesen Zeilen war sie so angetan, sie wachte förmlich wie aus einem Dornröschen-Schlaf auf, oder die Schuppen fielen ihr von den Augen, daß sie sich eingestand :"Was für ein unglaublich interessanter Mensch doch dieser Brieffreund Martin ist !"

Nun ging es wieder los mit Briefe schreiben. Auch zum ersten Mal nicht mehr in der englischen Sprache, sondern zur Abwechslung in der deutschen Sprache. „Meine Deutsch-Kenntnisse waren nicht gerade die Besten, aber ich erfuhr, wo ein Wille ist, da ist auch ein Weg." – Etwas mußte in Arja geschehen sein, sie fühlte selbst die plötzliche Veränderung in ihr und mit ihr. Auf einmal wollte der Gedanke an ihren Brieffreund sie nicht mehr verlassen.

Die Semesterferien an der Universität in Turku konnten nicht schnell genug ankommen. Arja plante wieder nach Stockholm zu gehen, um etwas Geld für das Studium sich selbst zu verdienen in dem ihr bekannten Hotel. Gleichzeitig aber auch den heimlichen Wunsch hegend, daß ein Treffen mit Brieffreund Martin dort noch einmal stattfinden könnte. – Einer guten Mutter, wie der von Arja, entging der Frohsinn der Tochter nicht. Sie hielt nicht zurück, Arja mit mütterlichem Rat aufmerksam zu machen : „Nur einmal schön langsam mit den , jungen Pferden'. Du bist verliebt bis über den Hals und die Ohren. Lass die Zeit für Dich arbeiten und verlier Dein gutes Urteil nicht. Im Leben gehen wir alle durch solche Phasen. Es hängt auch viel von uns ab, ob sie schön sind und bleibend ! Je mehr eine Beziehung Vorbereitung erfährt, desto mehr ist sie später gewappnet gegen die unvermeidlichen Schwankungen im Leben ; Eile hatte schon immer Weile mit dem Nachsehen gebracht. Wir verstehen uns doch, denn Du bist nicht umsonst eine kluge Tochter. Lerne wenigstens aus meinem Leben für Dein Leben. "

Kapitel 8

Schweden-Deutschland

Finnland / Verlobung

Der Sommer 1967 ließ nicht mehr lange auf sich warten. Auch Arja konnte es nicht abwarten, wieder nach Stockholm mit dem Schiff zu reisen. Den Ring von Martin ließ sie in der Schatulle zu Hause nicht zurück, in der Hoffnung, Martin wieder treffen zu können.

Dieses Mal hatte Arja die Adresse der „Heilsarmee in Stockholm" (Salvation Army of Stockholm), wo sie Arbeit fand auf Grund der Fürsprache eines anderen finnischen Mädchens. Dieses Mädchen hieß Marja, sie war genau so alt wie Arja, sie trafen sich noch in Turku, so daß diese Vereinbarung für einen gemeinsamen Arbeitsplatz in Stockholm während den Semesterferien zustande kam.

Der Arbeitsplatz dann in Stockholm enthüllte für beide Mädchen eine ganz andere Welt, als diejenige, in der sie von zu Hause geschützt aufgewachsen waren. Arja und Marja blieben eng beieinander, um den fragwürdigen Anspielungen und Aufdringlichkeiten einiger Insassen aus dem Weg gehen zu können. Wenn versucht wurde, Eine von ihnen isoliert zu rufen für einen Zimmer-Service, antworteten sie stets geschlossen zusammen. Nicht lange dauerte es für die beiden Mädchen herauszufinden, was so alles hinter der Kulisse geschlossener Zimmertüren sich abspielte. Die günstige Unterkunft durch die Heilsarmee-Organisation lockte alle möglichen und unmöglichen Verhältnisse an. So erhielten die Mädchen zum Beispiel auch einmal aus einem Badezimmer einen Service-Ruf, welches den meisten Teil des Tages verschlossen geblieben war. Die Türe eröffnete bereits nur halb geöffnet, daß in der Badewanne Männchen und Weibchen sich gegenseitig erfreuten. Ihre Anwesenheit sollte keine Rolle spielen, wenn es darum gehen sollte, die Unordnung und zurückgelassene Schweinerei mit Kleidern am Boden, Geschirr mit Essenresten, Bierflaschen und weiß Gott was noch, im Badezimmer wieder in Ordnung zu bringen. Die beiden Mädchen, Arja und Marja, setzten keinen Fuß in das Badezimmer. Noch von der Türe gaben sie zu verstehen, wenn das Badezimmer geräumt ist, erst dann wird der Aufräumdienst beginnen können. Arja und Marja lag es fern, diesen Verhältnissen sich anzuschließen.

Dafür kamen in der Adresse fast regelmäßig wie ein Glockenschlag rote Briefumschläge mit Briefen von Martin an. Die Verwaltung des Hauses ließ Arja jedes Mal bereits aus Gewohnheit wissen : „Fräulein Arja, ein roter Brief ist für Sie wieder eingetroffen." Im gemeinsamen Zimmer teilte Arja mit Freundin Marja durchaus den Inhalt der Briefe, denn Arja wollte mit der Unterstützung von Marja besser die Briefe in der Deutschen Sprache beantworten. Hier nahm in Worten eine Zuneigung ihren Lauf mit :"Ich bin verliebt in

Dich." Beide, Marja sowie Arja ,saßen jedes Mal auf Kohlen', wenn sie auf den Antwortbrief von Martin warteten. Lange mußten sie ein jedes Mal nicht warten. Martin öffnete sich auch in seinen Briefen, meldete seine Ankunft in Stockholm in wenigen Tagen an.

Freundinnen, Marja und Arja

Arja war außer sich vor Freude, sie erwähnte gegenüber Marja, wie sehr sie beeindruckt war von der Entschlossenheit Martins, in seinem Leben zu handeln und nicht abzuwarten, bis etwas eventuell sich ihm offenbart. Schon damals äußerte sich Marja gegenüber Arja :"Was für eine wunderbare Romantik hat Euch beide zusammen geführt ;

dies ist eine einmalige Liebes-Geschichte !" Sie nahm damals ihren Lauf und begleitete sie durch ihr ganzes Leben.

Das Warten von Arja in Stockholm auf die Ankunft von Martin hielt sie im Atem Tag und Nacht mit Wünschen und Hoffnungen, wie nie zuvor. Die Sorge zwischen den Wünschen und den Hoffnungen legte sich allerdings in dem Augenblick, als Martin im Zentral-Bahnhof von Stockholm aus dem Zug ausstieg. Martin strahlte nur Zuversicht aus. Einen erneuten roten Nelkenstrauß ließ er die Eingangsworte aussprechen. Daraufhin schloss er mich fest in seine Arme, zwei Augenpaare strahlten vor überschwenglicher Freude, welche sich in beiden Gesichtern fortsetzte. Arja fühlte sich so sicher und glücklich, jetzt wollte sie den Kuss von Martin auch erwidern.

Arja erinnert sich an diese schöne Zeit zusammen in Stockholm :"Das Wetter spielte mit herrlichem Sonnenschein und angenehmer Lufttemperatur mit, so daß alles Andere auch einen schönen Ausgang haben sollte. Wir hatten so viel uns zu erzählen, wir merkten gar nicht mehr, wie weit wir zu Fuß vom Bahnhof bereits durch die Stadt gegangen waren, als wir dann plötzlich vor dem ‚Heils-armee-Platz' standen. Meiner Zimmer-Kollegin Marja hatte ich versprochen, sie mit Martin bekannt zu machen. Martin war auf der Wertskala für mich jetzt ganz oben angekommen. Von jetzt ab das Leben gemeinsam weiter zu führen, bekam ein unbeschreiblich tiefer Wunsch in mir. Zwischen uns bewegte sich etwas, was ohne Worte erkennen ließ, wir beide empfanden dasselbe. Marja beglückwünschte mich nur noch: Arja, Du hast das Glück in Deinem Leben gefunden. Es ist nicht schwer für Außenstehende dies zu erkennen!"

Arja & Martin in Stockholm, 1967

Der Aufenthalt von Martin war zumindest von Arjas Seite dieses Mal nicht länger möglich, als noch der darauffolgende Tag. Arja konnte nicht mehr Zeit von der Arbeit frei nehmen. Bei dem schönen Wetter nutzten wir die Zeit gerne in einem Park auf einer Bank, viel miteinander zu reden. Wir tauschten unsere Gedanken aus, wie wir ein Leben zusammen führen können. Martin vertraute ich folgende Worte an :"Du bist die wichtigste Person in meinem Leben geworden, ich möchte von nun an mein ganzes Leben mit Dir zusammen sein ."Martin antwortete daraufhin mit folgender Frage :" Arja bist Du bereit, meine Frau zu werden ?" Ich konnte nur mit dem Kopf nicken, mich freuen, brachte aber kein Wort heraus. Keine Worte waren mehr notwendig, die Freude war auf beiden Seiten zu groß. Am nächsten Morgen traf ich Martin bei der Jugendherberge, wo er übernachtet hatte. Dieses Mal brachte ich einen Blumenstrauß, mit dem Gedanken, mich so bei den Stiefeltern von Martin einzuführen und er für mich zunächst die Blumen überreichte. Wir waren überzeugt, vieles Wesentliches hatten wir angesprochen, der Abschied fand dann in voller Zuversicht statt. Unser Plan für die Zukunft war einfach : Arja bleibt die restlichen Wochen in Stockholm und kommt anschließend mit dem Zug nach Deutschland, wo Martin sich an die Gepflogenheiten anlehnen wollte, Arja seinen Eltern, wenn es auch die

Stiefeltern waren, vorzustellen.

„Meine Mutter zeigte sich nicht überrascht, als sie von meinen Plänen erfuhr :"Du bist alt genug, die Entscheidungen für Dein Leben auch selbst zu fällen. Alles was für mich übrig bleibt, ist die Hoffnung, alles läuft gut für euch beide. Martin hatte einen guten Eindruck in Finnland hinterlassen."- Dies war in wenigen Worten gesagt, was meine Mutter in einem Brief an mich nach Stockholm schrieb, noch bevor ich in den Zug nach Deutschland einstieg. Je näher ich dem Ziel in Deutschland kam, desto aufgeregter wurde ich, wie ich mit einer Vorstellung bei Martins zu Hause zurecht kommen werde. In einem war ich sicher, Martin wird mir behilflich sein."

„ Als der Zug in Heidelberg einlief, meldeten sich die vorausgegangenen Erinnerungen so deutlich bei mir, ich mußte hier zuerst einmal aus dem Zug steigen, um mich wieder selbst zu finden. Am Telefon meldete ich mich dann in Ettlingen, etwas weiter südlich von Heidelberg gelegen, bei der Adresse von Martins zu Hause. Martin konnte zuerst amTelefon nicht verstehen, warum ich von Heidelberg anrief. Schnell schaltete er allerdings, gab mir das Selbstvertrauen zurück, damit ich das letzte Stück bis zu der nahe gelegenen größeren Stadt Karlruhe mit der Bahn noch kam.

Von dort erwähnte Martin, werde er mich abholen."

„Die Unterbrechung in Heidelberg half mir, mein Selbstvertrauen wieder zu finden. In Karlsruhe dann, wartete Martin tatsächlich am Bahnsteig meines Zuges auf mich. Was für eine Erleichterung war dies für mich ! Der alte Volkswagen-Bus , in dem Martin gekommen war, mich abzuholen, war für mich unwichtig. Für mich war wichtig, wer der Fahrer war." Im Auto erwähnte Martin nur kurz, ein Problem wollte sich in den Weg stellen mit dem Auto von den Stiefeltern, weil sie sich verunsichert fühlten, einen „Fremden" in der Familie einmal zu haben. Der Ausweg war der Volkswagen-Bus vom Freund Dirk aus der Nachbarschaft, mit dem Martin in Afrika gewesen war. Zu Hause bei Martin kam wenigsten ein halbes Entgegenkommen von der Seite des Stiefvaters zustande :"Die Finnen sind ja auch anständige Menschen."

Eilig waren auch ein paar Familienmitglieder zusammen getrommelt worden, um zumindest einen Blick auf jemanden von Finnland zu gewinnen. Entsprechend ihrer Natur, verhielt sich Arja sehr zurückhaltend. Zumindest einige der älteren Generation in der Familie gewannen Sympathie für Arja, auch schon deshalb, weil Arja sich bemühte , in der deutschen Sprache die vielen an sie gerichteten Fragen zu beantworten. Die erste Gegenüberstellung mit jemandem aus Finnland konnte schon deshalb nicht all zu lange währen, da bereits die Ankunft von Arja in den Abendstunden statt fand. Als es dann zu der Rede von einer Nachtruhe kam, versäumte die Stiefmutter von Martin nicht, daß alles seinen ‚rechten Weg nahm‘ und Arja in einem Zimmer für sich alleine schlafen konnte.

Am nächsten Morgen beim Frühstückstisch wollten die Stiefeltern von Martin es genau wissen, was unsere Pläne für die Zukunft waren. Auch versäumten sie nicht, ihren Standpunkt uns klar zu machen :"Wir sehen Martin lieber verheiratet, als sein Leben alleine zu führen, wie er uns mehr als einmal hat wissen lassen. Zunächst sollte er sich um sein Studium kümmern, bevor er Verantwortung für jemanden anderen übernehmen sollte."

Arja hatte dazu nichts hinzuzufügen, denn von Martin wußte sie bereits ohnehin, daß er für sich selber aufkam und keine Unterstützung von zu Hause erhielt. Geschickt lenkte Martin das Thema auf unser Anliegen, der Familie auch in Deutschland unsere Verlobung mitzuteilen. Um die Sache zu verdeutlichen, hob Martin hervor :"Wir sind zuerst zu Euch gekommen,Euch einzuladen, diesem bedeutsamen ersten Schritt im Leben von jedem jungen Paar eines Mannes und einer Frau, zuzustimmen. Wir werden unser Leben, wie wir es bisher gehandhabt haben, auch weiterhin wissen zu führen, von nun an gestärkt zu Zweit. Ihr könnt Euch Uns anschließen, im gegebenen Fall auch Abstand nehmen. Dies überlassen wir Euch, denn niemand kann gezwungen werden, dem Glück Anderer zuzustimmen."

Die Zweifel auf der anderen Seite suchten vorerst einen Unterschlupf, weg aus dem sichtbaren Feld. Denn als Martin erwähnte, daß seine Stiefeltern die Ersten waren, die von unserem Schritt in Kenntnis gesetzt wurden, blieb ihnen nicht viel übrig, als zumindest mit ihren Argumenten sich zurück zu halten. War dies nicht auch eine gute Gelegenheit, Mißstimmung aus der Vergangenheit zu vergessen und einem neuen, gemeinsamen Schritt die Zustimmung zu geben ? Die Vorgespräche in Stockholm zwischen Arja und Martin fielen dann in Deutschland doch noch auf fruchtbaren Boden.

Die Familie aus nah und weniger nah erhielt die Neuigkeit von der offiziellen Verlobung des „geleuterten Lausbuben" Martin. An dem Samstag Nachmittag der Woche trafen in der Tat eine ganze Anzahl neugieriger Augen in Ettlingen bei den Stiefeltern ein. Arja war etwas ‚aufgekratzt' , weil sie nicht gewohnt war, der Mittelpunkt zu sein. Ihre praktischen Deutsch-Kenntnisse wurden auch von allen Seiten stark in Anspruch genommen. Alles in

Allem stand Arja ihre Frau als künftige Schwiegertochter sehr vorsichtig zurückhaltend, aber gut. Unter den geladenen Gästen waren zum Glück auch solche Personen, die sich ganz gut in die Lage von Arja versetzen konnten und mit mehr Verständnis Ihr gegenüber getreten waren. Wiederum Andere hingegen, waren nach ihrer Teinahme mehr nach dem Seitengeschehen zu schließen, gekommen, keine Neuigkeit zu verpassen. Wenn nur Augen auch hier alles hätten aussagen können, was so mancher Hinterkopf im Versteckten sich dachte, hätte es Arja noch schwerer gehabt, wenn Martin nicht geschickt den Schlichter zwischen Neugierde und Höflichkeit unter den Anwesenden gespielt hätte. Die Brücke schuf sowieso die Übereinstimmung der Verlobten, das Leben gemeinsam zu meistern, auch wenn dies gegen Widerstände sich richten sollte. Der beste Weg mit anderen Menschen war schon immer : Erfährt man eine Ohrfeige, lächelt man zurück.

Die Bahnfahrt nach Finnland am nächsten Tag konnte nicht früh genug kommen. Arja und Martin haben sich gut geschlagen gegeben. Sie erfuhren dadurch nur selbst die Bestätigung, wie fest ihr Entschluss für ein gemeinsames Leben stand.

In Finnland hatte die Neuigkeit der Verlobung seiner Tochter den Vater Petteri auch erreicht. Da er den künftigen

Schwiegersohn noch nicht zu Gesicht bekommen hatte, mahnte er aus bitterer Erfahrung des Zweiten Weltkrieges Arja :"Was, mit einem Deutschen willst Du Dich verloben ? Das ist noch schlechter, als mit einem Russen !" Im Krieg erlebte Petteri in erster Linie die Russen, damals waren sie für ihn ein Übel genug. Nationalität sollte jedoch kein Maßstab für einzelne Personen sein. Sprechen wir von Nationalität, vermischen wir zu leicht Politik mit ihr. Der einzelne Bürger muß sich aber nicht unbedingt mit der Politik seines Landes, seiner Nation, identifizieren.

Sobald das Schiff im Hafen von Turku ankerte, wartete Arjas Vater mit dem Auto, um möglichst gleich einen ersten Eindruck von dem Mann zu bekommen, der um die Hand seiner Tochter anhielt. Keine Überraschung fand statt, alles lief bestens über die Bühne. Martin reichte mit einem guten Händedruck seine Hand Petteri, der nicht nachstand , einen Männer-Händedruck zu erwidern. Erste Zweifel verflogen nicht nur im Handumdrehen, sondern bereits mit einem Händedruck und einem gegenseitigen geraden Blick in die Augen.

Arja erinnert sich noch an dieses Gegenüber von Martin mit Petteri:"Aha ! Ich wußte ja, Martin bestand den Test eines Mannes in den Augen von Petteri ; ein Mann ist ein Mann,wenn er eine Herausforderung mit Stärke beantworten kann." So kannte Arja ihren Vater, wie er Menschen beurteilte.

Als nächstes nahm Petteri Stellung zu den Blumen in der Hand von Martin :" Die Blumen in Deiner Hand sehen zwar schön aus, aber in Finnland reichen Männer sich keine Blumen."

Arja half im Finnischen aus, Klarheit zu schaffen: "Die Blumen sind den ganzen Weg von Deutschland mitgekommen, Martin hat sie für die Mutter vorgesehen."

Petteri lachte über sein ganzes Gesicht :"Frauen lieben Blumen. Sie sagen ihnen mehr aus, als Männer dies können."

In einer positiven Note sollte nicht vergessen werden, daß Martin seine ersten Worte gegenüber Petteri in der finnischen Sprache anbrachte, selbst wenn sie nur wenig finnisch klangen :"Hyvää päivää Petteri, minä olen Marti, mitä kuulu ?" (Guten Tag Petteri, ich heiße Martin, wie geht es Dir?)

Vom Hafen ging die Fahrt im Auto mit Petteri, Arja und Martin zuerst durch die Stadt zu dem Sommerhaus in Auvaisberri. Die Mutter hatte Martin schon einmal gesehen. Den Blumenstrauß nahm sie richtig frohgesinnt aus seiner Hand in Empfang. Dieses Mal waren es gelbe Tulpen, auf den Hinweis von Arja hin, die Lieblingsfarbe sowohl von der

Mutter, als von der Tochter. Martin umarmte die Muttter mit folgenden Worten an uns beide gerichtet :" Das Glück sieht man euch an, ich schließe mich gerne Euerem Glück an."

Die Begrüßung mit der Bekanntmachung konnte nicht besser gelaufen sein. Vom ersten Moment an, Arja und Martin setzten Fuß auf finnischem Boden, alles lief einen natürlichen Weg, ohne irgendwelche Fragen. Es war nicht schwer festzustellen, daß Martin der Mutter und dem Vater gefallen hat. Zur gleichen Zeit rückten wenigstens vorübergehend die unterschiedlichen Auffassungen der beiden Elternteile soweit in den Hintergrund, daß die wichtigere Zukunft der Tochter ungestörten Lauf erhielt.

Die ersten Tage vergingen in Finnland in einer Ferien-Stimmung, welche mit sich einschloss den in Finnland beinahe obligatorischen Sauna Besuch, Schwimmen, Boot fahren, Fisch Fangen, Beeren im Wald pflücken, den Nachbarn und Freunden der Familie Guten Tag sagen. Während einem Aufenthalt auch in der Stadt, schauten sich Arja und Martin um nach für sie geeignete Ringe, einfach und dennoch schön die Gelegenheit helfen zu unterstreichen.

Hier in Finnland richteten die Eltern von Arja es so ein, daß zuerst die engste Familie unter der Woche der Verlobung in einem festlichen Rahmen die Zustimmung gab. Am Wochende waren dann die weitere Familie, Freunde und Bekannten geladen, sich der Festlichkeiten anzuschließen.

In der mit Fenstern geschlossenen Veranda war der Tisch festlich gedeckt, Kerzen in schönen Ständern luden die Mutter Tysse, den Vater Petteri und die Verlobten Arja mit Martin stilvoll ein, diesen Schritt mit der nachfolgenden Jugend richtig finnisch zu feiern. Der Sommer-Monat August sandte noch spät bis in die Abendstunden sein Tageslicht, so daß vom Tisch in der Veranda der Blick hinaus auf einen der unzähligen Wasserarme vor der Südküste von Finnland frei bis zu den grünen, meist Nadelbäumen bestandenen Scheren-Inseln wandern konnte. Völlige Ruhe lag über dem Wasser und dem Wald.

Auf dem festlich gedeckten Tisch mit flachem Teller und tiefem Teller für jeden, verschiedenes Besteck für die verschiedenen Speisegänge, unterschiedliche Gläser für die ausschließlich alkoholischen Getränke, gesellte sich aus der Küche des Hauses Essen nach finischer Vorstellung wie : Fisch, Fleisch, Kartoffeln, Nudeln, Salat, Eintopf, frische Waldbeeren, Früchte wie Äpfel, weiße und blauen Trauben aus fernen südlich gelegenen Ländern, selbst einzelne Bananen und Orangen, welche damals nicht so selbstverständlich erhältlich waren. Die Wahl der Gläser richtete sich nach Champagner, Wein, Bier oder hochprozentigen Spirituosen, welche jedem Essengang nach Wahl und Belieben folgten.

Wir alle Vier saßen festlich gekleidet am Tisch, auf der einen Seite die Eltern, der Gegenseite die Verlobten. Während die Männer im offiziellen Anzug mit Krawatte erschienen, war die andere Seite etwas aufgelockerter gekleidet in leichtem, langen, farbigen Blumen-Ornamenten geschmücktem langen Kleid, an dem nur der Oberam leicht weit gerafft war. Beide, die Mutter und die Tochter Arja sahen so hübsch aus, als hätten sie beide ihrer Verlobungsfeier beigewohnt.

Kein Zeichen der bedauerlichen Trennung vor Jahren der beiden Elternteile. Hier galt es, neu positiv in die Zukunft zu blicken und alles Negative zurück zu lassen. Die Mutter und der Vater gaben einstimmig und mit offenen Armen ihre Zustimmung für Arja und Martin, ihr Leben gemeinsam zu führen. Petteri verfehlte nicht, seinen guten Humor der Festtafel hinzuzufügen. Der Stopfen der Champagner-Flasche schoß mit richtigem Knall an die Zimmerdecke, nicht aber auch nur einen Tropfen außerhalb den Gläsern zu verschwenden, wenn es darum ging, die Gläser zu füllen. Hoch gingen die Gläser zum Anstoßen über den Tisch und innerhalb der Familien Tradition stellte der

Petteri bei seiner ‚Lieblings-Beschäftigung‘, 1967

zukünftige Schwiegersohn die Frage den Eltern seiner Verlobten :" Darf ich Euch, Tysse und Petteri, um die Hand Euerer Tochter Arja bitten ?"

„Martin hatte die Worte in der finnischen Sprache sich vorbereitet. Seine innere Erregung brachte ihn jedoch soweit, daß er mitten im Satz den Faden verlor. Er brauchte nicht lange nach Hilfe zu mir schauen, fast ohne Unterbrechung brachten wir die Worte gemeinsam zum Ende. Die Mutter und der Vater auf der Gegenseite lachten nur und hatten ihren Spaß, mit dem Kopf ihr Ja-Wort zu nicken. Die Gläser mit dem Champagner kamen dann von dem Tisch, ihr Klingen vom leichten Anstoßen bekräftigte die Worte : „Ja , gerne geben wir unsere Zustimmung."

Die Mutter und der Vater hielten die zwei goldenen Ringe bei sich. Nach dem Champagner-Schluck reichte die Mutter einen Ring dem Martin und Petteri den anderen Ring der Tochter Arja. Daraufhin war Martin zuerst angehalten, den Ring Arja auf den Ringfinger ihrer linken Hand zu führen und Arja wiederholte dasselbe bei Martin mit ihrem Ring. Der innige Kuss der Neu-Verlobten siegelte dann die Verlobungs-Zeremonie. Den Festlichkeiten stand dann nichts mehr im Wege. Bis in den frühen Morgen des nächsten Tages ließ das Feiern es sich nicht nehmen mit Essen, Trinken, finnischen Liedern, auch einige deutsche Lieder beigetragen von Martin und zuletzt auch noch englische Lieder aus dem Mund der jüngeren Generation.

„Im Laufe des Abends mischte Petteri heimlich dem neu gebackenen Schwiegersohn etwas scharfen Alkohol in sein Weinglas, um herauszufinden, was für ein Mann er abgibt unter Alkohol-Einfluß. Auch aus dem Grund prostete Petteri dem Martin unentwegt zu. Der Mutter mußte so ein ‚verstärkter‘ Trunk selbst entgangen sein, denn zusammmen mit Martin tauschten sie Schwierigkeiten in der Magengegend ein. Nur Arja entging solchem ‚Prüfstein‘. Petteri war ohnehin ein ‚Klotz von einem Prüfstein‘, den kein Alkohol auch nur im geringsten beeinflußte, gleich wie stark und wieviel er sich ‚hinter die Binde goß‘.

Martin nahm jedoch Abstand von einem weiteren Glas, sobald er Unwohlsein bemerkte. Damit bewies er Petteri, daß er ein Mann war, der wußte, sich unter Kontrolle zu halten. Viel länger konnte das Gelage daraufhin auch nicht mehr gehen. Bettnähe, um Schlaf zu finden, wurde die Lösung am Ende. Denn am nächsten Tag war bereits geplant, in einem guten Restaurant der Stadt die Feierlichkeiten fortzusetzen.

Martin war im Zimmer ganz oben unter dem Dach untergebracht. Arja ließ er nur am nächsten Morgen wissen, was ihm pasiert war : Sobald Martin sich gerade noch so schlecht und recht ins Bett legte, drehte alles in seinem Kopf sich um ihn herum. „Ich erreichte gerade noch das Fenster, um meinem Magen-Inhalt einen ungehinderten Lauf ins Freie, außerhalb dem Haus, zu gewähren. Zum Glück bin ich nicht aus der Höhe zum tief unten liegenden Waldboden gefolgt; viel fehlte nicht. Der Fensterrahmen war zum Glück klein genug, mich zurück zu halten. Was wäre aus einem frisch gebackenen Verlobten sonst geworden ?"

Das Ergebnis war jedenfalls, Schlaf war für Martin und wie bald herauskam, auch für Mutter Tysse, außer Reichweite in dieser sowieso kurzen Nacht gekommen. Martin und Tysse wurden Schach-Matt erklärt. Das geplante Essen in der Stadt fiel unter den Tisch. Petteri und Arja auf der anderen Seite hatten ihren Spaß, weil Petteri vom Alkohol nicht beeinflußt wurde und Arja dem Alkohol fern geblieben war. Beide beeilten sich festzustellen :"Jetzt sieht man hier, wer die Starken und die Schwachen sind !"

Die Verlobungsfeier im engeren Familienkreis lief trotz dem Alkohol-Prüfstein glatt über die Bühne. Darauf wartete ein Treffen mit der weiteren Famile, Freunden und Bekannten. Wenn Martin und ich heute auf unsere Verlobung zurückblicken, können wir nur hoffen mit der Er-fahrung aus unserem Leben über bereits Jahrzehnte, daß solcher Tradition nicht noch mehr der Rücken zugekehrt wird. Zunehmend wenden sich junge Menschen von Tradition ab aus fehlendem Verständnis. Denn Tradition beinhaltet in erster Linie die Bereitschaft, dem Leben mit Verpflichtungen sowohl sich, als anderen Menschen gegenüber zu treten. Etwas verneinen, aber nicht wissen, womit es zu ersetzen, kann niemandem dienlich sein. Es ist ein Weg, ich würde es nennen, zur ,Vogelfreiheit'. Auf der anderen Seite wissen wir nie, was das Leben für uns beschert. Einen Menschen gewinnen und zwar, einen von Natur uns als Gegenpol Gegebenen, wie eine weibliche Person und nicht im Ebenbild von zwei gleichen Personen, ist eine der wenigen wirklichen Wahl in unserem Leben. In solcher Wahl sind gegenseitiger Respekt, Toleranz, Hilfe bis hin zur Vergebung wichtiger 'Bausteine'. Denn die Gemeinsamkeit aus der Nähe mit einem anderen Menschen hilft Brücken zu bauen sowohl in guten, wie in schlechten Zeiten. Menschen, welche diese Erkenntnisse mit den Füßen treten, werden besonders in Zeiten der Herausforderungen erfahren, einen Anker verloren zu haben, der sie aus dem eigenen zu engen Blickfeld, dem ,Ego' befreit. Spätestens im Leben erfahren wir irgendwann alle, es ist stets die andere Person, die uns die neuen Perspektiven gibt, weiter im Leben zu kommen, gleich, welcher Natur dies sein mag. „Ich kann nur hoffen, meine Lebens-Geschichte wird auch noch in der Zukunft verstanden, bevor die in Wirklichkeit einfachen Dinge des Lebens mit uns und um uns nicht mehr verstanden werden und verloren gehen. Ein Leben ohne Verpflichtungen führt zu Oberflächlichkeit auch in menschlichen Beziehungen. Die Folge daraus wird die Existenz-Gefährdung einer jeden Gemeinschafts-Zelle, von der Freundschaft zur Familie bis zu der Gesellschaft. Erst in der Herausforderung erfahren wir, daß das gewünschte Gute im Leben stets begleitet wird von dem weniger Guten, bis zum Schlechten hin. Gehen die Erfahrungen im Umgang mit dem weniger Guten bis Schlechtem nicht voraus, werden sie nur warten, das Gute zu überholen.

Ich komme zurück auf den Tag, wo unsere Verlobung im weiteren Kreis ihre Aufmerksamkeit erfuhr. Hauptsächlich die jüngere Generation aus der Vewandschaft und von Freunden erschien am nächsten Tag in Auvaisberri. Ein Vetter von Arja brachte eine Gitarre mit sich. Vom Hören-Sagen mußte ihm zu Ohren gekommen sein, daß Martin wußte, mit der Gitarre umzugehen. Also erklangen aus verschiedenem Mund Lieder mit Gitarre unterstützt, als auch Solo-Gitarre.

So mancher aus diesen Kreisen war auch gekommen, mit seinen eigenen Augen den Mann zu sehen, der Arja von ihrer Haltung abgebracht hatte,"nie im Leben zu heiraten."

Man sagt ja nicht umsonst ‚"Wo die Liebe hinfällt, da ist kein Unkraut dagegen gewachsen". Dem Verständnis für Liebe hat schon immer die Musik einen guten Dienst geleistet. Wird der Zeit die Rolle des Vermittlers auch in Sachen persönlicher Beziehungen anvertraut, kann langsam, oft auch versteckt, der Keim der Zuneigung zwischen Menschen sich entwickeln, je langsamer, desto mehr gekräftigt.

Der zweite Teil der Verlobungsfeier nahm einen mehr offenen, weniger formellen Lauf im Haus und gleichzeitig auch außen im Freien. Die Zeit ließ genau so wenig auf sich warten, bis der Abend eingekehrt war. Die Unterhaltung wechselte zwischen finnisch, englisch, oder deutsch, je nach Wunsch in einer Verständigung. Auch war jeder eingetroffen, wie die Zeit es ihm erlaubte, also nicht alle wie mit einem ‚Glockenschlag'. Genau so ging jeder wieder nach eigener Wahl und ließ die Verlobten dann zurück, über ihre nächsten Schritte von hier aus sich Klarheit zu schaffen.

„Für mich, die Arja, wurde dieser Schritt der wichtigste in meinem Leben. Martin fuhr besser fort mit seinem Studium in Heidelberg. Verständlich war aber auch, daß ich nicht in Finnland zurück bleiben wollte. Martin hatte den Faden in mein Leben gebracht, ich freute mich auf das

Leben, welches für uns beide vor uns lag. Ich bin aus meiner Zurückhaltung und meinen Zweifeln herausgetreten. Es mußte die Zuneigung zu einer Person gewesen sein, welche Zuversicht in mein Leben gebracht hatte. Dabei spielte Vertrauen eine gewichtige Rolle, aus der Ungewissheit in Gewissheit anzukommen. Der Ausflug nach Finnland wurde für uns die so üblich erwähnte ‚Hochzeitsreise'. Wichtig war, Übereinstimmung hatten wir auch für das tägliche Leben gefunden, ohne zu viel verschleierte Vorstellungen. Nicht alles mußte gleich auch in einer Beziehung zurückgelassen werden, im Gegenteil, einer lange währenden gemeinsamen Zukunft sollte noch Spielraum eingeräumt bleiben."

Kapitel 9

Erstes Zusammenleben
in Deutschland

Der erste Schritt in einem gemeinsamen Leben für Martin und Arja, wurde die gemeinsame Rückfahrt von Finnland nach Deutschland. Sie wählten denselben Weg, den sie nach Finnland gekommen waren. Erst mit dem Schiff durch die Ostsee nach Süden und in Deutschland angekommen, mit der Bahn die Strecke weiter nach Heidelberg.

Zum Abschied im Hafen von Turku erhielten wir einen ‚Großen Bahnhof' von Famile, Freunden und Bekannten. Die Mutter Tysse war sichtlich gerührt, ihre Tochter für sie so weit zu verabschieden, daß ihr die Tränen aus den Augen über die Wangen rollten. Dies waren aber auch Tränen der Freude, daß Arja ihr Glück gefunden hatte.

Die Wirklichkeit klopfte unverhohlen an bei den zwei Neu-Verlobten. Im täglichen Leben mußten von nun an für Beide brauchbare Lösungen gefunden werden : Wo unterkommen, womit das tägliche Leben bestreiten und Pläne für die Zukunft nicht aus dem Auge zu verlieren.

Im Haus der Stiefeltern von Martin, in der Kleinstadt Ettlingen, mußten die beiden wenigstens für einen Tag Fürlieb nehmen, bis der nächste Schritt in Angriff genommen werden konnte. Dabei zeigte sich die Wichtigkeit, die eigene Unabhängigkeit nicht zu kompromitieren mit sogenannten ‚besseren Ratschlägen' von der Seite der Stiefeltern. Sie hatten noch Schwierigkeiten, denSohn Martin eine Richtung im Leben einschlagen zu sehen, welche von ihren Vorstellungen abwich. Die Antwort konnte nur sein, damit keine Partei sich überfordert fühlte, Unabhängigkeit zielgerecht anzusteuern und aufrecht zu erhalten. Zu viele Fragen und Ratschläge fanden im vorausgegangenen Leben von Martin ohnehin nicht statt, weshalb es überflüssig war, dies jetzt nachzuholen. Dabei hätte vor allem bessere Aufmerksamkeit dem unverkennbar strikten Ton der Empfehlungen von ‚erfahrener Elternseite' geschenkt werden müssen. Da wir schon einmal, auch wenn es nur ein Tag war, in des ‚Löwens Höhle' uns eingelassen hatten, mußten wir auch erfahren, daß mit anderen Leuten es zu tun haben, meistens einen ‚Eintrittspreis' erfordert.

Unvorbereitet waren wir allerdings nicht nach Ettlingen gekommen. Bereits in vorausgehenden Monaten hatte Arja sich in einem Krankenhaus der Stadt Karlsruhe, genauer gesagt der Vorstadt Rüppurr, um eine Krankenschwester Ausbildung beworben. Die Antwort darauf wartete schriftlich in der Adresse von Etttlingen. Das Krankenhaus sagte der Bewerbung von Arja zu und sie konnte sofort beginnen. Damit war die Unterkunft für Arja mit einem Schlag gelöst, da das Krankenhaus eigene Unterkünfte in seinem Bereich anbieten konnte. Der hohe Ausbildungsstand in Finnland kam Arja sehr gut entgegen.

Im allgemeinen traf Arja eine freundliche, zuvorkommende Atmosphäre an ihrem Arbeitsplatz im Krankenhaus an. Die Ausnahme besonders einer älteren Schwester , welche allerdings die Ausbildung überwachte, erforderte im Umgang Geschicklichkeit. Diese ältere Person hielt sich daran auf, daß Arja verlobt war, etwas, was damals in einem ‚Diakonissenhaus' für eine heranzubildende Kraft nicht gerne gesehen wurde.

„Für Deine Ausbildung benötigst Du ungeteilte Aufmerksamkeit, so wie ich es in meinem Leben gehandhabt habe. Denn nur so bin ich im Leben zu der Position gekommen, in der ich heute Verantwortung übernehmen kann."

Arja ließ sich von solchem Ratschlag nicht verwirren. Wie sie ihr Privatleben führte, dafür benötigte sie keine Ratschläge. Denn dies regelte sie mit Martin, daß sie sich abwechselnd ein Wochenende in Heidelberg, ein Wochenende in Karlruhe trafen. Allerding dieselbe ‚Kerbe' von Ratschlägen aus dem Krankenhaus, trafen auch die Stiefeltern in Ettlingen :"Du solltest den Martin nicht von seinem Studium abhalten ; besser läßt du ihn alleine." Auch diese Empfehlung konnte sich Arja anhören, weil sie bereits wußte, daß Martin ohnehin schon einige Jahre selbst nach sich schaute und für sein Studium keinerlei Unterstützung je von zu Hause erhalten hatte, ganz einfach deshalb, weil man dort nicht einverstanden war, daß Martin nicht in den beruflichen Fußspuren des Stiefvaters bereit war zu folgen. Die Frage ,warum', hatten die Stiefeltern sich bestimmt nicht gestellt. Die Worte an Arja kamen deshalb bei ihr nicht an.

Fast ein ganzes Jahr lief das Leben von Martin und Arja zwischen Karlsruhe, Heidelberg und Ettlingen. Was Ettlingen betraf, jedoch zunehmend weniger oft und vorsichtiger. Martin wurde in Heidelberg wiederholt in seinem Studium mit Unruhen an der Universität durch die Baader Meinhoff Gruppe betroffen. Die Gruppe wollte die Gesellschaft umdenken lernen, weshalb sie mit ihren radikalen Vorstellungen und Maßnahmen bei der Höheren Ausbildung ansetzten. Diese Unruhen an der Universität Heidelberg brachten den Unterricht zeitweilig völlig zu einem Stillstand, welches auch dem Studienziel von Martin schadete.

Arja tat ihr Bestes im Diakonissen Krankenhaus von Rüppurr, konnte aber nicht verhindern, daß sie mehr als ein tollerierter Ausländer angesehen wurde. Die Nonnen, welche den Krankenschwester Beruf ausübten, wollten nicht verstehen, warum die Patienten Vorliebe für Arja zeigten, indem sie gerne zu Arja sprachen. Arja mußte sich eneut anhören :"Sie sind lediglich hier zu lernen und zu nichts anderem !"

Arja folgte der Anweisung, entschloß sich aber dieser Welt den Rücken zu drehen. Nach einem Jahr war es soweit, daß Arja ihre Kündigung einreichte. So als ob die Abteilung des Krankenhauses nur darauf gewartet hätte, sagten sich beide Seiten ohne Umstände von einander los. Jetzt kam auch erst heraus, daß Arja ohne ihr Wissen einfach als Arbeitskraft vorgesehen war und nicht einen Ausbildungs Vertrag für eine Kankenschwester erhalten hatte. Am Ende erachtete Arja die Zeit im Krankenhaus als keinen Verlust, weil sie nur erkannte, nicht nur in der Schule, sondern besonders im Leben müssen wir ein Leben lang lernen. Die Zeugnisse aus dem Leben sind entscheidender, als die von der Schulbank. Denn einen ,Unterricht' im Leben kann man nicht noch einmal wiederholen, um bessere Noten zu bekommen.

Kapitel 10

Der Schritt in die Ehe

Noch im Frühsommer des Jahres 1968 teilte die Schwester von Arja, die Raija, uns aus Finnland mit, daß sie vor hatte, im August zu heiraten. Außerdem fügte sie hinzu, die Idee einer Doppel-Hochzeit : „Am 11. August ist es ein Jahr her, daß ihr euch verlobt hattet und warum nicht den 11. August dieses Jahr wieder wählen, daß ihr auch heiratet ?"

In der Zeit seit ihrer Verlobung hatten Martin und Arja reichlich Gelegenheiten gehabt, zu erfahren, wie damals in Deutschland die Allgemeinheit ihr gutes Auge auf noch unverheiratete junge Paare hielten. So wurde zum Beispiel die Regel : Keine Wohnung für unverheiratete Paare, strikt aufrecht erhalten. Selbst in den Studenten Wohnheimen der Universität Heidelberg mußten offiziell Partner in getrennten Unterkünften wohnen. Wie doch die Welt schon damals verrückt spielte ! Inoffiziell fanden Partner sowieso Wege, die Regeln zu umspielen. Wenn man die nachfolgenden Jahre dann im Auge behält, wie uferlos alle Regeln über Bord leicht gingen, dann frägt man sich nur, während man sich vielleicht auch noch am Kopf kratzt : Warum muß so Vieles zuerst extrem in eine Richtung laufen, wenn es später sowieso in eine völlig entgegengesetzte Richtung läuft ? Zeigt das nicht, die Meisten wissen selber nicht, was sie wirklich wollen ?

Wie einige Jahre später zeigten, öffneten sich alle

,Türen' und was beliebt , war auch erlaubt unter einer neu entdeckten Regel einer ,Nicht-Diskriminierung' von jeder Person, gleich welchen Geschlechtes, sozialem Hintergrund, ethnischer Zugehörigkeit, oder Nationalität. Dies konnte auch so betrachtet werden : Wofür einmal Regeln gefunden wurden, entschied man, sich von all dem zu verabschieden, aber der Blick in die ,Röhre' nach Ersatz, blieb aus. Das Ergebnis von solcher all zu leicht verstandener Freizügigkeit haben wir uns heute eingetauscht. Von hier wird es in die Zukunft nur noch freizügiger weiter gehen. Mangelnde Disziplin ist wahrscheinlich eines der deutlichsten Anzeichen dorthin. Ohne Disziplin ist auch kein Lernen möglich. Vermassung, Abhängigkeit und ,Verblödung' oder fehlende Einsichten sind die Folgen.

Auf der anderen Seite war die Welt schon immer dahingehend orientiert, sich von etwas trennen, war schon immer der einfachere Weg. Wenn es dann jedoch darum geht, einen vernünftigen Ersatz zu finden, hier scheiden sich gewöhnlich die Geister. Verheiratet oder nicht, als auch Arja nach Heidelberg kam, dauerte es nicht lange, daß auch sie mitbekam, wie Regeln umgangen wurden. Man wohnte trotzdem zusammen, nur unter der Spielregel, nicht erwischt zu werden. Eine Mehrheit bestimmte hier die Regel, es kam dabei lediglich darauf an, nicht außerhalb dem gegebenen

Rahmen unnötig aufzufallen. Martin und Arja hielten sich an ein Mittelmaß der Regeln, weil sie so allen Seiten am besten Rechnung tragen konnten.

Die Einschreibung von Arja an der ältesten Universität Deutschlands in Heidelberg, der ‚Ruperto Carola‘, ging auf Grund ihrer Ausbildungs Nachweise aus Finnland ohne jede Schwierigkeit glatt über die Bühne. Während eine Hürde damit genommen war, meldete sich die Frage auf die Antwort zu der Doppelhochzeit in Finnland wiederholt an. Also geschah folgendes : Mutter Tysse schrieb aus Finnland mit der Hilfe von uns in deutscher Sprache eine offziell förmliche Einladung zur Hochzeit in Finnland an die Stiefeltern von Martin in Ettlingen, Süddeutschland. Die Einladung kam überraschend an, ohne die alte Leier wieder anzukurbeln :"Wir sehen Martin lieber verheiratet, als daß er sein Leben alleine führt."

Eine Woche vor dem Hochzeitstag, am 11. August 1968, machte sich die Reise-Partie aus den Stiefeltern von Martin zusammen mit uns zwei Hochzeits-Kandidaten im Auto des ‚Hausherren‘ von Ettlingen auf den Weg nach Finnland. Wenigstens vorübergehend begrüßten vor allem das Hochzeitspaar, daß die Ungereimtheiten sowohl an der Universität, als von der elterlichen Ratgeber-Seite aus Ettlingen mehr in den Hintergrund traten. Auch unterstützte das Wetter mit Sonnenschein die ganzen 1800 Kilometer Fahrt nach Finnland.

Damals im Jahr 1968 war es Gang und Gebe, daß die Braut-Eltern zur Hochzeit einluden und die Festlichkeiten arrangierten. Im Namen des Fortschrittes erfuhr diese Regel auch ihre Abstriche, dahingehend, alles wurde ‚lockerer' gehandhabt, je nach Belieben. Dabei kamen mehr das Geld in Betracht. Die Eltern von Arja nutzten die Gelegenheit jedoch, Einigkeit wenigstens zu versuchen nach ihrer Scheidung wieder eine Gelegenheit zu geben.

Trotz Sonnenschein und einer guten Reise-Atmosphäre, ließ ein Zwischenfall bereits in Stockholm nicht auf sich warten. In einer Biegung der Straße war der äußere Straßenrand hoch mit Granitstein gesäumt. Wahrscheinlich aus Übermüdung während der langen Fahrt von Deutschland verlor der Stiefvater am Steuer auch nur einen Augenblick seine Konzentration, so daß er um ein Haar die Kurve verfehlte. Da ich neben dem Fahrer saß, griff ich geistesgegenwärtig mit meiner Hand in das Autosteuer und riß es in letzter Sekunde herum, so daß das Auto auf der Straße blieb. Und was für eine Schimpfparade erhielt Martin von dem Fahrer : „Was fällt dir ein, mir in das Steuer zu greifen, kümmere dich um deine Angelegenheiten !" Nur war dies eine Angelegenheit für uns alle !" Hätten wir in voller Fahrt den hohen Bordstein mit dem Vorderreifen des Autos getroffen, hätten wir so sicher wie das ,Amen in der Kirche' uns mit dem Auto überschlagen und die Hochzeitsreise hätte ein dramatisches Ende gefunden. Aber was kann man machen mit Leuten, welche immer rechthaben? Was notwendig war, hat geholfen, die aufgebrachte Stimmung wird sich auf der anderen Seite auch wieder legen. Spätestens, als wir das Auto und uns dem Schiff von Stockholm nach Turku anvertrauten, war der Vorfall in Vergessenheit geraten. Denn was in Eile geschieht, kommt gewöhnlich genauso in Eile wieder auf ein Normal-Niveau.

Die Fahrt mit dem Schiff nach Osten quer durch die Ostsee war für Arja und Martin bereits eine bekannte Etappe. Die Bräutigam-Eltern hingegen gerieten fast aus ,dem Häuschen' vor Begeisterung, als sie noch um zehn Uhr in der Nacht auf dem offenen Schiffsdeck sich wohltuend in Sonnenschein ausruhen konnten. Das Schauspiel der Sonne am Horizont, wie seine Farben wechselten von gelb über rot bis zu dunkel-rot mit allen Zwischentönen, weckte eines Jeden Aufmerksamkeit. Ganz verschwand die Sonne am Horizont nicht. Sobald sie schnell am Himmel zunehmend hell aufstieg in umgekehrter Farbenfolge über dem Horizont, hatte der neue Tag schon mit etwas mehr als einer Stunde begonnen. Die vorgelagerten Scheren-Inseln vor der Süd-Ost

Küste von Finnland tauchten zum neuen Tag aus ihren dunkeln Feldern und Schatten heraus und zeigten sowohl ihre Granit-Auswüchse, als auch ihre widerstandsfähigen, stolzen, dunkel-günen Nadelbäume, wie sie sich selbst an Felsen fest klammerten. Kein Hauch eines Windes lag in der Luft, nur das Schiff ließ in seiner Fahrt eine Brise auf seinen offenen Decks aufkommen, gerade richtig, um kühl zu bleiben. Die Bilderbuch-Schiffsfahrt bereitete auch die Widerspenstigsten geeignet vor für einen wilkommenen Empfang in Finnland. Schon aus der Ferne kündete die Spitze des Domes in Turku nach den unterschiedlich weiten Passagen zwischen den Scheren-Inseln das Festland an.

Ankunft am Hafen in Turku, Finnland, 1968

Sobald das Schiff am Hafenkai von Turku angelegt hatte, gewann man von seinem hohen Oberdeck einen Blick bis in die Stadt hinein. Am Hafen warteten nicht nur die Ladekräne in der Nachbarschaft von Eisenbahnlinien, sondern eine ganze Ansammlung Menschen, unter welchen wir sicher annehmen konnten, befanden sich auch eine gute Anzahl, die auf uns wartete.

Vater Petteri mit Arja

Arja erinnert sich noch heute an diesen schönen Empfang :

„Mutter Tysse, Vater Petteri, meine Schwester Raija mit ihrem Bräutigam Jussi standen ganz vorne am Kai, gleich an der Abgang-Brücke vom Schiff. Petteri gab einer formellen ersten Begrüßung den richtigen Wind in die Segel, indem er Martin am Arm einhackte und mit ihm einen Tanz auf dem Hafen-Empfangsboden vollführte. Die Stiefeltern von Martin waren sprachlos, wahrscheinlich hatten sie so einen Empfang noch nicht erlebt. Darüber hinaus konnten sie wahrscheinlich ihren Sohn Martin gar nicht richtig mehr erkennen, in dieser so anderen familiären Umgebung.

Meine Mutter jedenfalls versteckte sich beinahe hinter einem großen Blumenstrauß, den sie den Eltern von Martin mit einigen Worten in der deutschen Sprache froh, aber auch erleichtert überreichte : Willkommen in Finnland !

Mit so einem schwungvollen, schönen Empfang hatte ,Eis‘ erst gar keine Zeit gehabt sich zu bilden, geschweige gebrochen werden zu müssen. Nur frohe Gesichter sah man überall. Die Stadtwohnung der Mutter war ausschließlich den Eltern von Martin zugedacht, damit sie sich unabhängig wie zu Hause fühlen konnten. Zum ersten Mal hörten sie die finnische Sprache, eine Sprache, welche sie nie zuvor direkt gegenüber mit anderen Menschen vernommen hatten. Ihr erster Eindruck war besser, als sie sich dies nur hätten vorstellen können. Der Vater von Martin nahm sich sogar heraus nach Mittel-Finnland sich mit dem Auto aufzumachen, ohne jemanden dies wissen zu lassen. Immerhin mußte er feststellen, daß Finnland in der Papierherstellung sehr fortschrittlich war, von dem, wo er sich Zugang in die eine oder andere Firma verschafft hatte. Um eine Harresbreite verpassten die beiden Herrschaften allerdings den Startschuß für die Festlichkeiten der Doppelhochzeit. Etwas, worüber die Gastgeber nicht gerade angetan waren.

Unabhängig davon nahm das Fest seinen geplanten Lauf in der Anwesenheit der größeren Familie von Finnland, Freunden, Nachbarn und Bekannten aus dem Öffentlichen Leben, der Schule und verschiedentlichen Geschäften. Alle waren sie gekommen in betont guter Kleidung, um die Doppelhochzeit der zwei Töchter mitzuerleben.

Noch zwei Tage zuvor war auch die Großmutter aus Tampere nach Turku gekommen. Sie konnte mit dem Rummel der Festlichkeiten nicht bleiben auf Grund ihres Alters und ihrer schwachen Gesundheit. Dennoch ließ sie es sich nicht nehmen, besonders den künftigen Schwiegersohn von Arja zu Gesicht zu bekommen, den sie bis dahin noch nicht gesehen hatte. Aus ihrer Lebenserfahrung wollte sie sehen, wie der Lebensweg von ihrer Nichte Arja seinen Lauf nahm und wie die Zeichen in den Gesichtern des Paares zum Lesen einluden ; denn ein gemeinsames Leben steht auch unter den Vorzeichen von auf und ab. In jedem Falle gilt es die Ehe aufrecht zu erhalten.

In der Gegenüberstellung mit der Großmutter Aune sprach Martin sie mit einigen Finnischen Worten an. Dies erfreute sie besonders. Gegenseitige Sympatie kam sofort durch, so daß die Großmutter ohne zu zögern Arja gratullierte:"Arja, Du hast einen guten Mann gewählt. Die Nationalität spielt hier keine Rolle, solange die Person offen, ehrlich und gut ist."

Nun zu der kirchlichen Trauung : „Martin war evangelisch getauft im Lutherisch Christlichen Glauben, welchem in Finnland die weitaus größte Bevölkerung zugehörte. Der Pfarrer des Domes von Turku hatte deswegen die Aufgabe der kirchlichen Trauung der Doppelhochzeit anstandslos übernommen. Eingangs empfing er mit einladenden Worten die Hochzeitsgäste. Daraufhin trat vom Haupt-Eingangs-Portal mein Vater Petteri langsamen Schrittes durch den Mittelgang des Domes mit je einer seiner Töchter links und rechts an seinem Arm auf den Altar hin zu dem Pfarrer. Der Pfarrer wartete dort mit den zwei Bräutigamen, jeder auf einer seiner Seite. Petteri übergab vor dem Pfarrer dort die beiden Bräute und nahm auch Platz in der ersten

Reihe der Kirchen-Bänke mit den Familien Angehörigen. Mit nach außen und aufwärts zeigenden geöffneten Handflächen gab der Pfarrer den Anwesenden zu verstehen, von den Bänken sich zu erheben.

Die Bräute waren natürlich in ein bis an den Boden reichendes traumhaftes Hochzeitsgewand gekleidet, beide mit einem Blumenstrauß in der Hand vor sich haltend. Zur Überraschung besonders der Eltern von Martin eröffnete der Pfarrer seine Ansprache in klarem, gutem Deutsch. Daraufhin dann auch in der Finnischen Sprache.

Petteri führt seine beiden Töchter zum Altar

Der Pfarrer gab den Brautpaaren folgende Worte auf ihren gemeinsamen Lebensweg : „Wollt ihr im Namen Gottes und des Heiligen Geistes als Ehemann und Ehefrau ein Leben lang sowohl in guten als auch in Zeiten der Not an Euerem Gelübde als Eheleute beharrlich festhalten, bis daß der Tod euch scheidet. Wenn ihr bereit seid, dann bestätigt es mit Euerem Ja-Wort. Als Zeichen Eueres Versprechens reiche ich Euch die symbolischen Ringe, welche ein Ehepartner dem anderen auf den Ringfinger seiner rechten Hand gibt.wenn die Ringe ihren Platz eingenommen haben, bekräftigen nun das Ehepaar ihre Zusammengehörigkeit mit einem Kuss." Damit war die offizielle Trauungs-Zeremonie zu Ende. „Um von mir zu sprechen, war ich völlig ruhig gefasst der Zeremonie gegenüber verblieben. Es war genug Vorbereitungszeit gewesen , um das ‚Ja-Wort' überzeugend aussprechen zu können. Ich wußte, daß Martin im Einklang mit mir stand." Das andere Paar gab wenigstens nach außen hin denselben Eindruck. Noch ein Tag zuvor waren wie bereits erwähnt eine Zahl Besucher in Auvaisberri aufgetaucht, um einen ersten Blick und Eindruck vom ‚eingeführten' Ehemann Arjas zu erhaschen. In dem mehr aufgelockerten sich Kennenlernen blieb nicht aus, daß bei einem Geschicklichkeits Spiel im Haus Martin aus Versehen gerade einen Zahn vorne unglücklich beschädigte. Was tun, um das gewünschte Aussehen schnell wieder herzustellen ? Eine bekannte Zahnärztin hatte die Antwort. Im Handumdrehen verpasste sie Martin einen gut passenden

Kunststoffzahn aus einem Auswahlsortiment. Die Form für einen ungeschmählerten Hochzeits-Rahmen war wieder hergestellt, oder man hätte beinahe sagen können, „unsere Hochzeit hat der Zahnarzt gerettet."

Nach der kirchlichen Zeremonie wartete nur noch die festliche Seite auf die Hochzeits-Gesellschaft. Die vielen Gäste erforderten größer Räumlichkeiten, welche der Schwiegervater des anderen Paares bereit stellen konnte in der Spezialschule, welche er leitete. Spezialschule hin, Spezialschule her, wichtig war, eine gute Lösung war gefunden. Bei Unterhaltung, wo ein jeder die Möglichkeit hatte einander kennen zu lernen, gingen die Gläser hoch, das Tanzbein wurde geschwungen und Essen auf den Tischen blieb nicht unbeachtet. Für mich, die Arja entstand eine durchaus interessante, abwechslungsreiche Aufgabe, den Dolmetscher vor allem zwischen den Eltern von Martin und den anderen hauptsächlich finnischen Anwesenden zu spielen. Meine Schwiegereltern stammten aus Transylvanien, genau so wie Martin. Sie hatten vor langer Zeit in der Schule noch die Ungarische Sprache gelernt, im Zusammenhang mit der zeitweiligen ungarischen Besetzung von Transylvanien. Hier in Finnland erfuhren die Schwiegereltern allerdings, daß die finnische Sprache nichts mit der ungarischen Sprache zu tun hat, obwohl sie aus Büchern solche Information gewonnen hatten. Selbst im Vergleich mit der ungarischen Sprache verstanden sie nicht ein Wort aus der finnischen Sprache. Erst später in meinem Leben, als ich mit Martin in Hawaii mich aufhielt, erfuhren wir von einem Pazifik-ländischen Geistlichen einen Zusammenhang der Hawaii-Sprache mit dem Japan-Dialekt auf Hokkaido im Norden von Japan, den Finnen und ihren Samen : Sprachsynonyme, welche auf eine Völkerwanderung Schlüsse zulassen, besonders im Fischfang, der gemeinsamen Sauna-Kultur. Viele Vokale in den Worten, lange Wörter, sowie den Beginn von Worten zu betonen, sind weitere Hinweise auf frühere Verbindungen.

Tanzen während der Festlichkeiten erhielt besondere Aufmerksamkeit in einer Reihenfolge beginnend mit den zwei Brautpaaren, welche dann die Schwiegereltern beider Seiten auf das Parkett brachten, der Bräutigam jeweils die Schwiegermutter und die Braut den Schwiegervater. Dann war es jedem freigestellt, das Tanzbein nach Belieben zu schwingen. Die Musik lieferte ein Plattenspieler.

So langsam löste sich dann auch genauso freizügig die Hochzeitsgesellschaft wieder auf und jeder schlug seinen Weg wieder ein. Lediglich ein Brautpaar mit den Schwiegereltern nahm Vorliebe, das jeweilige zu Hause anzusteuern.

Die zwei Brautpaare, 11. August 1968, Turku–links M.&A.

Zur späten Abendstunde, aber mit noch etwas Tageslicht aus dem Sommer-Himmel, zogen Arja und Martin sich
von der Gesellschaft mit den beiden Eltern in ihr Privat-
Leben zurück. Das Brautpaar Martin / Arja schloß sich
Petteri an, auf der Fahrt mit dem Auto zu seinem Boots-
werftplatz am Wasser, außerhalb der Stadt. An diesem Ort
hatte Petteri auch eine schöne Holzhütte errichtet, hoch
gebaut, auf einer Treppe mit Geländer gesichert, wo das
frisch gebackene Ehepaar für sich weiter feiern konnte.

Holzhütte für frisch gebackenes Ehepaar

Als wir den Raum im spärlichen Licht betraten, mußten wir zu unserer Überraschung zuerst feststellen, daß jemand bereits sich hier einquartiert hatte. Aus der Nähe erkannte Arja allerdings den Nachbarn im Bett. War dies als ein Spaß gemünzt? Arja ergriff unmißverständlich in finnisch die Initiative und schickte den Mann ‚zum Teufel':" Du verschwindest auf der Stelle, was suchst du hier überhaupt!" Offensichtlich war der Mann vom Alkohol gut angeheitert. Bevor er jedoch die Ausgangstüre fand, ließ er es sich nicht nehmen, mit folgenden Worten sich zu verabschieden :"Du wirst einmal ein Feldwebel für deinen armen Mann werden!"

Am nächsten Tag dauerte es nicht lange, daß ein Gerücht sich breit machte : Die Braut hatte einen Mann ohne ein zu Hause ‚brutal' aus dem Ehebett geschmissen. Traf hier nicht lediglich zu : Man kann nicht zwei Herren dienen? Sollte dasselbe nicht auch für Frauen gelten? Gerüchte, welche keine Basis finden, verschwinden bekanntlich auch wieder genau so schnell, wie sie gekommen waren. Der nächste Tag rückte alles wieder in ein normales Licht eines tagtäglichen Lebens auch für das Ehepaar Arja und Martin.

Ein paar noch verfügbare Tage in Finnland erlaubten andere Leute der näheren Umgebung aufzusuchen, welche keine Gelegenheit hatten, bei der Hochzeit mit dabei zu sein. Meinen ehemaligen Studienkollegen an der Univertät von

Turku stattete ich auch in Begleitung von Martin einen Besuch auf dem Campus ab. Während einem schnell arrangierten Treffen spotteten sie über Arja : Sieh Mal einer an, die Arja hat einen Mann, obwohl sie so ablehnend war, einen Freund zu haben !

„Der Richtige mußte nur auftauchen, alles braucht im Leben eben seine Zeit," war die Antwort von Arja."

„Für die übrig gebliebene Zeit in Finnland, verstand ich durchaus, daß die Eltern von Martin auch ein wenig mehr sich noch in Finnland umsehen wollten, nach Möglichkeit auch so weit wie die Hauptstadt Helsinki. Der Vater war sehr interessiert, welchen technischen Standard die Papierherstelung in Finnland aufzuweisen hatte. Für einen Deutschen, der meistens hohen Industriestandard gewohnt war, entpuppte sich die Beurteilung über Finnland überraschend gut :"Die Finnen schlafen wirklich auch nicht, ihre Papierherstellung steht keinem anderen Land in der Welt zurück."

„Bereits vorausgehend hatte Martin mir erwähnt, daß sein Stiefvater von ihm erwartete, in denselben Fußspuren eines Chemie-Ingenieurs zu folgen, damit eine Familien-Tradition ihren Lauf nach seinen Vorstellungen nehmen konnte. Martin schloß sich dem jedoch nicht an. Zu wenig überzeugendes Beispiel erfuhr Martin. Nicht ganz auszu-schließen war selbst im fortgeschrittenen Alter des Vaters der Versuch mit Finnland an den Papier-Ingenieur wieder anknüpfen zu können. So einfach ging das mit Martin nicht.

In meinem Verständnis, dem von Arja, müßte ein adoptiertes Kind wie Martin eher noch mehr Anpassung von einer Elternseite erfahren, als ein eigenes Kind, zumal die ‚Lager‘ mehr auseinander liegen. Solche unnachgiebige, starre Haltung nicht nur in einer Erziehung, sondern darüber hinaus, erfuhr leider sogar ich im Gegenüber mit den Eltern von Martin. Für mich war dies Neuland, etwas, was ich mir nicht einmal in meinen kühnsten Träumen hätte vorstellen können. Schwamm über die unzähligen intolleranten, autoritären Auswüchse in einer vermeintlichen Erziehung. Selbst aus allem Fragwürdigen mußte etwas Gutes am Ende auch herauskommen: Die Prüfung auf Standfestigkeit in unserem neu gefundenen Leben. Bis heute haben wir über 45 Jahre solche Prüfung mit ihren Anfechtungen eines Auf und Ab, sehr gut bestanden.

Wäre Martin ein ‚Blindgänger‘ im Sinne seiner Eltern geworden, ohne die Offenheit, Anpassung an andere Verhältnisse, hätte ich ihm mit Sicherheit mein ‚Ja-Wort‘ nicht geben können. Das Fehlen solcher grundlegenden Eigenschaften verursachen all zu oft im persönlichen Bereich Unstimmigkeiten, welche nicht von alleine weggehen kön-nen, wenn der Wille und die Fähigkeiten dazu nicht ausreichen. Wozu dann solche ‚Irrwege‘ gehen ?"

„Das ‚Eis‘ um Arja dauerte für Martin eine Zeit lang, es zu ‚schmelzen‘. Aber in solcher Standfestigkeit wuchs auf beiden Seiten eine finnische Eigenschaft, die ‚sisu‘. Entschlossenheit mit reichlicher Vorsicht könnten als Worte dafür eintreten. Und wenn sie auf fruchtbaren Boden fallen, kommt die finnische Eigenschaft heraus : Ist eine Entscheidung zustande gekommen, wird sie aufrecht erhalten und nichts wird daran gerüttelt, besonders im persönlichen Bereich. Warum die Eltern von Martin nicht davon ablassen konnten, Arja mit ihren Augen nur anzuschauen und zu kritisieren, selbst nachdem sie bei der Hochzeit in Finnland anwesend waren, führte wenigstens gerade noch vor ihrem Lebensende zu einer Umkehr in ihrer festgefahrenen Meinung über Arja und Martin. Viel später besuchten Martin und Arja auch die Mutter in Deutschland aus ihrer neu gewählten Heimat Australien. Der Vater war einige Jahre zuvor schon gestorben. Die Mutter öffnete ihr Gewissen uns Beiden zum ersten Mal in folgenden Worten :"Ihr seid ein außergewöhnliches Paar. Alle die Schwierigkeiten in Eurem Leben haben nur dazu beigetragen Euch näher zu kommen und zu stärken. Ihr seid glücklich zusammen geblieben, habt sechs gesunde Kinder großgezogen, drei Jungen und drei Mädchen . Welches Glück habt Ihr mit Euerer Familie erfahren ! So viele andere Familien, selbst in unserer Verwandtschaft, sind auseinander gegangen. Ich muß eingestehen, ich habe Euch zu lange fehl eingeschätzt. Ich bitte Euch um Verzeihung.“ Wir waren offen geblieben und bedankten uns für diese Anerkennung.

Im Leben ist nicht umsonst auch diese Formulierung im Umgang mit Menschen getroffen worden :Wir können über die Wahl unserer Freunde entscheiden, nicht aber über unsere Herkunft mit der Familie. Genau regt zum nachdenken an : Eine Suppe wird nie so heiß gegessen, wie sie vom Herd kommt. Ein wenig Erklärung dazu, sagt soviel aus, daß derjenige, der etwas warten kann, für den wird die Suppe essen, nicht mehr so heiß sein. Daran orientierte sich Arja, was ihre Schwiegereltern nicht verstehen wollten, konnten, oder auch beides. Arja hörte sich in erster Linie die andere Seite zuerst an und kam etwas Unpassendes zu ihren Ohren, nahm sie den Vorteil einer anderen Sprache wahr, es zu überhören, anstatt Stellung zu beziehen. Trotzdem hielten über die möglichen Jahrzehnte in einem Kontakt mit den Eltern in Ettlingen, Martin und Arja, später auch mit ihrer Familie, ihn gelegentlich aufrecht, ohne den Stab zu brechen. Dies war nicht immer leicht gefallen, zumal es Zwischenfälle gab, die an offenen Rassismus grenzten.

Arja war ja der erste Fremde in der Familie der Stiefeltern von Martin. Solche Neuigkeit bedeutete ein ,Brocken' zu groß für die Familie zu verdauen. Was man von der vorausgegangenen Familie mitbekommen hat und begreifen kann, bereitet Vielen weniger Kopfzerbrechen, weshalb sie gerne in das selbe ,Rohr' pflegen zu blasen. Der Volksmund sagt dazu gerne auch : Der Apfel fällt gewöhnlich nicht weit weg vom Baum. Solche ,Äpfel' übersehen allzu leicht, daß die Anderen auch nur Äpfel sind, gleichgültig, wie weit deren Apfelbaum zu dem Eigenen steht. Leider sind es immer wieder die Sprache, die Nationalität, die Grenzen, welche unsere ,Apfelbäume' auf Distanz halten. Wer im ,Zwischenfeld ertappt wird' bekommt mit den Problemen eines Außenseiters zu tun. Dabei wird zu oft nicht erkannt, daß wir uns selbst der Möglichkeit entziehen, etwas Anderes zu erfahren.

Auf den guten Rat hin von Arja hielt sich auch Martin an die Spielregel, dem weniger Angenehmen keine Aufmerksamkeit schenken, damit mögliches Gutes den Weg nicht blockiert erfährt. In Finnland erfuhren Martin und Arja zum Glück eine andere Seite der Medaille mit Verständnis und Unterstützung, so daß die Seite der Medaille von Ettlingen nicht besondes ins Gewicht fiel. Daß das nicht immer leicht stattfinden konnte, mit Abstand nehmen im geeigneten Moment, brachte aber Frieden zwischen den Parteien ein.

Jedenfalls nach der Hochzeit in Finnland schaffte die Partei aus Ettlingen auch wieder die Rückfahrt mit dem Auto. Zum Abschied am Hafen-Kai waren so viele aus der Familie, Bekannte und Freunde gekommen, einem Staatsbesuch kam dies nur gleich. In dem großen Schiff fanden Auto und unsere vier Passagiere unauffällig auch noch Platz. Beim Abschieds Händedruck und einer Umarmung war keine Zeit gegeben, dies weiter als mit der Familie auszutauschen. Die Eltern von Martin zeigten sich sogar sichtlich gerührt, denn die Sprachschwierigkeiten waren so am leichtesten überwunden. Diese Stimmung überdauerte wenigstens die ganze Fahrt zurück nach Deutschland. Unabhängig von den vielen Kilometern Autofahrt, bestand der Hausherr darauf, daß er ausschließlich am Steuer blieb. Nach seinem Dafürhalten wollte er zumindest damals die ‚Verantwortung' am Autosteuer nicht dem Sohn anvertrauen. Anstatt sich in die Angelegenheit einzumischen, trug man besser zu einer vernünftigen Stimmung bei, damit wir alle doch heil die Fahrt überstehen konnten. Warum das so sein mußte, blieb damals unbeantwortet. Nach der Ankunft in Ettlingen, kümmerte sich die jüngere Generation umgehend darum, einen Aufenthalt dort so kurz wie möglich zu halten.

Kapitel 11

Ein Leben zwischen Finnland & Deutschland

Nach dem kurzen Abstieg in Ettlingen mit den Eltern von Martin, mußte das Leben für das neu gebackene Ehepaar auch in Heidelberg weiter gehen. Als Studenten besaß man an irdischen Gütern in der Regel nur wenig. Auf die Arbeit mit dem Kopf war das Schwergewicht gelegt. Um dort richtig zu Hause sein zu können, ist Besitz nur Ballast, den man schwer mit sich herumtragen kann. Beweglichkeit als Student war besonders in Heidelberg notwendig, schon alleine, weil in der altehrwürdigen ‚Ruperto Carola' Universität die Fakultäten zum Teil beträchtlich zwischen dem alten Stadtkern und Neuenheim, im Westen auseinanderlagen.

Hinzu kam die Schwierigkeit, in Heidelberg eine Unterkunft zu finden. Ein wesentlicher Grund dafür war die Militär-Stationierung der Amerikaner im Raum Heidelberg. Das amerikanische Militär Personal erhielt mit Hilfe des damals noch starken US-Dollars Unterstützung, dem mangelnden Raum für Unterkunft so entgegen, daß sie mit ihrer Subvention einen großen Anteil des Wohnungs Marktes für sich in Anspruch nehmen konnten. Heidelberg war in den zum Ende gehenden 1960-iger Jahren auch noch obendrein das Übergangslager der Soldaten für den laufenden Vietnam-Krieg. Diese Umstände hatten die Bevölkerung von Heidelberg, einschließlich seiner Studenten, einige Jahre nicht unbeträchtlich belastet. Also galt es in Heidelberg trotz der Schwierigkeiten für Studenten ein Dach über dem Kopf, ein Bett, einen Tisch mit einem Stuhl zu finden, dessen Mietpreis auch ein Student bezahlen konnte.

Die einzige Möglichkeit boten die Studenten-Wohnheime weit außerhalb im Westen der Stadt an. Unverändert herrschte dort die offizielle Regel : Getrennte Wohnblöcke für Studenten und Studentinnen. Dabei wurde nicht in Betracht gezogen, ob verheiratet oder nicht.

Lange dauerte es nicht, daß Martin und Arja feststellen mußten, solche Massen-Unterkunft war nicht gerade einem ernsthaften Studium dienlich. Also bemühten sich Martin und Arja angestrengter um eine bessere private Unterkunft. Auch betrachteten wir uns nicht gerade als hinter dem Mond lebende Personen. Viel offenkundig persönlich fragwürdiges Szenario lief ungefragt parallel hier in Studentenkreisen zusammen mit einem normalen Leben. So hatte zum Beispiel Martin in seinem Zimmer einen Kollegen, mit dem vereinbart wurde :"In der Nacht will ich schlafen und nicht von deinen Damenbesuchen gestört werden. Wenn ich aus dem Haus bin, kannst du über das Zimmer verfügen, wie es dir gefällt ; aber nicht in meiner Anwesenheit."

Arja machte eine ähnliche Erfahrung mit ihrer Zimmerkollegin. Die Kollegin machte sich sehr bald lustig über Arja, am liebsten in der Anwesenheit nicht nur von

einem, sondern gleich einer Handvoll ihrer Freunde :
„Schaut euch doch einmal dieses Modell einer Studenten an.
Sie muß verheiratet sein, um nur mit einem Partner ins Bett
gehen zu können. Du passt dich besser an und machst mit
uns mit."

Arja hatte kein Problem, anzuerkennen, daß Menschen unterschiedliche Auffassungen haben. Dennoch
nahmen Martin und ich uns das Recht heraus, das Leben so
zu gestalten, wie es uns zusagte. Was Andere machen, war
ihre Angelegenheit, nur sollte jeder die Auffassungen von
Anderen respektieren und nicht Alle über einen Kamm
scheren. Mehr als nur einmal kamen wir vor unseren
Zimmern an, öffneten, wie das so üblich ist die Türe. Doch
was wir zu sehen bekamen, veranlasste uns, die
Zimmernummer an der Türe noch einmal eingehender zu
überprüfen, ob wir aus Versehen in ein falsches Zimmer uns
begeben wollten. Um nicht zu ‚stören‘ , schlossen wenigstens wir die Türe schnellst möglich und suchten vorläufig
noch das Weite. Studien waren hier offenkundig auch auf
körperlichen Beziehungsaustausch ausgedehnt worden. Sie
wußten ja nicht, wie solche ‚Vermischung von Aufgaben‘
ihre Ziele im Leben einmal bestimmen werden. Das Glück
im Leben kann so all zu leicht von Einem zum Anderen
wandern, bis es verloren geht.

Um an das notwendig leidliche Geld heranzukommen, half Martin gelegentlich aus als Schiedsrichter bei Tennis-Tournieren. Bei einer solchen Gelegenheit kam eine Dame

Heidelberg-Unterkunft Rahmengasse 11, 1969

auf Martin zu und fragte ihn, ob er der ‚so und so' wäre. Das Ergebnis dieser Anfrage war, die Tennisspielerin war verwandt mit den Eltern von Martin. Auf der einen Seite war dies keiner besonderen Rede wert, außer, daß im Gespräch herauskam, die Dame war selbst Studentin und war dabei, aus einer privaten Unterkunft in eine bessere umzuziehen. Die Notiz entging mir nicht, so daß ich nach dem Tennis-Tournier bei einer Tasse Tee mit der Dame unsere Adressen austauschte. Darüber hinaus erklärte sich die andere Seite bereit, ein gutes Wort bei der alten Unterkunft für uns einzulegen. Das Glück war uns hold, die Vermieterin brachte keine Einwände gegen uns vor, als wir mit der Empfehlung der Tennis-Dame uns umgehend vor Ort erkundigten.

So gelang es uns mit Hilfe von maßgeblicher Seite mehr eigene Wände in unserem Leben auch als Studenten wenigstens zeitlich begrenzt zu gewinnen. Zu dem Zeitpunkt kam dies einem Erfolg gleich, in dem heiß umworbenen Mieter-Markt von Heidelberg. Das ‚Heim' war zwar nur ein Zimmer mit einem noch kleineren Nebenraum für Kochgelegenheiten. Von Außen sah der Bau nicht gerade ansprechend aus. Innen war er allerdings sauber ausgestattet worden. Vielleicht hatte das Geld für einen ordentlichen Außenputz noch nicht gereicht. Die gute Seite der Unterkunft war in seiner ruhigen Lage eines Hinterhofes, welcher den Lärm des Stadtverkehres fern hielt. Außerdem erlaubte die Lage, zu Fuß in die Stadt an die Universität zu gelangen und hinzu kam, nur wenige Minuten auch zu Fuß, trennten die Wohnlage von der grünen Ufer-Promenade entlang dem Fluß Neckar mit Blick auf die Stadt und sie überblickenden Schloss an seinem gleichnamigen, lückenlos bewaldeten Berg. In solcher engen Wohngemeinschaft war es nicht zu verwundern, daß bereits die Hausnummer 13 der Rahmengasse auch ein ‚Freudenhaus' beherbergte, wie wir von außen erfuhren. Wo die Grenzen sich eng stoßen, hieß es, auf der Hut zu sein. Denn andere Verhältnisse bringen gerne mit sich auch Überraschungen, wie wir mit der Zeit erfahren durften.

Jedenfalls ließen wir uns nicht ‚lumpen', unsere neue Unterkunft auch schön nach unserem Geschmack und Möglichkeiten einzurichten. Bett, Stühle, Tisch waren vorhanden, alles andere wie zum Beispiel Buchregale fertigte Martin im Handumdrehen selbst an, oder überholte aus einem Gebrauchtladen Gegenstände, so daß sie eventuell besser als neuwertig wieder ihren Dienst weiter leisten konnten. Schon damals warfen Leute in einem falschen Verständnis von Konsum und Fortschritt sehr viel weg, um sich lediglich mit etwas mehr neu Aussehendem gegenüber den leidlichen Nachbarn rechtfertigen zu können.

Um ausreichend Geld zu verdienen, nicht nur für die Studienzeit, sondern auch für die sogenannten Semesterferien, nahm Martin eine Studien-fremde Beschäftigung vorübergehend auf als Maschinen-Verkäufer für ein großes Deutsches Unternehmen. Martin konnte die Augabe wahrnehmen auf Grund seiner vorausgegangenen technischen Ausbildung. Das Geschick, das Anknüpfen von Beziehungen brachten uns nicht nur gutes Geld ein, darüber hinaus in Tauschgeschäften auch sage, schreibe zwei wunderschöne echte Perserteppiche. Somit war schon vom Boden her unsere Unterkunft beachtlich schön eingerichtet.

Ölgemälde eines Freundes an der Wand vervollständigten dann die Einrichtung, so daß eine Einweihungs-Feier vorgesehen werden konnte. Ohne Umschweife entwickelte Arja Talente in der einfachen Küche, etwas selbst Gebackenes den zahlreich geladenen Freunden und Bekannten anbieten zu können. Unter den Gästen war selbstverständlich geladen auch die Tennis Dame, welche uns die Möglichkeit dieser Privat Unterkunft ‚einfädelte'. Für die Zeit einer guten Unterhaltung in Studentenkreisen brachte jeder selbst noch etwas mit. Für den Augenblick schien alles bestens zu sein.

Wie ist es doch oft im Leben ? Wenn es am schönsten ist, ist das Gegenteil all zu oft auch nicht weit entfernt. Zunächst gingen wir best möglich unseren Studien nach. Wenig Zeit blieb dabei übrig für anderes wie, zusätzliches Geld verdienen, oder Freizeit-Gestaltung. Arja leistete auch ihren Beitrag neben ihren Studien am Dolmetcher Institut der Universität mit gelegentlicher Haushilfe-Arbeit bei einer Heidelberger Familie mit kleinen Kindern. Martin fuhr fort, wenn es auch Studien-fremd war, in Studien-freier Zeit in seinem Ingenieur Beruf zwar Geld zu verdienen, aber auch mit Hinblick auf erweiterte Berufs Möglichkeiten, welche mehr seinen Vorstellungen entsprachen. Wie weit man damit im Leben kommt, bleibt für jeden übrig, selbst herauszufinden.

Bereits vom Beginn unserer Zeit in Heidelberg an, kamen Martin Zweifel, ob seine neue Studienrichtung unserem Leben besser dienen wird. Alleine in der Arbeit während den Semesterferien verdiente er mehr Geld, als er nur hoffen konnte mit seiner neuen Richtung. Zu einem Zeitpunkt entschied Martin, sein Medizin Studium zu verlassen, da die Studien Gebühren gerade in diesem Fach unverschämt hoch waren. Selbst eine mögliche Studien-Beihilfe wurde ihm abgesprochen aus sehr schwer verständlichen Gründen. Von offizieller Seite wurde Martin schriftlich mitgeteilt, daß seine Eltern wohlhabend und deshalb vom Gesetz verpflichtet sind, den Sohn zu unterstützen. Auch wurde nicht versäumt, darauf hinzuweisen : Sollten die Erziehungsberechtigten ihren gesetzlichen Verpflichtungen nicht nachkommen, soll hier der Sohn seine Ansprüche auf dem Rechtsweg geltend machen.- Martin ging dies einiges zu weit in dem burokratischen ‚Klim-Bim'. Gleich, was das Gesetz vorsah, in Familien Angelegenheiten hatte es nach Martins Auffassung nichts verloren. Gleichgültig, wie Eltern sein magen, wenn keine Einigung zustande kommen kann, das offizielle Recht schafft hier nur noch mehr Unfrieden obendrein. Martin entschied, in seinen Ingenieur Beruf zurück zu kehren.

Bis dahin, blieb es nicht aus, daß ab und zu der Geldbeutel gähnende Leere erfuhr und einer Überraschung gleich oft aus Finnland gerade rechtzeitig Hilfe über die Hürde uns brachte. Arja bringt hier hauptsächlich die Seite ihrer Geschichte, wie ihre Auffassungen dies erlaubten. Daß dies nicht in einem Gegensatz zu der Gemeinsamkeit mit Martin stand, zeigt alleine der Vergleich dessen, was hier niedergeschrieben wurde und was Martin später in seiner mehrbändigen Biographie aussagte : Die Aussagen widersprechen sich in keiner Weise. Der Leitfaden in den Büchern ist derselbe geblieben : Wie zwei Personen von sehr unterschiedlichem Hintergrund im Leben allem zum Trotz Gemeinsamkeit erreicht haben. Unser Gespräch auf einem Spaziergang an einem kalten Wintermorgen über unsere nähere Zukunft, erfuhr eine interessante Wende. Schnee war gefallen und liegen geblieben. Dies war im Anfang des Jahres 1969. Früh am Morgen hatte der Waldweg noch nicht die Fußspuren anderer Menschen, außer Unseren erfahren. Auch die Luft war vom frischen Schnee gesäubert, man spürte gut, wie sie in die Lungen ihren Weg leichter fand. Und trotzdem entging es mir nicht, daß Arja nicht wie üblich ohne Schwierigkeiten Schritt auf unserem Spaziergang hielt.

Plötzlich hielt Arja an, sah mich mit ihren Augen an, wie aus einer anderen Welt und ging vor mir auf den Boden in ihren Knien. Ich konnte sie gerade noch am Rücken mit meinen beiden Händen fassen. Schon wenige Augenblicke später kam Arja wieder auf ihre Beine. Besorgt stellte Martin die Frage : „Ist etwas verkehrt mit Dir Arja ?" Zuerst brachte Arja kein Wort heraus, sie war selbst in sich gefangen. Um so mehr sicherte ich ihren Stand mit meinen Armen um sie. Mit ihrem Kopf an meiner Schulter brachte Arja in leichtem Unterton folgende Worte schließlich heraus :"Ich erwarte unser Kind."

Martin hielt Arja noch fester an sich, er lächelte sie an mit den Worten :"Das ist ja herrlich ! Unser Leben hat eine neue Richtung erhalten. Wir sind auf dem Weg, den wir uns vorgenommen haben.Wir wollen wilde ‚Wullies'haben!"
Arja erwiderte nur mit ihrem Lachen.

Arja prüft das selbst gebaute Kinderbett, 1969

Der Spaziergang hörte dann an dieser Stelle auf, unsere Schritte lenkten wir langsamer zurück nach unserem zu Hause. Die Würfel waren gefallen. Ohne zu zögern befürwortete Martin unsere neue Lebensrichtung. Wie hätte er dies auch nicht können ? Er war ja maßgeblich beteiligt. In solcher Situation zeigt sich dann oft der wahre Kern.

Martin beendete noch sein Studien-Semester, wonach Beide übereinstimmten, sich für diesen neuen Teil ihres Lebens richtig vorzubereiten. Bei einer der wenigen Industrien von Heidelberg, einer Präzisions-Instrumenten Firma fand Martin sofort eine Anstellung. Eine bessere Wohnmöglichkeit konnte die Firma uns auch noch obendrein anbieten.

Bevor es aber zu einem Umzug dorthin kommen sollte, wollte in der Studenten Unterkunft etwas Befremdendes sich noch zutragen. Die Besitzerin der Mieträume war eine Kindergärtnerin, welche ihren eigenen privaten Kindergarten in der Gegend führte. Aus ihrem Urlaubsort in Österreich schickte sie uns per Einschreiben eine Kündigung für unsere Unterkunft mit der Begründung : Die Wohnung ist nicht für ‚Menschen‘, die ein Kind erwarten. Welche Worte aus dem Mund einer Kindergärtnerin ! Und das so aus heiterem Himmel aus der Ferne ! Wir waren entschlossen, einen Ausweg zu finden. Denn, wo ein Wille ist, da findet sich auch immer ein Weg ! Das Angebot der Wohnung durch die Firma kam allerdings etwas später auf uns zu. Deshalb galt es, für den Augenblick eine passende Antwort und Lösung zu finden. Unsere Antwort war zuerst diese : Die ‚Bild-Zeitung‘ informierten wir, daß ein Kindergärtnerin es nicht dulden kann, daß ein Kind in der von ihr gestellten Mietwohnung mit den Eltern wohnt. Auf der ersten Seite der größten Zeitung Deutschlands erschien ein Bild von Arja und der entsprechende Artikel. Um der Angelegenheit noch etwas mehr auch lokal Bedeutung beizumessen, suchte Martin den Kontakt auf mit der Heidelberger Mieter-Vereinigung. Es wurde ihm zugesagt, seinen Fall bei der Sitzung in nur wenigen Tagen vorzubringen.

Noch bevor es zu der Sitzung kam, war die Kindergärtnerin bis in ihren Urlaubsort alarmiert worden, welchen Lauf ihre Initiative genommen hatte. Vielleicht wie vom Blitz getroffen, stand die Dame wie aus heiterem Himmel plötzlich vor unserer Türe und beeilte sich, mit folgenden Worten zu versuchen, ihre ‚Felle‘ am Fortschwimmen zu retten : „Das muß alles ein Mißverständnis gewesen sein, vergessen Sie meinen Brief und machen Sie mir wenigstens einen Gefallen, sagen Sie Ihren Auftritt beim Mieterbund ab. Sie können in den Wohnräumen bleiben, solange Sie wollen.“

„Vielen Dank für Ihr ‚Entgegenkommen', wir legen keinen Wert mit offener Kinder-Feindlichkeit leben zu müssen. Wir haben bereits die Weichen dahingehend gestellt, daß wir jeder Zeit ihre Wohnung aufkündigen können, dank der Hilfestellung meines Arbeitgebers. Vor einer Woche war dies noch ein unlösbares Problem für uns.Wenn Sie jetzt mit den veränderten Verhältnissen vorbehaltlos ohne Kündi-

Arja mit Sohn Risto, Heidelberg, 1970

gungsfrist uns freie Hand geben, werde ich genau so gerne Abstand nehmen, dem Fall weiter öffentliche Aufmerksamkeit zukommen zu lassen. Was Sie aus dem Fall lernen sollten, es ist unangemessen für eine Kindergärtnerin, einer jungen Familie die Wohnung zu kündigen, wegen einem Kind."

Bei all dem Fortschritt und vermeintlichem Wohlstand in Deutschland sind damals Kinder übersehen worden. Vielen Menschen passten Kinder nicht in ihr Wohlstands-Konzept. Bereits ein kleines Kind war in einer Wohngemeinschaft von vornehmlich älteren Bundesbürgern ein Stein des Anstoßes. Zu Viele von ihnen mußten vergessen haben, daß sie auch einmal ein kleines Kind waren. Bei Mietwohnungs Gesuchen war schon beinahe „Kinder unerwünscht" stillschweigend akzeptiert. Allerdings Hunde und Katzen waren nicht einmal offen in Frage gestellt worden. Was für eine Zukunft kann eine Gesellschaft erwarten, wenn sie den Sinn eines Nachwuchses durch Kinder verloren hat ? Die Antwort darauf überließen wir lieber denjenigen, die mit so einem Verständnis noch im Dunkeln sich befanden. Der Tag wird kommen, an dem solchen Menschen ein großer Aufweckruf begegnen wird, der sie wissen läßt, wo sie den ‚Zug' verpasst haben.

Wenn es uns irgendwie möglich war, besuchten wir

gerne die Familie in Finnland. Bei einer Gelegenheit nahmen wir alle unsere ‚Sieben Sachen' mit uns, um eventuell herauszufinden, ob wir Finnland als unsere Bleibe erklären konnten. Die finnischen Sprachkenntnisse von Martin waren jedoch noch zu gering, um im Berufsleben einigermaßen sattelfest Fuß fassen zu können. Martin war auch nicht die Person, die Andere, besonders in der Familie in Anspruch nehmen sollte, um auf eigene Beine zu kommen. Was auch einen nicht gering zu schätzenden Ausschlag ausmachte,waren die Beschwerden einer Rückenverletzung Martins aus seiner Kindheit. Nur ein warmes Klima machte diese Situation für Martin einigermaßen erträglich, wie er dies bereits herausgefunden hatte. Mein Beitrag, der von Arja, mit täglicher gezielter Rückenmassage hielt das Problem in Grenzen. Darüber hinaus muß ich eingestehen, daß es auch mich in ein wärmeres Land fast magisch zog, obwohl ich in Finnland, einem Land mit langem, kaltem Winter aufgewachsen bin und dies meine Heimat war. Aus den sehr lebhaften Schilderungen Martins von Südeuropa, Kleinasien und Afrika erlebte ich wahrscheinlich selbst den Vorzug eines im Vergleich zu Finnland ständig warmem Klima. Tatsache ist, daß alles Leben aus den warmen Klimazonen ursprünglch kam.

‚Wohn-Kaserne' in Karlsruhe, Deutschland, 1971

Petteri & Risto haben in Finnland ihren Spaß

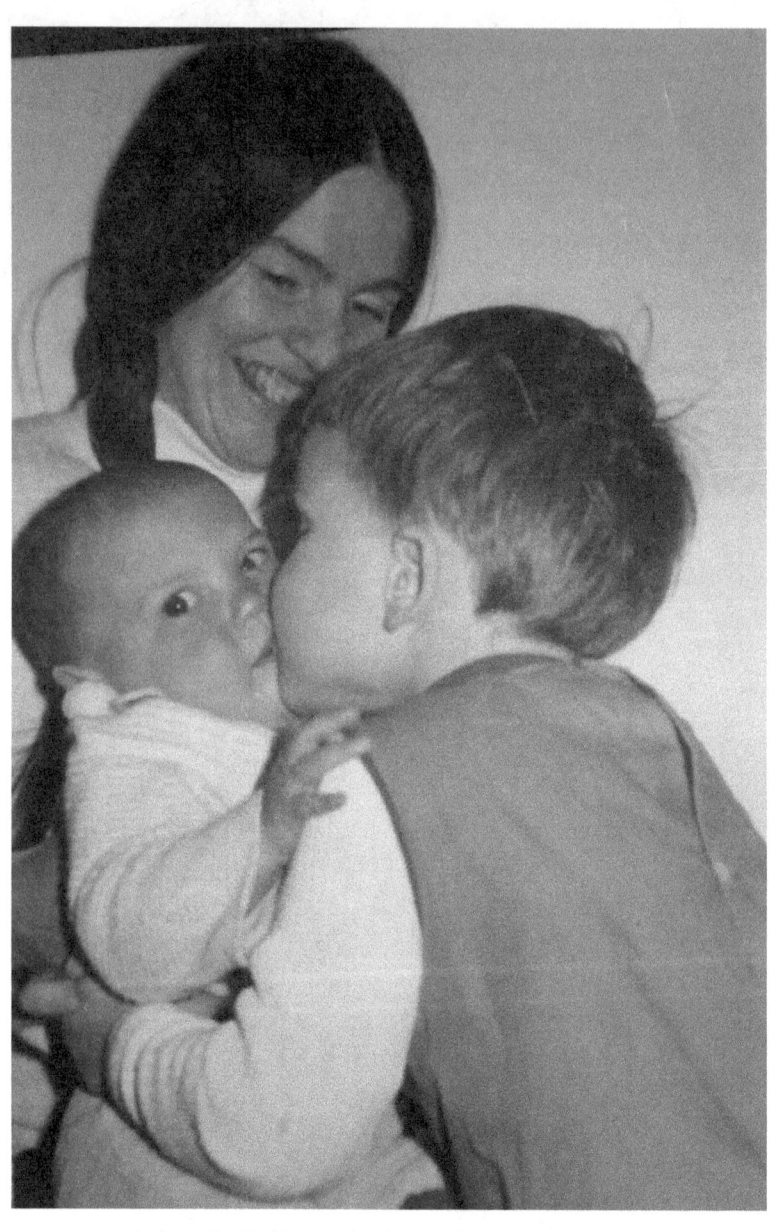

Arja mit Raija und Risto, Karlsruhe, 1971

Kapitel 12

Unser Leben in

Südafrika

Nach ‚A' kommt bekanntlich ‚B', besonders, wenn ‚A' nichts bringt. In unserem Fall wurde ‚B' Südafrika. Nur eine Anfrage reichte aus und schon hatten wir die freie Fahrkarte in ein anderes Land. Arja war begeistert, daß wir ferne, neue Horizonte vor uns hatten, denn Afrika war damals noch eine Reise wert.

Im August 1972 ging Martin voraus, um eine Anstellung in einer Deutschen Firma in der weiteren Umgebung von Johannesburg, im Norden des Landes, anzutreten und somit den Schritt für die Familie besser vorzubereiten. Arja wartete gewissermaßen voller Erwartungen die Zeit ab in Finnland.

Nach seiner Ankunft in Südafrika blieb ihm nicht erspart, erste Hürden in so einem anderen Land zu nehmen. An Arja meldete Martin sogar Zweifel an, ob der Schritt richtig werden kann. Arja stärkte Martin aber den Rücken, denn sie wollte Afrika selbst auch erleben.

Die drei Warte-Monate in Finnland konnten für Arja nicht schnell genug vorbei gehen. Zuerst von Helsinki nach Frankfurt stieg sie mit unseren zwei plus einem Kind, welches in der Zeit in Finnland auf die Welt kam, zum ersten Mal in das größte Flugzeug, welches die große Entfernung meisterte.

Arja erinnert sich noch heute an diese Zeit in Finnland : „Unser drittes Kind Mirja, einMädchen, kam beim ersten Schnee in Tampere / Mittel-Finnland auf die Welt. Ich war zu Hause in besten Händen, so daß ich an meinem Abflugstag gut vorbereitet war. Die Familie in Finnland sah mit offenem Bedauern nicht nur mich, sondern unsere ganze Familie nicht gerade gerne so weit weg zu ziehen. Die Freude an unserem Unternehmergeist überwiegte jedoch. Mein Vater Petteri äußerte sich beim Abschied mit seinen Worten, deren Aussage niemand damals in ihrem wirklichen Inhalt wahrnehmen wollte, oder konnte :"Den Kerl (Martin) werde ich betimmt nicht mehr sehen." Leider war es mein Vater, der nach nicht einmal zwei Jahren derjenige war, der sich von Allen verabschiedete.

Krugersdorp,Transvaal, Südafrika – unser Haus, 1972

Während meinen drei Monaten Wartezeit in Finnland hatte Martin alles in Südafrika für die Ankunft der Familie gut vorbereitet : Seine Arbeit hatte sich eingespielt, ein Haus wartete auf uns alle, selbst ein Fahrzeug.

Im Anfang Dezember landete ich mit den Kindern am ‚Jan Smuts Johannesburg International Airport'. Mit den Kindern erschien der lange Flug über ganz Afrika doch ziemlich lange. Nur wenig konnte ich während dem Flug Sehenswürdiges selbst über Afrika sehen. Das Wenig zeigte mir aber schon einen sonnen- und farben-reichen Teil unsere Erde, so gänzlich anders als über Europa, wo der Grün-Ton vorherrschte, sofern der Himmel einen Blick überhaupt durch die Wolken erlaubte. Die Erwartung des Wiedersehens überspielte jedoch leicht die Müdigkeit an Bord des Flugzeuges mit den Kindern.

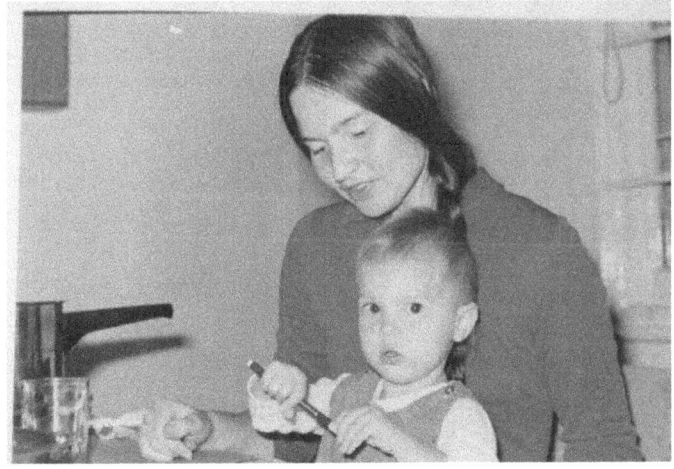

Arja mit Tochter Raija, Weihnachten 1972, Krugersdorp

Zu dem Zeitpunkt entsprach Südafrika auf den ersten Blick ganz unseren Vorstellungen. Für Fachleute war reichlich Arbeit vorhanden. Das Einkommen mit sehr geringer Steuer trug zu einem guten Lebensstandard bei. Fast jedes Wochenende machten wir Ausflüge in die Afrikanische Wildnis, in der man sich schnell fand, sobald man nur aus der Ortschaft herausgefahren war. Dort begegnete man entweder auf freier Flur oder in geschützten Tierparks der großartigen Tierwelt von Afrika : Zebras, Giraffen, Wilde Beest, Nashorn, Antilopen und besser in abgesicherten Gebieten den Löwen. Schönes Wetter konnte man sagen, war hier die Regel. So daß jedes Wochende nach der Arbeitswoche ein Ausflugs-Urlaub für uns wurde.

Blauberg Strand, Kapstadt, Raija und Risto, 1973

Soziale Unruhen hingen allerdings drohend über der ruhigen Oberfläche im Land. Es war abzusehen, daß dies früher oder später, eher früher, schwere Folgen mit Unruhe in der Gesellschaft herbeiführen wird. Die sozialen Unterschiede in den Bevölkerungs-Schichten waren so offen sichtbar, wie wir das noch nicht erfahren hatten. Nach unserer Auffassung waren diese Verhältnisse in der Vergangenheit zu lange ohne Änderungen belassen, weshalb solches Vakuum in gesellschaftlicher Struktur unweigerlich in schwer kontrollierbare Richtungen zwingend führen mußten. Einen Hinweis daraufhin lieferte die ansteigende hohe Kriminalität.

Südafrika erfüllte zwar unsere Vorstellungen. Bevor jedoch der Boden unter den Füßen von allen Südafrikanern zu heiß werden sollte, überlegten wir nach drei Jahren in Südafrika, wohin ein vernünftiger Ausweg uns bringen konnte. Nicht aus Furcht, sondern aus Überlegungen für die Zukunft unserer Kinder, war eine Umorientierung durchaus angebracht. Schade war es trotzdem, daß dieses schöne, reiche Südafrika keinen vernünftigen Ausweg aus seinen festgefahrenen Verhältnissen damals bereit war, anzustreben. Lag die Zukunft hier bereits mehr in den Händen von den Kindern der Nation, sollten sie die Hürden nehmen können?

Tatsache war, Kinder spielten hier in ihrer breiten Beliebtheit bereits einen gewissen Ausgleich in den Spannungen zwischen den erwachsenen Bevölkerungs-Schichten ; nur für wie lange und mit welchen Kosten ? Jedenfalls hier in Südafrika erfuhren wir nur Verständnis und Entgegenkommen gegenüber Kindern, gleichgültig von welchem sozialen Hintergrund. Bereiteten die Kinder in Südafrika bereits den Fall der ,Apartheid' vor ? War es dann in Europa, woher wir kamen, der so geheiligte Fortschritt, der sich gegen seine eigenen Menschen richtete, indem sie vergessen haben mußten, daß in erster Linie die eigenen Kinder in den Fußspuren der Erwachsenen folgen können ? Die Abweichung davon führt zwangsläufig zu Veränderungen in der Gesellschaft. Wohin ? Ist hier ein ,Weites Feld'und muß nicht hier erörtert werden.

Unsere Familie am Strand in Kapstadt, 1974

Zum Abschluss noch ein paar bildliche Eindrücke aus unserer Zeit in Südafrika :

Der König der Tiere unterwegs am Weg in Südafrika

Seltene Begegnung mit einem Cheetah, Südafrika

Nashorn beim Grasen, Südafrika

Giraffen, Südafrika

Vogel Strauß in freier Wildbahn, Südafrika

Wilde Beest, Südafrika

Chamäleon, unser Untermieter im Wohnzimmer, Südafrika

Affenbesuch auf der Windschutzscheibe, Südafrika

Kapitel 13
Unser Leben
in Brasilien

Als Martin und Arja noch in Deutschland wohnten, sprachen Verwandte von Seiten der Stiefmutter Martins über ihr Leben in Brasilien. Dabei richteten sie auch die Frage an uns :"Deutschland ist so eng, warum kommt Ihr auch nicht nach Brasilien ?" Jetzt bei unseren Überlegungen in Südafrika erinnerten wir uns an diese Frage. Daraufhin dauerte es nur einige Wochen, bis unsere Anfrage bei der Brasilianischen Botschaft in Kapstadt Zuspruch erfahren hatte.

Neben den Vorbereitungen für solch einen Umzug, zollten wir der portugiesischen Sprache vorrangige Wichtigkeit bei. Denn die Sprache ist in allen Ländern der wichtigste Beitrag eines Außenstehenden, um Anschluß besonders mit der Bevölkerung zu erreichen. Deshalb lernten wir auf Grund eigener Erfahrung die für uns neue portugiesische Sprache von einem Sprachkursus auf Tonband jeden Abend eine halbe Stunde im Bett vor dem Einschlafen. Diese begrenzte ‚Berieselung' des Unterbewußtseins zeigte sich außerordentlich erfolgreich. Bis zu der Vorstellung bei der Brasilianischen Botschaft konnten Martin und Arja sich bereits gut genug mit dem brasilianischen Botschafts Personal verständigen, was gut angekommen war. Die weitere flüssige Sprache lernten auch Martin und Arja sehr schnell im Umgang mit den Menschen in Brasilien.

Besonders bei so wichtigen Entscheidungen wie einer

Umsiedlung, war es bei uns in der Familie Gang und Gebe, daß ein Jeder angehört wurde und sein Sagen dazu hatte. Um zu einer Übereinstimmung zu gelangen, war auch gutes Argumentieren erforderlich. Denn umsonst ist ein Teil der Familie von einer Idee begeistert, wenn die Idee nicht weiter ‚verkauft' werden kann. Sobald Übereinstimmung erzielt werden konnte, zog jeder an ein und demselben ‚Strick'.

Noch vor dem Aufbruch von Südafrika absolvierten wir ein neues, viertes Familienmitglied, den Jungen Peter. Somit war Parität in der Familie eingetreten mit zwei Jungen und zwei Mädchen. Vom Hören-Sagen wußten wir bereits, daß in Brasilien Kinder eine zumindest gleichwertige, wenn nicht vorrangige Stellung mit den Erwachsenen in seiner Gesellschaft hatte. Die Bestätigung dafür erfuhren wir bereits, als wir in ein Flugzeug der Brasilianischen Luftfahrtgesellschaft in Johannesburg einstiegen. Zwar erhielten die Kinder in erster Linie den Empfang der Stewardessen, aber vielleicht typisch für Brasilien, war dies auch nur ein Ablenkungs-Manöver von dem was uns bevorstand. Ohne die Passagiere zu informieren, ging der Flug nicht direkt nach Rio De Janeiro, sondern nach Nord-Westen zu der Hauptstadt von Angola, Luanda. Dort tobte der Bürgerkrieg und Flüchtlinge warteten, mit ausgeflogen zu werden. Unterwegs flog das Flugzeug teilweise so nahe dem Boden, um weniger eine Zielscheibe für die Rebellen des Landes zu werden. Dabei konnte man manchmal aus dem Flugzeug afrikanische wilde Tiere beobachten, wie sie vom Flugzeug aufgeschreckt die Flucht ergriffen. Beim Anfliegen des Flughafens von Luanda sicherte links und rechts der Landebahn das Militär unsere Landung.

Am Flughafen Gebäude mußten alle Passagiere das Flugzeug verlassen, aus Sicherheits Gründen. So lautete wenigstens die offizielle Version. Im Gegensatz dazu billigte man uns mit den 4 kleinen Kindern zu, an Bord zurück zu bleiben. Immerhin war uns nichts passiert. Wie dann die große Anzahl Flüchtlinge noch in das Flugzeug hinein passen sollten, dafür hatten die Brasilianer ihre eigene Lösung bereit.Zum Glück war es eine Boeing-707 Maschine, so daß sie die zusätzliche Last ‚verdauen' konnte. Jeder mußte einen jüngeren Passagier auf seinem Schoß zusätzlich Platz einräumen. Hier erfuhren Martin und Arja, daß Brasilianer nie verlegen sind, eine Lösung zu finden, welcher sie ihren eigenen Namen mit einem ‚jeito' geben.

Beim Start in Luanda waren dann wieder links und rechts der Startbahn Panzer aufgefahren, den Start zu sichern. Und wie ging es steil in einer Spirale hoch, um so schnell wie möglich aus diesem anzunehmenden gefährlichen Bereich heraus zu kommen. Die Besatzung des Flugzeuges sorgte schon dafür, daß die angespannte Situation sich schnell entschärfte. Samba-Musik ertönte bis in die offen stehende Flugkanzel. Hinzu kam noch, daß eine Stewardess sich unserer Kinder annahm und sie mit den Piloten bekannt machte. Eine ‚amisada'(lustigeUnterhaltung) mußte in Brasilien stets mit dabei sein. Im brasilianischen Verständnis war und ist bestimmt noch der Ernst des Lebens immer da, weshalb sollte man ihm dann überhaupt Aufmerksamkeit schenken ? Solche Erkenntnisse und mehr darüber hinaus erfuhren wir auch wieder nach der Landung in der Riesen-Stadt Rio De Janeiro. Unser Anschluss-Flug nach der noch riesigeren Stadt Sao Paulo, weiter im Süden gelegen, war bereits abgeflogen. Immerhin waren wir nicht allein, die auf den nächsten Flug nach Sao Paulo mitten in der Nacht warten mußten.

Arja erinnert sich daran noch folgendermaßen :"Auf dem Flughafenfeld warteten nicht nur eine ganze Anzahl Menschen, sondern auch noch Flugzeuge, von denen niemand wußte, welches Flugzeug wohin fliegen sollte. Die Leute um uns kümmerten sich sichtbar wenig um diesen Umstand. Im Gegenteil, nichts hinderte sie daran, mit unseren Kindern eine ‚amisada' zu haben. Das Problem, welches Flugzeug nach Sao Paulo flog, ging damit aber nicht weg. Jedem war es nahe gelegt, selbst herauszufinden, wer von den vielen Menschen zufällig zum Flughafen-Personal gehörte, oder ein Passagier war. Niemand war in Eile auch mit Fragen stellen : „Wie kommt man heute Nacht von hier nach Sao Paulo ?"

„Kein Problem, kommt nur mit uns, eines dieser Flugzeuge wird uns schon ans Ziel bringen."

„Sind Sie sicher, daß dieses Flugzeug nach Sao Paulo fliegt ?"

„Mach' Dir keine Sorgen, irgendwo wird es uns schon hinbringen."

„Woher wissen Sie, daß dieses Flugzeug nach Sao Paulo fliegt ?"

„Ich bin beinahe sicher, bald werden wir mehr wissen."

In der Tat, im Flugzeug bestätigte eine attraktive, Schokoladen-braune Stewardess mit ihren großen, dunkeln Knopfaugen und einem ungezwungenen Lächeln :" Ja, wir sind alle im Flugzeug nach Sao Paulo. Ihr seid alle willkommen, ich nehme mich gerne Euerer schönen Kinder an, unsere Piloten wollen Sie auch begrüßen. Die Eltern können sich indes ruhig entspannen."

Sehr bald danach erreichte eine Meldung aus der Flugzeug-Kanzlei alle Passagiere :" Wir haben Import aus Afrika heute im Flugzeug mit uns !"

Das Flugzeug landete mitten in der Nacht in einem Flughafen weit außerhalb von der Großstadt Sao Paulo mit dem Namen ‚Viracopos' und nicht im ‚Congonjas' Flughafen unweit dem Stadtzentrum. Zweihundert Kilometer trennten die zwei Flughäfen voneinander. Eine Empfangs Delegation der Verwandtschaft erwartete uns aus Erfahrung, ein Teil in ‚Viracopos', der andere Teil in ‚Congonjas'.

Selbst der weit außerhalb gelegene Flughafen von ‚Congonjas' wußte uns auch mitten in der Nacht mit tropischer, feuchter Hitze, einer Vielfalt tropischer Gerüche und Insekten in der Luft zu empfangen. Die verschiedensten Kaliber von Insekten mit ihrem tiefen Brummen, Summen bis schrillem Kreischen waren dabei ‚Überstunden zu machen', um unsere Ankunft nicht zu verpassen.

Trotzdem hinderte all dies den hier wartenden Empfangsteil der Familie nicht daran, unsere Familie aus der Passagier-Zahl ausfindig zu machen.

An den Kontroll-Schaltern ging dann alles flüssig über die Bühne, da der Schwiegersohn des verwandten Onkels als Brasilianer wußte, wie man in Brasilien den Dingen etwas nachhelfen konnte. ‚Jeitos' und 'jeitinios' (Beihilfen und Entgegenkommen) helfen in Brasilien beiden Seiten, der offiziellen, sowie der inoffiziellen Seite. Innerhalb einem unvermeidlichen Papierkrieg waren wir angehalten mit unserer Unterschrift zur Kenntnis genommen zu haben, daß wir innerhalb einer Woche unserer Ankunft in Brasilien bei einer Polizeistelle unsere Fingerabdrücke abliefern mußten. Ein erster Hinweis nicht nur auf regierende Militär-Junta des Landes, sondern auch auf das Problem der damals schon fast uferlosen Kriminalität besonders in den Großstädten. Jedenfalls, der Empfang in Brasilien war schon brasilianisch, wie wir feststellen durften. Nach dem offiziellen Empfang lief der von der Familie doch mehr bekannt freundlich ab.

Die Partie am anderen Ende vom Sao Paulo Flughafen Congonjas erhielten Nachricht von unserer Ankunft am Flughafen von Viracopos. Zum Landsitz der Familie war es nur ein ‚Katzensprung'von wo wir angekommen waren, wohingegen die Fahrt von Sao Paulo zurück gute zwei bis drei Stunden in Anspruch nahm. Im zu Hause der Familie, einer ‚chacara', welches die kleinere Form des größeren ‚sitio' und noch der größeren ‚fazienda' eines Landbesitzes in Brasilien ist, freuten sich die brasilianischen Enkelkinder über den ‚Import aus Afrika'. Hätten wir einen Teil der Familie in Brasilien nicht gekannt und erfuhren deshalb einen persönlich herzlichen Empfang, wäre es uns nicht in den Sinn gekommen, den Schritt nach Brasilien zu machen. Jetzt, wo wir den Schritt gemacht hatten, galt es die weiteren notwendigen Schritte sorgfältig vorzunehmen, in wiederum ziemlich anderen Verhältnissen, als wir bis jetzt begegnet sind. Brasilien war und ist ein Land mit sehr eigenen Verhältnissen, wie wir sehr bald erfahren durften.

Familie in Vinhedo, Brasilien : v.l.n.r. Antoninho, Traudel mit Kindern Alexander, Risto, Andrea , Martin mit Raija, Pusti,Thomas,Roland mitMirja und Arja mit Peter. Juni 1975

,Ein Schritt nach dem anderen' galt auch in Brasilien. Das große Haus der Verwandtschaft auf dem eigenen großen Grundstück lag auf einem kleinen Hügel, auf den ein eigener Fahrweg hinauf führte. Das Land war zwei-geteilt ; ein Teil mit dem Haus war von einem Zaun umgeben. Zugang ermöglichte am Ende des Fahrweges ein doppel-schwingendes Tor , rechts und links an gemauerten quadratischen

412

Torpfosten in soliden Scharnieren aufgehängt. Der weiter nach unten folgende Landbesitz diente teilweise einer Zitrus-Baum Plantage. Land war damals in Brasilien noch außerhalb der Ballungs-Zentren reichlich vorhanden und erschwinglich. Auf Grund seiner hauptsächlich tropischen Klima-Zone, weist Brasilien reichere Vegetation auf, als das zum größten Teil mehr trockene Südafrika. Die Platz und Wohn-Verhältnisse waren in beiden Ländern ähnlich weit offen, bis auf die Ballungszentren, welche in Brasilien ein Vielfaches enger und größer waren, alleine schon auf Grund seiner größeren Bevölkerung.

Nahe dem Wohnhaus stand noch ein kleines Holz-haus, in welchem die verwandte Familie zuerst wohnte, bis sie das Haus einzugsfertig selbst gebaut hatten. Dort durften wir zunächst wohnen, um besser unsere ‚Fühler‘ ausstrecken zu können für ein eigenes Leben in Brasilien.

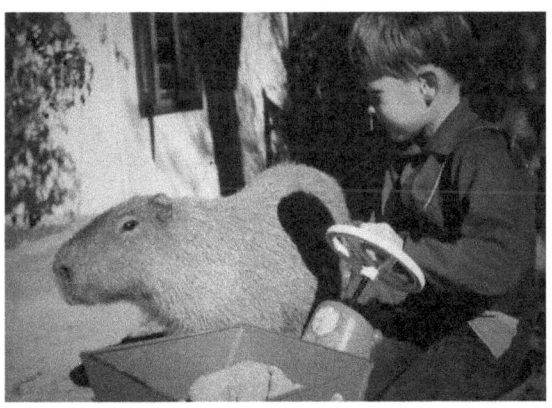

Risto mit Haustier ‚Capibara‘ der Familie

Unser Wolfshund Mars spielt mit den Kindern vor unserem

Wohnhaus

Traudel (l.) mit Arja (r.)

Unsere Kinder waren vollauf beschäftigt. Alleine das Haustier ‚capibara' war so etwas völlig neu-interessantes für sie. Die ‚capibara' mit dem Namen ‚Chicca' lebte einst im brasilianischen ‚Mato Grosso'(Urwald) und hat ein Heim hier gefunden. Dann luden die Zitrus Bäume ein zu untersuchen, welche Früchte reif waren zum Essen. Ferner schmückten das Grundstück Frangipani-Blüten, Poinsettia, Königin der Nacht-Kakteen, Bambus und Vieles mehr.

Unsere Familie bei der Ankunft in Brasilien
v.l.n.r.: Mirja,Raija,Arja mit Peter, Martin mit Risto

415

Ohne Zeit zu verlieren, sorgte Martin , daß die weiteren Schritte in Brasilien für uns geschehen konnten. Auch in Brasilien hielten wir an unserem praktischen Familienkonzept fest : Arja war der ‚Innenminister‘, sie kümmerte sich um unsere ‚Inneren Angelegenheit‘, wohingegen Martin den ‚Außenminister‘ stellte, der sich der ‚Äußeren Angelegenheiten‘ annahm. Solche Teilung der Aufgaben in einer Familie schafft erst extra Zeit auch für andere Dinge.

Start auf unserer 'chacara' (Land) in Brasilien

Der brasilianischen Menthalität, nicht zu überstürzen, schlossen wir uns schon deshalb gerne an, weil nach dem trockenen Winter bei unserer Ankunft im Juni der Sommer zum Jahresende hin mit seiner Hitze und Feuchtigkeit sehr viel von seinen Menschen abverlangte. Mit kleinen Schritten kamen auch wir einigermaßen wunschgrecht weiter.

Eingang zu unserer ‚Chacara Finlandia', Rua Flamboyantes. Varzea Paulista, Brasilien

Besondere Aufmerksamkeit erforderte allerdings die Gesunderhaltung und Vorsicht im öffentlichen Leben. Am falschen Platz zum falschen Zeitpunkt genügte, um einschlägige Erfahrung zu machen mit den Haupt-Problemen Brasiliens : Armut, Kriminalität, Krankheiten. Zu der Zeit herrschte in Brasilien noch eine Militär-Diktatur mit einem ‚Eisernen Griff'. Sie förderten Kapital und Fachleute aus dem Ausland, um die eigene Wirtschaft aufzubauen. Aus dem Grund erfuhren Fachleute relativ gute Einkommens-Verhältnisse. Aber wie gesagt, auch nur für einen Preis. Einen Preis lieferte unübersehbar die große Armut im Land, welche nicht nur zu sozialem Konflikt beitrug, sondern die

Arja mit den Kindern und Mars hinter unserem Haus

Sicherheit in der Bevölkerung in Frage stellte. Als Zielsetzung versteht es sich, daß Brasilien die Begriffe ‚Ordnung und Fortschritt' (‚Ordem e Progresso') wunschgemäß in ihre Flagge aufgenommen hatte. Wann das stattfinden soll, blieb für die Mehrheit der Brasilianer eine ‚Fata-Morgana', weil zu viele Brasilianer dmals nicht einmal Ansätze davon erfahren haben und deshalb fast geblendet daran ihre Hoffnungen aufhängten.

Ob gerechtfertigt oder auch nicht, die Brasilianer verstanden dennoch zu leben, indem sie sich der Zeit anvertrauten : Was heute nicht geschieht, hat morgen auch noch Zeit. Lehnt man sich dem an, läuft man weniger Gefahr, auch ein ‚Magengeschwür' sich zuzulegen. Wenn der Magen aber zu wenig ‚Futter' bekommt, dann erfährt man in der Umgebung solcher Menschen, zu welchen Maßnahmen sie greifen können. Hat man Augen im Kopf und schaut sich um, muß man sich schon fragen, wie weit das vertretbar ist, daß ein kleiner Teil der Bevölkerung inmitten schreiender Armut ein bequemes Leben führt. Arja und Martin sahen hier nicht nur Probleme, sondern erfuhren in zum Teil gefährlichen Konfrontationen diese Stimmen schreiender Armut. Weil solche Stimmen gesellschaftlich lieber überhört werden, bleibt es allzu oft dem Einzelnen überlassen, damit fertig zu werden.

Bananenernte auf unsere ‚Chacara' (Peter,Arja,Raija)

Bekanntlich ist jedoch nicht alles nur schlecht. Auch die Brasilianer sind genug davon überzeugt, das Land und sein natürlicher Reichtum wird seine Menschen weiter bringen. Dies oblag auch in Brasilien leider einem Glauben und da die Brasilianer durchaus gläubig sind, kommen sie irgendwie damit zurecht.

Unsere Familie in Brasilien, 1976

Nach drei Jahren in Brasilien hat unsere Familie mit sehr viel Arbeit, teilweise unter schwierigen Umständen auch durch das Klima, ein Ergebnis erzielt : Seine Menschen waren umgänglich und interessant, die Verhältnisse ließen allerdings noch reichlich zu wünschen übrig. Nach den Erfahrungen in Südafrika kamen wir zu dem Schluss, die Kinder auch in Brasilien nicht einer unsicheren Zukunft zu überlassen. Es war bedauerlich, daß der Preis der Freiheit in Brasilien zu sehr in unseren eigenen Händen lag und in Wirklichkeit nur darauf wartete, auch irgendwann mit uns nicht wunschgemäß abzurechnen.

Um von Brasilien wieder weg zu kommen, bekam eine Arbeit, deren Ausmaß jede Vorstellung überstieg. Der Papierkrieg, den Behörden zu Kreuz kriechen, nahm jeden Tag ein halbes Jahr in Anspruch. Und trotzdem mußten wir einen Weg damals finden, wie wir mit weniger ‚Federlassen' das Land überhaupt verlassen konnten. Die einzige Antwort wurde für uns, eine Reise durch ganz Südamerika.

Vorbereitung Brasilien zu verlassen, Sept. 1977

Die Bestimmungen der Militär-Regierung waren damals nicht auf eine Ausreise aus Brasilien abgestimmt. In einer Welt, in der die Mehrheit nichts Anderes kannte, blieb die Hoffnung aufrecht. Wir hatten mehr erfahren und nahmen uns die Freiheit für uns zu entscheiden, wie wir unsere Zukunft sehen wollen. Viel Glück mußte auf unserer Seite gewesen sein, denn der Ausweg mit einer Reise durch ganz Südamerika verlief nicht ohne außerordentliche Risiken.

Unterwegs noch in Brasilien, September 1977

Ungewissheit erreichte uns auch noch in unserer Endstation von Südamerika, in Venezuela. Ursprünglich hatten wir vor, über Mittelamerika nach USA und Kanada zu gelangen. ‚Pferdefuß‘ Nummer eins war, die Straße von Kolumbien nach Panama hörte in den Sumpfgebieten auf einmal auf ; dann ‚Pferdefuß‘ Nummer zwei wurde ein unbefristeter

Streik der Hafenarbeiter in den USA, so daß eine Überfahrt von Venezuela mit dem Schiff in den Sternen geschrieben blieb. So, was nun ? Ein Kontakt mit dem ehemaligen Rennfahrer ‚Carragiola' des frühen Mercedes-Rennstalles lockte uns verführerisch, in Venezuela damals unsere Zelte aufzuschlagen. Allerdings hatten wir genug Südamerika erlebt, um uns selbst angesichts verlockender Prospekte noch einmal verführen zu lassen. Damals war Venezuela noch ein Vorschreiter in seiner Entwicklung gegenüber den anderen Ländern Südamerikas. Wie sich doch später auch zeigte, brachten seine inneren Verhältnisse auch Venezuela um seinen Fortschritt.

Der Hafen von La Guaira belehrte uns sehr bald eines Besseren, Venezuela auf Wiedersehen zu sagen. Feucht-heiße 42 Grad bei Tag und bei Nacht nahmen sogar uns den Wind aus den Segeln. Ein Schiff nahm unser Auto und das meiste Gepäck auf, während wir mehr notgedrungen in das Flugzeug nach Frankfurt einstiegen. In Frankfurt begrüßten uns dann Winter-Temperaturen. Nach sechs Jahren in gut warmen Ländern blieb die Frage nicht aus : Was ist jetzt besser, Hitze oder Kälte ? Erst innerhalb weiterer Jahre kamen wir zu dem Schluss : Für uns ist Wärme besser. Selbst Arja als Finnin, schloß sich überzeugt dieser Losung an.

Albert Einstein hatte schon eine Faustregel für unser Leben gefunden : Leben ist soviel wie Fahrrad fahren ; man muß in Bewegung bleiben, um das Gleichgewicht zu behalten. – Sehr einfache, aber eindeutige Aussage ! Nur im bewegten Leben gewinnen wir Erfahrungen und die daraus folgenden notwendigen Fähigkeiten. Man sagt ja nicht umsonst auch : Wer rastet, der rostet. Das Geheimnis im Leben liegt wieder in einem Kompromiss : Einen möglichen Verschleiß gegenüber dem Rosten richtig aufzuwiegen. – Für uns sollte das heißen, irgendwo auch einmal Anker zu werfen, wo auch unsere Vorstellungen und Erfahrungen festen Boden finden. Bis jetzt waren wir vielleicht auf einer Suche und haben gelernt. Von nun an sollte es gelten, die Richtung daraus zu finden. Interessant war unser Leben bis hierher auf jeden Fall. Nichts Wesentliches war vor allem verloren gegangen, es galt nun, den Gewinn weiter richtig einzustufen.

Kapitel 14
Ausflug nach
Deutschland

Die ‚kalte Dusche' in Deutschland kühlte die Hitze von Südamerika sehr schnell ab. Die Erinnerung an alte Probleme meldete sich auch ohne Verzug, nur sollten sie in einer neuen Auflage uns gegenüber treten. Erste Warnzeichen ließen auch nicht lange auf sich warten. Nur hatten wir in unserem Erfahrungs-Paket mehr Vergleichs-Material mitgebracht, so daß uns ziemlich schnell wieder klar wurde, womit wir nicht von Neuem uns länger auseinandersetzen wollten. Vor allem, wenn es um die Diskussion der Familie mit ‚so vielen Kindern' kam.

Besuch von Arjas Mutter Tysse aus Finnland, Ausflug in Bayern. v.l.n.r.:Peter,Arja mit Mars,Mirja,Risto,Tysse,Raija

Arja kommt dieser Schritt folgendermaßen zurück ins Gedächtnis :"Um eine lange Geschichte kurz zu halten, ging ich so schnell wie möglich mit den Kindern nach Finnland. Dort waren wir mehr als willkommen, keine Fragen wurden gestellt. Martin setzte sich umgehend ein für eine geeignete Arbeitstelle in Deutschland und eine Wohnung für unsere Familie.

Was mich verwunderte, war, unsere Kinder hatten bevor wir Deutschland verlassen hatten, nie sich in irgend einer Form geäußert zu der Umgebung, in der wir in Deutschland lebten. Jetzt besonders mit dem Vergleich aus der reichen tropischen Natur Brasiliens, begannen sie in phantastischen Farben ihre Erinnerungen auf Papier einzufangen. Das kalte regnerische Wetter, der graue Himmel wollte ihnen überhaupt nicht gefallen. Sie fingen sehr bald an, sich zu Wort zu melden : „Warum sind wir in ein Land gekommen, wo das Wetter so schlecht ist und viel zu viel Leute leben und jeder vergessen hat zu lachen und froh zu sein."Kinder sprechen direkt und ehrlich gemeint aus, dies konnten wir die Eltern nicht einfach überhören. Diese Worte im Kopf verließen uns nicht mehr so schnell. Trotzdem mußte, wenn auch zeitlich begrenzt, wieder das tägliche Leben die Familie zusammen halten, damit ein neuer Schritt überhaupt daraus entstehen konnte. Vernünftige Anstellung in einer Firma konnte Martin sichern. Eine Wohnung für die Familie konnte zwar durchgesetzt werden, nur die Frage, wie vor allen Dingen die lang ansässigen Parteien mit ‚Hereingeschmeckten' zurecht kommen wollten, entpuppte sich als eine Hürde.

Frohere Stunden in Deutschland im Bild festgehalten, 1978

v.l.n.r. : Mirja,Risto,Arja,Martin,Peter,Raija.

„Drei Jahre reichten in Deutschland wieder, daß wir beinahe in das alte Geleis zurückgekommen wären. Der Fortschritts-Zwang in Deutschland hatte noch nicht begriffen, daß in erster Linie die eigenen Kinder sichern können, daß die Gegenwart möglichst nahtlos in eine Zukunft führen kann. Wo keine Kinder mehr sind, da kann dies nicht stattfinden, oder Andere übernehmen und bringen ihre Interessen mit. Wem das dienen soll, wird sich schon zeigen.

Unser Deutscher Schäferhund Mars aus Südafrika war für uns ein volles Familienmitglied, weshalb er ohne jede Diskussion überall mit uns kam. In Deutschland fand er Aufmerksamkeit von allen möglichen und unmöglichen Seiten. Dies konnte Mars aber nicht für den Rest der Familie auch erzielen ; lieber einen Hund, als Kinder ; war die unausgesprochene Antwort. In der Klemme mit solchen Nachbarn, war es schon beinahe zwingend für uns geworden, den Blick wo anders hinzulenken. Wenn die Menschen es hier so haben wollten, wie sie sich zeigten, dann wollten wir ihnen nicht im Weg stehen. Gewiss waren wir nicht so weit gekommen, daß wir uns auf eine Wartezeit einstellen wollten, in der wir dem ‚geschnitzten Holz' der Anderen mehr gleich kamen.

Kapitel 15
Endstation
Australien

Auf diesem Ausflug nach Deutschland wurde besonders Arja mitgenommen. Sie war dem Fremdenhass zu Hause in erster Linie ausgesetzt, während Martin im sachlichen Feld des Beruflebens leichter damit umgehen konnte. Für einen nächsten Schritt kamen wir überein, daß dies mit allen unseren Erfahrungen in eine Endstation führen muß. Denn die Umzüge mit allen unseren Sieben Sachen von Kontinent zu Kontinent forderten einige Anstrengungen. Australien kam aus verschiedenen Gründen uns ins Blickfeld. Viel weiter wegziehen war fast nicht mehr möglich. Also angesichts dieses Schrittes, waren gute Überlegungen und Vorbereitungen vorrangig. Australien kam uns dann tatsächlich entgegen mit der Einwander Erlaubnis und Unterstützung für unsere ganze Familie. So Mancher in unserer näheren Umgebung enthielt sich dieses Mal nicht der Aussage : Die Einwanderung nach Australien kam damals einem Lotto-Gewinn gleich. Das Glück war uns einmal wieder hold. Der lange Flug von Frankfurt endete in Melbourne. Von dort lag es an uns, wo wir in dem neuen, großen Land uns niederlassen wollten. Alleine ein erster Schritt in Australien mußte bei den großen Entfernungen auf dem Kontinent gut überlegt sein. Wohlweislich zogen wir auch das Klima in den verschiedenen Bundesstaaten von Australien in Betracht, denn hier herrschten große Unterschiede. Nach dem Norden wird es vor allem heißer. Hinzu kommen auch noch die umgekehrten Jahreszeiten gegenüber der nördlichen Hemisphäre, woher wir kamen. Ende August war in Australien das Ende des Winters. In Melbourne sah das Wetter zu dem Zeitpunkt allerdings mehr einem deutschen Winter ähnlich. Zweitausend Kilometer weiter nördlich in Brisbane fanden wir mehr oder weniger auf Anhieb ein schönes Mittelmaß in den Jahreszeiten. Strahlender Sonnenschein, im Winter am Tag 25 Grad, märchenhafte tropische Gärten bei den ‚Queensländer-Häusern‘, herrliche Regenwälder in den Bergen und wunderschöne Sandstrände am blau-grünen Pazifik entlang.

Die Hauptstadt des Staates Queensland, Brisbane, war damals noch nicht zu groß. Ein ‚schlafender Riese‘ wartete hier auf eine ungeheuere Entwicklung. Noch in diesen Anfängen faßten wir Fuß beruflich in Brisbane, mit unserem Heim jedoch vorsorglich weit außerhalb sichtbar größeren Entwicklungs Tendenzen. Denn bereits in Brasilien entging uns nicht, wie diese sogenannten Entwicklungsländer sich in allem schnell entwickeln können und man sich in kürzester Zeit von der Entwicklung überholt findet. Unsere Entscheidung am Land nahe der Ortschaft Caboolture unser Anwesen zu gründen, hielt Stand bis über das Jahr 2015 hinaus. Nur mit dem Unterschied, daß im Jahr

Frankfurt , Abflug nach Australien, LH690, 26. August 1981

v.l.n.r.: Risto,Raija,Arja,Peter,Mirja verdeckt, Martin.

„Stern-Magazin" berichtet über unsere Auswanderung

2015 wir das Land für unser Anwesen nicht mehr hätten kaufen können, so sehr waren die Grund-und Boden-Preise nach oben davongelaufen.

Noch bevor die Entscheidung für eine Bleibe in Queensland fallen konnte, sahen wir uns noch auf verschiedenen Reisen auf dem Kontinent gut um. Was wir sahen und erlebten, findet man nur in Australien, dem ältest bewährten Teil unserer Erde. Die australischen Herausforderungen enttäuschten uns keineswegs, sie halfen nur einem gestärkten Durchhalten. Beruflich prüften wir auch für eine begrenzte Zeit je eine durchaus gute Möglichkeit in Melbourne und Perth. Unser Herz schlug aber bereits für Queensland, weshalb wir auch dorthin zurückgekommen waren. Trotz langen Arbeitstagen auf Grund des Anfahrweges von unserem Wohnsitz, schafften wir zu Beginn auch mit der Hilfe der Kinder ein traumhaftes zu Hause , von dem wir wo anders nur hätten träumen können. Allerdings nur mit unnachgiebiger Entschlossenheit, auch am Wochenende seine Zeit dem Aufbau zu widmen. Wir waren gefordert, sind aber gesund geblieben, wahrscheinlich gerade deshalb. Alle unsere vorausgegangenen Erfahrungen sind hier am Ende zum Ausdruck gekommen, weshalb das Ergebnis schon von daher entsprechend schön und zufriedenstellend werden mußte. Ende gut, alles war gut !

„Stern-Magazin" Reporter besuchten uns dann auch in Austr.

v.l.n.r.: Gucki,Martin,Risto,Mirja,Raija,Arja,Peter.

Start auf eigenem Land Dezember 1983, Martin.

Provisorische Unterkunft auf eigenem Land, bis das Haus
fertig war.

Unsere Familie beim Aufbau : Risto,Martin,Raija,Mirja,
Arja mit Micki, Peter, Gucki.

Teilansicht unseres fertigen Hauses

Ein Teil der Veranda

Unser Gesundheits-Brunnen, eigenes Hallenbad mit Sauna.

Auch Arja ist stolz auf das, was wir zusammen erreicht haben :" Unsere ersten Aufbaujahre gingen auch vorbei. Mein Ehemann Martin schaute einmal danach, daß mit der Berufsarbeit das notwendige Geld hereinkam, dann faßte er jede freie Minute zu Hause fest mit beiden Händen an, unser Anwesen in eigener Regie aufzubauen, ohne das Finanz-Damokles-Schwert über uns. Wir bauten schrittweise auf, wie wir es uns leisten konnten.

Zu Hause hatte ich mein Scheffel an Arbeit, nicht nur mit dem Haushalt und dem Anwesen, sondern unausweichlich den Anforderungen unserer sechs Kinder gewissermaßen rund um die Uhr zu entsprechen. Immerhin erlaube unser Fortschritt mit der Zeit, wieder mit meinem zu Hause in Finnland Kontakt aufzunehmen. Nach sieben Jahren in Australlien war es dann so weit, daß ich zum ersten Mal das Flugzeug nach Finnland nahm, um meiner Mutter den Wunsch zu erfüllen, daß sie wenigstens mich wieder sehen konnte. Während ich in Frankfurt landete, überzeugte ich mich selbst, daß ein kurzer Besuch bei den Eltern von Martin auch angebracht wäre. Die Zeit sollte ja geholfen haben, Wunden zu heilen.

Wenn wir auf Reisen unterwegs sind, sollten wir stets gefasst sein, auch Unerwartetes wird uns einholen. Bereits in Frankfurt durfte ich diese Erfahrung machen. Die Deutsche Bundesbahn war auf Streik, nur wenige Züge fuhren. Für mich bedeutete dies, meinen Aufenthalt in Deutschland so kurz wie möglich zu halten, damit ich meinen weiteren Flug nach Finnland nicht verpassen konnte. Auf dem Weg nach Ettlingen zu den Eltern von Martin mußte ich das letzte Stück Weges einen Taxifahrer bemühen. Im Taxi dann erzählte ich dem Taxifahrer, wie unpassend die gegenwärtigen wenigen Zugverbindungen für mich waren. Daraufhin fragte mich der Taxifahrer :"Wo kommen Sie her?"

„Ich bin gerade von Australien gekommen."

„Sagten Sie, von Australien ? Wie sind Sie von dort hierher gekommen ?" Er mußte verwirrt gewesen sein mit der schlechten lokalen Verkehrs Situation, weshalb er mir so eine Frage stellte.

„Ich bin ziemlich sicher nicht zu Fuß hierher gekommen."

Daraufhin fragte er mich folgendes :" Sie kommen aus Australien, wie kommt es, daß Sie fließend Deutsch sprechen ?"

Als der Taxifahrer hörte, daß ich in kürze nach Finnland fliege, woher ich ursprünglich komme, konnte er nur mit seinem Kopf schüttelnd noch fragen :

„Welche Sprache sprechen Sie dann in Australien ?"

Zu Hause sprechen wir Deutsch, in der Öffentlichkeit natürlich die Landessprachevon Australien, Englisch. Wenn ich dann noch erwähnte, daß in Australien siebzig Sprachen gesprochen werden, wurde es für den Taxifahrer zu viel, der ohnehin auch aus einem Süd-Europäischen Land kam, wahrscheinlich Griechenland.

Mein formeller Besuch bei den Eltern von Martin forderte mich nicht einmal 24 Stunden an einem Wochenende, so daß ich meinem Zeitplan Aufmerksamkeit schenken konnte, welcher Zug mich dann nach Frankfurt zum Flughafen zurück bringen konnte. Die Stunden in Ettlingen verliefen schon deshalb in einem freundlichen Ton, weil zufällig auch die verwandte Tante aus Brasilien zu Besuch war. Unnötige Fragen zu beantworten, blieben mir somit erspart. Und wenn die inzwischen hoch-betagte Schwiegermutter dennoch in ein ‚altes Geleis' sich verirrte, erhielt ich schweigend lächelnde Unterstützung von der brasilianischen Seite ; Unsere Gedanken mußten sich in Übereinstimmung getroffen haben :" Beide wissen wir, Sie meint es nicht böse. Nehmen wir Rücksicht auf Ihr Alter. Wenn Sie etwas sagt, was uns nicht gefällt, können wir uns leisten, es zu überhören und antworten lieber mit einem freundlichen Lächen. Denn morgen sind wir beide wieder weg von hier."

Die gegenwärtige Landesgartenschau lud jeden ein, diese Blumenpracht zu würdigen. Für den Besuch aus Brasilien und mich stellte dies eine vorzügliche Unterbrechung dar, mit unserem Besuch der Mutter etwas gute Ruhe zu gewähren. In den farbenprächtigen Garten war die ganze Stadt mit ihren historischen Baulichkeiten miteinbezogen ; viel Arbeit und Aufwandt schuf hier wenigstens vorübergehend einen Fensterblick in eine schönere, natürlichere Welt.

Am Ende verlief mein Aufenthalt bei der Schwiegermutter reibungslos und ohne Ängste auf Haut- und Nieren-Prüfung ab, dank der unterstützenden Anwesenheit der Tante aus Brasilien. So konnte auch der Abschied schmerzlos geschehen, damit ich meinen Flug nach Finnland von Frankfurt ansteuern konnte.

Bei meiner Ankunft in der Hauptstadt von Finnland, Helsinki, nahmen mich dort unsere zwei guten Freunde aus unserer gemeinsamen Studienzeit in Heidelberg in Empfang, Pirkko und Kalevi. Jedes Mal, wenn wir in Finnland ankamen, Einer von uns alleine, oder wir Beide, nahmen Sie uns in Empfang und verabschiedeten uns dann auch auf unserem Weg von Helsinki. So erfuhren wir zumindest eine gute Lehre fürs Leben, daß Zeit und Entfernung oft die wirklichen Freunde im Leben uns zeigen und nicht unbedingt die Menschen vor unserer Nase.

In Turku dann, meiner Heimatstadt, konnten weder die Mutter, noch ich es abwarten, daß wir uns nach sieben Jahren in einem so fernen Land wie Australien lange fest wieder umarmen konnten. Die Mutter wollte die Umarmung gar nicht mehr verlassen, als ob Sie sagen wollte : Ich lasse Dich von hier nicht mehr so schnell so weit weggehen. Trotz alledem, kannte ich meine Mutter nur zu gut, daß auch Sie wußte, mein zu Hause war dort, wo meine Familie wohnte.

In nachfolgenden Jahren, wenn ich Finnland wieder besuchen konnte, erfuhr ich ohne es zu wollen, daß ich mit meiner Familie Änderungen im Leben erfahren hatte, die uns nachhaltig prägten. Selbst in meinem ursprünglichen zu Hause entging es mir nicht, mit offenen Augen und Ohren auch mehr lustige Begebenheiten wahrzunehmen.

Während meinem Aufenthalt in Finnland mit meiner Mutter nahm Sie mich mit zu einer öffentlichen Vorstellung, wo eine Gruppe deutscher Schüler aus der Hansestadt Lübeck Lieder in der deutschen und finnischen Sprache im Freien bei schönem Wetter vortrugen. Der Zuhörerschaft gefielen die Lieder sehr gut, weshalb ein jeder mit klatschenden Händen einem allgemeinen Danke-Schön zustimmte. Die Mutter spornte mich an, dem Leiter des Chores auch in deutschen Worten sich erkenntlich zu zeigen. Der Leiter war sehr erfreut und fragte mich, ob ich auch aus Deutschland kam. Mit einem Lächeln konnte ich dem nur widersprechen. Daraufhin sah die andere Seite das stylisierte Känguruh auf meinem Hemd mit deutlichen Buchstaben seines Heimatlandes Australien.

„Du kannst doch nicht auch noch von Australien sein?" Sprach der Leiter mich an.

„Es tut mir leid, daß ich Sie enttäuschen muß, ich bin gerade von Australien hierher gekommen."

„Also dann müssen Sie ja auch Englich sprechen können."

Sobald ein Herr der beistehenden Zuhörer aus unserer Unterhaltung nur das Wort „Englisch" aufnahm, glaubte er mit seinen gebrochenen Englisch-Kenntnissen an der

Diskussion teilnehmen zu müssen. Um jedoch den Herren in seinen Bemühungen nicht zu enttäuschen, kam ich ihm in der finnischen Sprache entgegen : „Warum machen wir es uns so schwer mit einer anderen Sprache, wo wir doch alle Finnisch unser Muttersprache nennen können." Der Herr konnte daraufhin nur noch seinen Kopf schütteln und zum Besten noch geben :"Ich weiß nicht mehr, in was für einer Welt wir heute leben ; wie kann man wissen, woher jemand heute kommt ?"

Danach war ich selbst etwas durcheinander gekommen ; fasste mich jedoch schnell wieder und antwortete dem Herren :" Ich komme ursprünglich aus Finnland, mein Ehemann aus Rumänien, lebte aber Jahre in Deutschland und zusammen leben wir mit unserer Familie von sechs Kindern in Australien.

„Aha, so ist das !" Tönte es um mich herum. Ich selbst empfand nur, es war gar nicht so leicht, in mehreren Sprachen eine Verständigung mit anderen Menschen herbeizuführen. Zu meiner Genugtuung gaben mir die Leute einhellig zu verstehen, daß meine Hilfe gut verständlich für alle Anwesenden angekommen war. Meine Mutter freute sich sichtbar mit einer Umarmung und Freudenstränen in Ihren Augen am meisten, wie ich geschickt mit den verschiedenen Sprachen umzugehen wußte.

Meine Erfahrung mit Sprachen war die geworden : Am besten lernen wir eine Sprache im Umgang mit den Menschen im Land der Sprache.

Mein Aufenthalt in Finnland verging wie im Flug mit täglichen Besuchen, möglichst in der nicht allzu weiten Umgebung von meiner Mutter Ihrer Wohnung, bei anderen Familien Mitgliedern, ehemaligen Nachbarn und Schulkollegen. Bei Ihr zu Hause bemühte ich mich mit kleinen Schritten, die Mutter zu gewinnen, daß Sie mit mir nach Australien wenigstens auf Besuch mitkam. In Ihrer Vorstellung war Australien für Sie jedoch viel zu weit weg von Finnland. In Ihrem Leben konnte Sie nicht einmal aus Finnland in die benachbarten Länder reisen, geschweige dort leben. Hinzu kam noch die fremde Englische Sprache in Australien für Sie. Mit diesem Besuch in Finnland mußte ich mich zufrieden geben, daß was dieses Mal nicht werden konnte, könnte ein anderes Mal klappen.

Als mein Abreisetag von Finnland näher rückte, wollte ich natürlich mit zu Hause in Australien noch einmal über das Telefon sprechen, um bestätigt zu finden, daß alles in Ordnung dort war. Da jedoch niemand selbst nach meinen wiederholten Telefonat-Versuchen in Australien antwortete, erfassten mich über die Entfernung zuerst schlimmste Befürchtungen : Das Haus sei niedergebrannt, unser zu

Hause sei verloren gegangen, oder, etwas anderes Schlimmes sei passiert. Ohne zu zögern rief ich bei finnischen Freunden in Brisbane an, ob Sie bei uns einmal vorbei sehen könnten. In der Folge erhielt unser Heim ohne Verzögerung diesen Besuch und Arja konnte dann in Finnland noch vor ihrem Abflug die Gewissheit erfahren, alles war zu Hause in bester Ordnung. Lediglich das Telefon hatte wegen schweren Regenfällen Unterbrechungen bei uns in Australien erfahren.

Je näher die Stunden meines Abfluges von Finnland rückten, desto mehr wuchs die Sehnsucht in mir wieder nach Hause. Die Nähe zu meiner Mutter konnte ich nicht verleugnen. Doch wenn meine Familie so weit weg war, konnte mich nichts mehr halten, dorthin wieder zu gehen. Entfernung soll ja nicht umsonst eine magische Kraft auf uns ausüben, wonach die Spreu vom Weizen in unserem Leben erneut bestimmt wird, oder auch nicht.

Jedes Mal wenn ich, ich spreche hier in erster Linie für mich, nach Australien auch in späteren Jahren zurückkehrte, war dies wie ein Neubeginn mit seinen neuen positiven Vorzeichen. Man war hinaus gegangen und zu einem gewissen Grad geläutert zurückgekehrt in der Begegnung mit sowohl Bekanntem, als auch Unbekanntem. Auch im Englischen sagt man nicht umsonst : My home is my castle (Mein zu Hause ist meine Festung).

Wieder zu Hause in Australien erfuhr ich unter anderem wieder erst richtig, wie wir vom Klima verwöhnt waren. In einem warmen Klima über das ganze Jahr gestaltet sich das Leben viel einfacher. Bei uns an der tropischen Klima-Schwelle kann man Aufmerksamkeit auf warme Kleidung, oder Heizung vergessen. Eine kurze Hose, ein Hemd mit kurzen Ärmeln, Sandalen bringen uns alleine durch das ganze Jahr. Der Sonnenhut sollte allerdings nicht vergessen werden, denn nicht umsonst trägt unser Staat Queensland den Namen „Sonnen-Staat" (Sunshine State). Im Zusammenhang mit dem fast notorischen Sonneschein aus einem noch unverfälschten blauen Himmel kommen mir zwei Anekdoten aus unserer Familie in den Sinn :

Unsere jüngste Tochter Gucki platzte einmal mit folgenden Worten heraus, im Alter von ungefähr sechs Jahren : „Mama, schau, was für ein schönes Wetter wir heute haben, keine Sonne mehr!"

Die andere Zugabe kam aus Townsville, 1500 Kilometer noch nördlicher von uns, wo die Sonne noch mehr regiert. Unser Enkel Sara meinte im Alter von zehn Jahren „bereits genug Sonne gesehen zu haben".

Dann endlich im Jahr 1992 gelang es mir auf meinem Besuch in Finnland, die Mutter mit mir nach Australien zu bringen. Damals im Alter von 75 Jahren war es für die Mutter eine mutige Entscheidung, so einem langen Flug zuzustimmen. Dies nicht genug, selbst zehn Jahre noch später kam die Mutter mit mir noch einmal zu meiner Familie anch Australien. Leider wurde dies dann Ihr letzter Besuch. Noch lebendig erinnere ich mich, wie die Mutter auf der ersten Etappe von Helsinki nach London erfreut im Flugzeug die Frage an mich richtete :"Wir kommen doch bald in Australien an ?" Nach erst zwei Stunden Flugzeit von den gesamten damals 24 Flugstunden, beruhigte ich die Mutter, daß wir bald in ein ganz großes Flugzeug umsteigen werden, welches uns dann nach Australien bringen wird.

Beide Male auf dem Weg nach Australien empfand die Mutter, sie war in eine andere Welt gekommen, besonders, als sie jedes Mal aus klimatischen Gründen bei uns in Australien in unserem Winter angekommen war. Die Sonnen-Flut aus blauem, wolkenlosem Himmel, viel Grün und selbst eine Farbenpracht von Blüten, garantiert kein Schnee und Kälte, erschien der Mutter wie ein Paradies. Auch war Winter hier wärmer, als der Sommer in Finnland. Und wie die Mutter vor Freude erst aus sich heraus kam, als sie unser Anwesen betrat :"Na, wenn das nicht das Paradies ist, dann weiß ich nicht mehr Bescheid. Alles, die Bäume, die vielen Blüten, selbst das Haus sehen noch viel schöner aus, als die Bilder es mir gezeigt haben."

Nur der gelegentliche Temperatur Unterschied am Tag von 25 Grad und in der Nacht manchmal sogar leicht unter 10 Grad erinnerte daran, daß der Winter bei uns seinen australischen Einzug gehalten hatte. Sobald die Sonne schon früh am Morgen ihr Gesicht zeigte, wich die nächtliche Kälte sehr schnell.

Nach drei Monaten bei uns in Australien hinterließ die Mutter viele schöne Erinnerungen. Lediglich mit einer Situation erklärte Sie sich nicht einverstanden, daß unsere Kinder nicht mehr der finnischenSprache mächtig waren. Für die Mutter entstand der Eindruck, wir hätten die finnischen Wurzeln verlassen. Arja sprach allerdings noch ohne Abstriche ihre Muttersprache. Sie liest bis heute noch viel Finnisch und ihre Sprache übt sie regelmäßig am Telefon, oder im direkten Kontakt mit anderen Finnen in Australien. Seit die Kinder die Verbindung nach Finnland verloren haben, wollten sie nicht mehr auch noch die finnische Sprache neben der deutschen und englischen anwenden. Leider ist es im Leben so : Allen Menschen recht getan, ist eine Kunst, die niemand kann. Denn bekanntlich kommt der Meister nur aus der Einschränkung hervor.

Die Mutter nahm auch viele gute Erinnerungen mit zurück nach Finnland. Auch das zweite Mal begleitete ich sie . Allerdings wurde dies der Abschied auch auf ihre letzte Reise in Frieden. Das Leben geht weiter, sowohl in Finnland, als auch in Australien. Das beste, was wir tun können, in Ehren das Vermächtnis unserer Geliebten zu verwalten.

Zweiter Besuch von Mummi mit Arja, 2002 bei uns
(Wolfshund ,Rusti')

Martin hilft ‚Mummi' (Tysse) ihren Baum pflanzen, 1992

‚Mummi' gibt ihrem neu gepflanzten Baum das erste Wasser

‚Mummi-Baum' auf unserem Anwesen in späteren Jahren

Arja und Martin am Bribie-Island- Strand, 2002.

Näher der Gegenwart sollte auch noch etwas Aufmerksamkeit zukommen : Die Zeit ließ uns weiteren Erlebnissen nachgehen. So zum Beispiel im Rahmen einer Erfolgsbilanz in unserem Verständnis, unternahmen wir im Juni 2003 im wahrsten Sinne des Wortes des Jules Verne, eine Reise um die Welt, auch in 80 Tagen. Das Ergebnis hier war wiederum. Je mehr wir sehen und erfahren, desto besser verstehen wir, wo wir im Leben stehen; es war durchaus sowohl vielseitig, als auch positiv.

„Waimea"-Schluchten auf Insel „Kauai"- Arja in Hawai

Martin & Arja in Alska

Martin & Arja in Paris

Einen weiteren Lebensabschnitt erfuhr der Austritt mit 65 Jahren von Martin aus der „Berufs-Tretmühle", im Juli 2006. Was tun mit der neu verfügbaren Zeit, wurde keine Frage für uns Beide. Anknüpfen an etwas, was die Zeit bis dahin nicht ermöglichte : Schreiben mit Leib und Seele, was die Schule des Lebens mit auf den Weg uns gegeben hat.

„Ich, die Arja, hatte schon immer die Neigung zur „Leseratte", mit fortschreitendem Alter immer mehr in 3 Sprachen , finnisch, englisch, deutsch. Alleine schon deshalb passte mein prüfender Beitrag zum Schreiben von Martin gut hinein. Gegenüber den eigenen Worten ist man ja bekanntlich immer etwas „blind".

Bereits im Alter von 20 Jahren erfuhr Martin in einem Ihm zufällig entgegen kommenden Schriftsteller Wettbewerbes eine Auszeichnung mit persönlicher des ehemaligen Bundespräsidenten Theodor Heuss. Inzwischen ist bei ihm sowie bei uns viel „Wasser" über die Lebens-Mühle gelaufen. Zuerst in Englisch, dann auch in der deutschen Sprache schrieb und schreibt noch Martin zunehmend vielseitig mit Veröffentlichungen bei Verlagen in Melbourne, New York und Frankfurt. Drei Mal war Martin in einem Jahr in Folge auf der Frankfurter Buchmesse aufgetreten.

24 Bücher in 10 Jahren bis 2016 erwies sich aber auch als ein wenig viel. Denn neben dem Schreiben bleiben auch andere Forderungen nicht aus.

Oktober 2014, Martin in Frankfurt

Im Hinblick auf eine notwendig gewordene Vereinfachung der Arbeit auf unserem Anwesen, fielen der „Axt" (Kettensäge) eine Anzahl sehr groß gewachsener Bäume zum Opfer, wohningegen die Familie nicht mit der „Axt" verdient behandelt zu werden. Alles in Allem führte dazu, daß Martin einen allzu deutlichen Aufweckruf im Januar 2016, das auch noch am 13., erhielt, dem Lauf des Lebens mehr Zeit einzuräumen.

Während diese Zeilen noch im Jahr 2016 zustandekommen, hat sich wenigstens dem Anschein nach ein Gleichgewicht in beiden unseren Leben wieder eingespielt. Denn nicht nur Martin war zumindest vorrübergehend in neue gesundheitliche Schranken verwiesen, durch, die Mediziner hatten allerdings zumindest bis jetzt nicht herausgefunden, was Martin plötzlich bewußtlos zuerst unter dem Tisch beim Abendessen landen ließ und dann in einen Krankenhaus Aufenthalt mündete. Hinzu kam gleichzeitig eine Gallenstein Komplikation bei mir, der Arja.

Auch war Martin Auto Fahren untersagt. Wenn das nicht genug Herausforderung sein sollte, wer wüßte dann hier noch weiter. Zum Glück leistet uns eines unserer Kinder, Micki, notwendige, sehr wertvolle Hilfestellung. Gemeinsamkeit stärkt immer.

Den Verdacht mit dem Umgang mit dem Computer täglich bis zu 10 Stunden, hat auf jeden Fall noch niemand dem Martin ausräumen können. Auf der anderen Seite soll man nicht aus den Augen verlieren, daß jeder Mensch nach etwas streben sollte ; und wenn es um etwas Größeres geht, muß man so leben, als müßte man nie sterben. Noch leben wir, der Rückblick im Leben dient dem Verständnis, weiter gelebt werden muß aber mit dem Blick nach vorne gerichtet.

Martin & Arja mit guten Freunden

Schlusswort

Und das war es

Das Leben von Arja kann hauptsächlich in zwei Etappen gesehen werden. Die Erste war ihr Leben in Finnland in der Obhut der Familie und der ihr nahe stehenden Umgebung. In der zweiten Etappe trat Arja aus diesem ihr bekannten Kreis heraus in eine ihr unbekannte Welt, oder man könnte auch sagen, die große Reise ihres Lebens hatte begonnen mit ihrer eigenen Familie. In beiden Reisen, der ersten Kleineren und der ihr nachfolgenden Großen, wenn man dies so nennen darf , ist ein hohes Maß an Interesse alleine dadurch angesprochen worden, mit den sehr unterschiedlichen Ausgangs Positionen beider ‚Darsteller‘, Arja und ihrem Mann Martin. Geographische, national zugehörige, als auch sprachliche Unterschiede haben zu einem nur schwer voraus zu sehenden Lebenslauf beigetragen.

Was ist dem eigenen Leben dienlicher, dem Bekannten sich mehr anzuvertrauen, oder hinaus zu gehen in die ‚Wirkliche Welt‘ und den Herausforderungen sich zu stellen. In einer zunehmend sich verändernden Welt scheint es angebracht zu sein, mit den Veränderungen selbst mitzugehen und die Orientierungen für sein Leben zu finden, anstatt daß die Orientierungen nur überraschend auf Einen unvorbereitet hereinbrechen.

Den Tagen des Schutzes in der Familie ist voreilig weitgehend die Absage erteilt worden, alles im Namen des Fortschrittes. Fortschritt ja, aber nicht mit dem Verlust der persönlichen Eigenständigkeit. Neuland im Leben bietet uns die Möglichkeiten an, mehr zu erfahren und darüber hinaus mehr für einen persönlichen Gewinn im weitesten Sinne zu schaffen. So umgehen wir eine Isolation im Leben, in welcher der Lebenssinn in Frage gestellt ist.

Freilich sind wir in solchem Streben nicht alleine. Vorbereitung sollte bei sich selber beginnen, damit man besser ausgerüstet in das Leben hinaus treten kann, einen

Freund, einen Geliebten zu finden, der das Abenteuer ‚Leben' in einem langen Anpassungs Prozess mitträgt, nicht nur für sich selbst, sondern um einer Bereicherung Willen für den Start der kleinsten Gemeinschaft von zwei Menschen.

Von dort führen dann auch für jeden Einzelnen ‚alle Wege nach Rom'. Wir sind nicht hier, alleine im Leben auf einer Reise uns zu befinden. Wir sollten uns eher mit einem guten Wein vergleichen, der auf dem Weg zur Reife viele andere helfende Hände erfährt. Dabei kommt es immer darauf an, wie wir Erinnerungen verarbeiten in Hinblick auf das Wesentliche und verstehen die ‚Spreu vom Weizen' zu trennen.

Hier ist niedergeschrieben, was ich zum Teil über mein Leben auszusagen habe. Zum Teil auch deshalb, weil wir eine Lebensgeschichte nie vollkommen wiedergeben können auf Grund dessen, denn wo Leben herrscht, bleibt Veränderung nicht aus. Dem Glück in meinem Leben bin ich sehr dankbar, es hat die unvermeidlichen Hürden geholfen zu nehmen ohne wesentlichen Schaden. Gleichgültig, wieviel niedergeschrieben wurde, am Ende kommt es immer darauf an : Ende gut, alles ist gut. „Und wenn wir nicht gestorben sind, dann leben wir noch heute."

Herausgegeben in Zusammenarbeit mit Middletons Printing & dem Autor
ABN : 62 870 955 941
30-36 Dickson Rd. , Caboolture, Qld. 4510, Australia
Telefon : 61 (0)7 54 955 341
E-mail : office@middletonsprinting.com.au
Dieser Druck erschienen in 2020
Copyright © Martin Kari 2020
Umschlag Gestaltung : Eigeninitiative
Das Urheberrecht des Autoren Martin Kari ist bestätigt in Übereinstimmung mit den Copyright,
Designs und Patent Akten 1988.

Published in cooperation with Middeltons Printing & the Author
ABN : 62 870 955 941
30-36 Dickson Rd. , Caboolture – Qld. 4510 , Australia
Telephone : 61 (0)7 54 955 341
E-mail : office@middletonsprinting.com.au
This edition "Meine Tapfere Frau" published 2020
Copyright © Martin Kari, 2020
Cover design, typesetting : Own initiative
The right of Martin Kari to be identified as the Author of the Work has been asserted in
accordance with the Copyright, Design and Patents Act 1988.

www.ingramcontent.com/pod-product-compliance
Lightning Source LLC
Chambersburg PA
CBHW060759030726
47503CB00002B/314